현대인의 처세학

한비자

초판 인쇄 **2012년 9월 5일** • 초판 발행 **2012년 9월 10일**

엮음 **이영호** • 발행인 **권우현**
발행처 도서출판 **큰방** • 서울 동대문구 신설동 117-8 예일B/D 207호
• TEL : 02)928-6778 • FAX : 02)928-6771
• E-mail: keunbang@naver.com
등록년월일1989년 3월 7일 • 등록번호 제10-309호
ISBN 978-89-6040-061-0 03820 • **값 13,000원** • 잘못된 책은 교환해 드립니다.

현대인의 처세학

한비자 韓非子

이언호 엮음

book

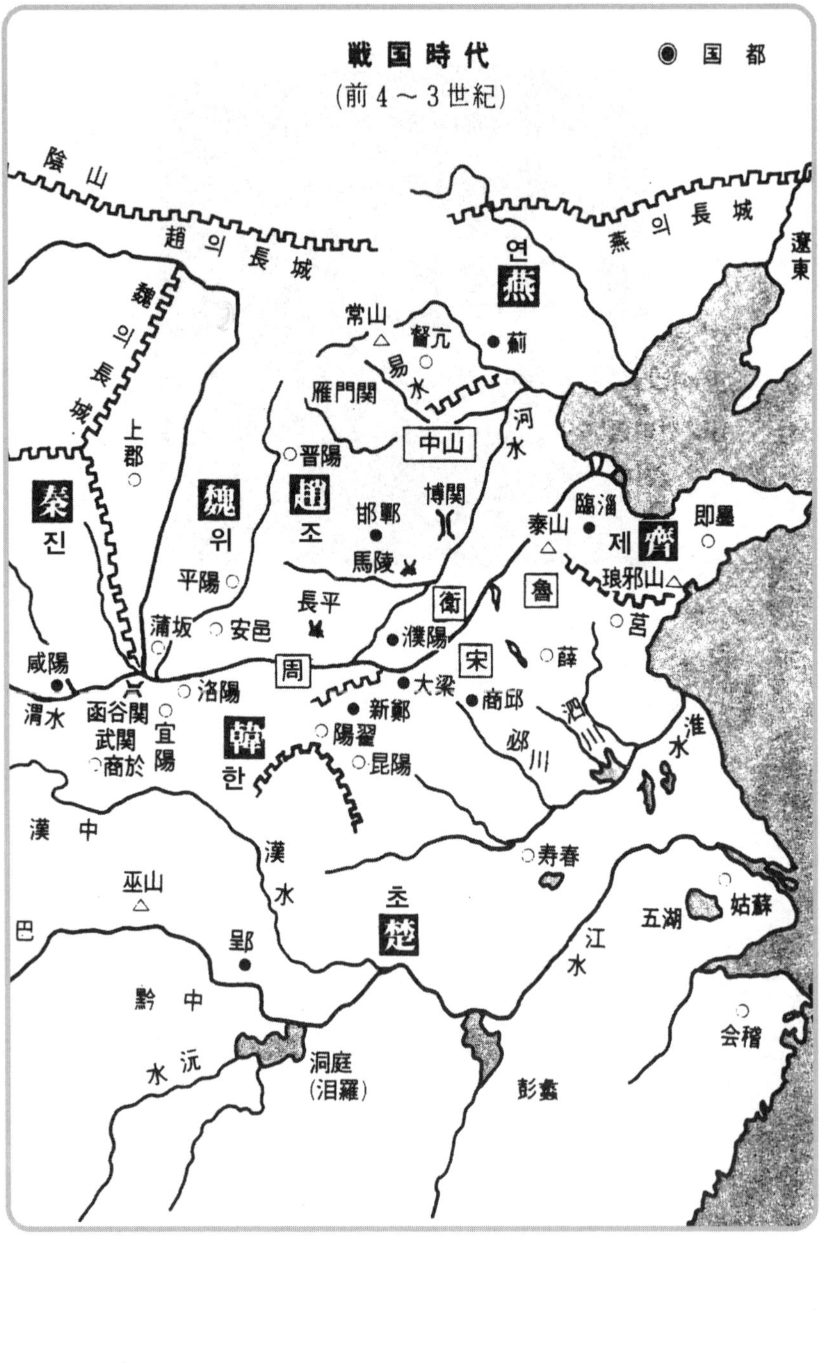

戰国時代
(前 4 ~ 3 世紀)
◉ 国 都
陰山
趙의長城
燕의長城
魏의長城
遼東
연
燕
常山
督亢
薊
易水
雁門関
河水
中山
晋陽
上郡
秦
진
魏
위
趙
조
博関
邯鄲
臨淄
泰山
即墨
제
齊
馬陵
平陽
琅邪山
長平
衛
魯
蒲坂
安邑
莒
濮陽
咸陽
宋
薛
周
大梁
洛陽
渭水
函谷関
新鄭
商邱
武関
宜陽
陽翟
泗川
淮水
韓
한
商於
昆陽
泌川
漢中
漢水
寿春
巫山
초
楚
五湖
姑蘇
巴
郢
江水
黔中
会稽
水沅
洞庭
(汨羅)
彭蠡

차례

韓非子

시작하기 전에

한비자(韓非子)

중국 전국(戰國)시대 말기 한(韓)나라의 공자(公子)로 법치주의(法治主義)를 주창한 한비(BC 280 ?~BC 233)와 그 일파의 논저(論著). 55편 20책에 이르는 대저(大著)로, 원래 《한자(韓子)》라 불리던 것을 후에 당(唐)나라의 한유(韓愈)도 역시 그렇게 불렀기 때문에 혼동을 막기 위하여 지금의 책이름으로 통용되어 왔다. 이 책은 한비가 죽은 다음 전한(前漢) 중기(BC 2세기 말) 이전에 지금의 형태로 정리된 것으로 추정된다. 내용은 거의가 법의 지상(至上)을 강조하는데, 55편을 크게 나누면 다음과 같이 성질이 다른 6군(群)으로 나눌 수 있다.①은 한비의 자저(自著)로 추정되는 〈오두(五蠹)〉 〈현학(顯學)〉 〈고분(孤憤)〉 등이다. 이들 논저는 먼저 인간의 일반적 성질은 타산적이고 악에 기우는 것으로 설혹 친한 사이에 애정이 있다 해도 그것은 무력(無力)한 것이라 하였고, 따라서 정치를 논할 기초가 될 수 없다고 하였다. 또 이 세상은 경제적 원인에 의하여 끊임없이 변화진전하기 때문에 과거에 성립된 정책이 반드시 현세에 적용되지는 않는 것이며 이러한 관점에서 볼 때, 유가(儒家)나

묵가(墨家)의 주장은 인간사회를 너무 좋게만 관찰하여 우연성에만 의존하는 공론(空論)에 지나지 않는다. 그러므로 군주는 그러한 공론에 귀를 기울이지 말고, 끊임없이 시세(時世)에 즉응(卽應)하는 법을 펴고, 관리들의 평소의 근태(勤怠)를 감독하여 상벌을 시행하고 농민과 병사를 아끼고 상공(商工)을 장악하지 않으면 안 된다. 이 때 군주는 측근 · 중신 · 유세가(遊說家) · 학자 · 민중들에게 좌우되어서는 안 된다는 주장이며, ②는 한비 일파의 강학(講學) · 토론으로 추정되는 편(編)으로, 〈난(難)〉 〈난일(難一)~난사(難四)〉 〈난세(難勢)〉 〈문변(問辯)〉 〈문전(問田)〉 〈정법(定法)〉등이 있다. 사상 내용은 한 비의 사상과 거의 같다. 이 중에서 주목할 것은 〈난세〉와 〈정법〉으로, 유가의 덕치론(德治論)은 물론 법가(法家)에 속하는 신자(愼子) · 신자(申子) · 상자(商子)의 설까지도 비판하고 수정한다. 이 책을 법가학설의 집대성이라고 일컫는 연유도 여기에 있다. ③ 한비 학파가 전한 설화집 〈설림(說林)〉 〈내외저설(內外儲說)〉 〈십과(十過)〉 등의 제편(諸編). 상고(上古)로부터의 설화 300가지 정도를 독특한 체계에 의하여 배열하고, 그들 이야기의 흥미를 통하여 법가사상을 선전하고 있다. 소화(笑話)의 유(類)도 섞여 있으나 고대 단편소설로서의 측면도 지니고 있다. ④전국시대 말기부터 한대(漢代)까지의 한비 후학(後學)들이 정론(政論)으로 추정되는 제편(諸編). 편수(編數)는 가장 많으며 그 중 〈유도(有度)〉 〈이병(二柄)〉 〈팔간(八姦)〉 등은 새로운 설이다. 후학들의 주장에서 한비의 사상은 현저하게 조직화되었고, 특히 군신통어(群臣統御)나 법의 운용(運用)에 관한 술책이 세밀하게 고찰되어 있다. 그러나 군권강화(君權强化)와 엄벌주의를 주장하는 점만이 농후하고, 법의 최고 목적이 분명하게 밝혀지지 않았다. ⑤도가(道家)의 영향을 받은 한비 후학들의 논저인 〈주도(主道)〉〈양각〉〈해로(解老)〉〈유로(喩老)〉 등의 4편. 유가의 덕치를 부정하고 법치를 제창한 법가는, 덕치와 법치를 모두 부정하는 도가와는 근본적으로 입장을 달리하고 있어, 현실적으로 〈육반(六反)〉〈충효〉 등에서는 강력한 반대를 나타내고 있다. 그러나 군주는 공평무사를 본지(本旨)로 하여 신하(臣下)에 대하여는 인간적 약점을 보이지 않는 심술(心術)이 필요하다고 주장하는 점에 있어, 법가 중에도 도가의 허정(虛靜)의 설을 도입한 일파가 있다. 위의 4편은 이들 일파의 논저로서, 전(前) 편은 정론(政論)이고, 후 2편은 편명 그대로 《노자(老子)》의 주석(注釋) 또는 해설편이다. ⑥한비 학파 이외의 논저인 〈초견진(初見秦)〉〈존한(存韓)〉 등 2편 모두 한비의 사적(事蹟)에 결부시켜 책 첫머리에 편입되어 있으나 전자는 유세가의 작품이고, 후자는 한비의 작품을 모방한 상주문(上奏文)이 포함된 것으로 그다지 중요하지 않는 자료이다. 한비와 그 학파의 사상은 일반적으로 편견적인 인간관 위에 성립된 것으로 지적되며, 특히 유가로부터는 애정을 무시하는 냉혹하고도 잔혹한 술책이라는 비난을 받았다. 확실히 급소를 찌르는 적평(適評)이라 하겠으나, 그들이 유가 · 법가 · 명가(名家) · 도가 등의 설을 집대성하여, 법을 독립된 고찰대상으로 삼고 일종의 유물론과 실증주의에 의하여 독자적인 사상체계를 수립함으로써 진 · 한의 법형제도(法刑制度)에 강력한 영향을 끼친 점, 또 감상(感傷)을 뿌리친 그들의 간결한 산문이나 인간의 이면을 그린 설화가 고대문학의 한 전형을 이룬 점에 있어 커다란 문화적 사명을 다하고 있는 점은 부정할 수 없다. 여러 가지 간행본이 있으나 절강서국(浙江書局)의 22자본(子本)이 좋은 간본이라고 한다.

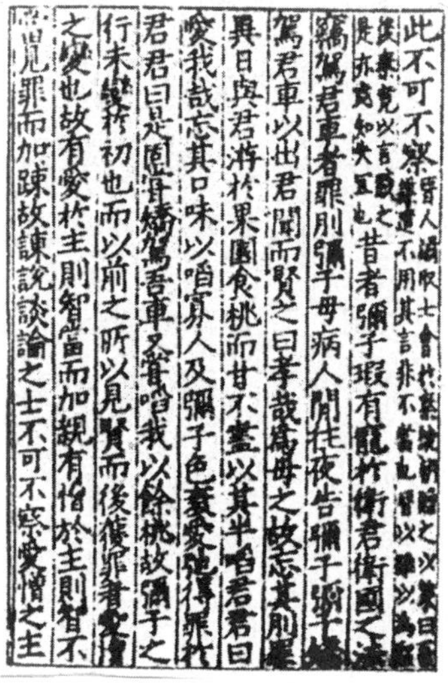
此不可不察
昔者彌子瑕有寵於衛君衛國之法
竊駕君車者罪刖彌子母病人聞往夜告彌子彌子矯
駕君車以出君聞而賢之曰孝哉爲母之故忘其刖罪
異日與君遊於果園食桃而甘不盡以其半啗君君曰
愛我哉忘其口味以啗寡人及彌子色衰愛弛得罪於
君君曰是固嘗矯駕吾車又嘗啗我以餘桃故彌子之
行未變於初也而以前之所以見賢而後獲罪者愛憎
之變也故有愛於主則智當而加親有憎於主則智不
當見罪而加疏故諫說談論之士不可不察愛憎之主

머리말

인간의 역사는 언제나 쉬지 않고 계속되는 도전과 경쟁들로 점철되어 왔다. 또한 무능한 사람들은 도태될 수밖에 없었다는 사실을 인간의 오랜 역사가 증명해 주고 있다. 수렵을 삶의 수단으로 삼았던 원시사회에서도 인간들은 남보다 더 날카로운 화살촉과 강한 몸을 가지고 있어야 탈없이 생존할 수 있었다.

그렇다면 그 때보다 훨씬 더 많은 인간들 속에서 살아가고 있는 현대인들에게 있어서 자기를 지킬 수 있는 무기는 무엇일까?

대개의 사람들은 "그것은 성실하게 살면서 노력하는 것"이라고 말한다. 하지만 그것은 이제 더 이상 맞는 답이 될 수 없다. 한정된 우리들의 땅에는 이미 성실하게 노력하는 인간들이 넘쳐나고 있기 때문이다. 따라서 우리는 좀 더 새로운 무기를 필요로 하게 된다.

중국은 참으로 놀라운 나라이다. 그들의 역사의 어느 한 부분만을 들춰보아도 인류의 역사를 축약시켜 놓은 듯한 온갖 종류의 사건과 인물들과 문화가 존재하기 때문에 놀랍다고 말하는 것이다.

중국은 이천 년 이상이나 전국시대를 유지했으며 그 같은 역사의 소용돌이 속에서 무수한 영웅호걸들과 재사들이 빛을 발하다가 사라져 갔다. 때문에 많은 학자들이 중국의 역사를 인류 역사의 한 전범으로 삼고 있다.

이 책에는 중국 춘추 시대 말기의 한비(韓非)가 지은 〈한비자(韓非子)〉에 그려진 중국 역사 속의 이야기들을 오늘의 시점에서 재조명한 내용이 담겨져 있다.

이 책의 내용들 중에는 중국 현자들의 경세 철학이 있는가 하면 중원의 천지를 뒤흔든 영웅들의 사자후도 있다.

그런데 놀라운 일은 먼 옛날에 있었던 그런 일들이 현대사회에서 살아가는 우리들에게 그대로 적용되고 있다는 것이다. 아울러 난세에서 살아남아 승리자가 될 수 있었던 방법을 가르쳐 주고 있다.

따라서 다른 산에서 난 나쁜 돌을 자기의 구슬을 가는 데 쓸 수 있는 것처럼, 이 책이 치열한 경쟁 시대에서 살아가는 당신의 새로운 무기로 사용되기를 진심으로 바란다.

戰国時代

(前4～3世紀)

◉ 国都

진시황과 한비자

韓非子

01

1.진시황과 한비자(韓非子)

법도에 능숙한 선비는 강직하기 때문에 벼슬자리에 앉으면 권세가들의 간사한 행동을 바로잡는다. 그러므로 술법을 알고 법도에 능한 선비를 등용하게 되면 귀한 벼슬자리에 있는 사람들은 반드시 그 권세를 잃게 된다.

'한비자는 한(韓)나라의 여러 공자(公子)들 중의 한 사람이다. 그는 형명법술(刑名法術)의 학문을 좋아했으며 학문을 황로(黃老 : 장자와 노자)의 학설에 귀착시켰다. 한비자는 말더듬이여서 말을 잘 하지 못했지만 글은 잘 썼다. 이사(李斯)와 함께 순경(荀卿 : 荀子)을 스승으로 섬겼는데, 이사는 자기의 재주가 한비자를 따르지 못한다는 것을 알고 있었다.

한비는 고국인 한나라가 땅은 깎이고 국력은 쇠약해 가는 것을 보고 한나라 왕에게 자주 글을 올려 진언했지만, 왕은 그의 의견을 듣지 않았다.

그러자 한비자는 한나라 왕이 나라를 다스리는 데 있어서 법제(法制)를 분명하게 하고 왕의 권세로서 신하를 제어하며, 나라를 부

(富)하게 하여 군대를 강하게 훈련하고, 인재를 구하여 현인(賢人)을 임용하여야 하는 데도 불구하고, 경박하고 탐욕스럽게 나라를 좀먹어 들어가는 벌레 같은 인간들을 오히려 공로가 있는 사람보다 높이 등용하고 있는 현실에 대해 분노를 느끼게 되었다.

유학자(儒學者)들은 글로써 법률을 어지럽히고, 협자(俠者)들은 무력으로 금령(禁令)을 범하고 있었다. 지배자들은 평소에는 그 유학자들과 협자들을 존중하면서도 긴급할 때에는 갑옷을 입은 군인들을 사용했다. 지금 나라에서 양성하고 있는 사람들은 긴급할 때 도움이 되지 못하고, 긴급할 때 도움이 되는 것은 평소에 기용되지 못한 채 버림받고 있던 사람들이라고 생각한 한비자는, 강직한 선비들이 사악한 신하들 때문에 등용되지 못하는 현실을 슬퍼했다. 그리고 그 때까지의 역사에서 성공과 실패의 변화를 살펴보면서 「고분(孤憤)」,「오두」, 「내외저(內外儲)」,「설림(說林)」, 「세난(說難)」 등 10여만 자의 글을 지었다.

그러한 한비자는 사람을 설득하는 것이 얼마나 어려운 일인가를 잘 알고 있었기 때문에 「세난」에서 그것을 자세히 설명하고 있다. 하지만 그 자신은 진(秦)나라에서 설득에 실패하고 살해되는 바람에 스스로 자신이 말한 위험에서 벗어나지 못했다.

어떤 사람이 한비자가 지은 책을 진나라에 전했다. 훗날 진시황(秦始皇)이 된 진왕은 「고분(孤憤)」, 「오두」를 읽고 이렇게 말했다.

"아아, 이 글을 쓴 사람을 만나 교분을 맺을 수 있다면 죽어도 여

한이 없겠다."

그러자 이사(李斯)가 말했다.

"이 글은 한비자라는 사람이 쓴 것입니다."

그 말을 들은 진왕은 한비자를 만나기 위해서 즉시 한나라를 공격했다. 한나라 왕은 그 때까지 한비자를 등용하려 하지 않았는데, 이와 같은 긴급한 사태가 벌어지자 한비자를 사신으로 기용하여 진나라에 보냈다.

진나라 왕은 한비자를 만나 기뻐했으나 충분히 마음이 통할 정도까지는 사귀지 못했다.

진나라의 재상이었던 이사(李斯)와 요가(姚賈)는 이 무서운 경쟁 상대를 매장시키기 위해 진왕에게 이렇게 중상을 했다.

"한비자는 한나라의 공자입니다. 그러므로 왕께서 제후국들을 병합하려 하고 있는 지금 한비자를 등용하신다면 그는 결국 자기 나라인 한나라를 위해 한나라에 유리한 방법을 도모할 것이므로 우리 진나라에는 도움이 되지 않을 것입니다. 그것은 인간의 상정이므로 당연하다고 해야 할 것입니다. 그리고 등용하지 않은 채 오랫동안 우리 진나라에 머물게 한 뒤에 그대로 귀국시킨다면 훗날의 화근을 남기게 되는 것입니다. 그러므로 적당한 죄를 씌워 죽이는 것이 가장 현명할 일인 줄 압니다."

진왕은 그럴 수도 있다고 생각하여 한비자를 하옥시키고 죄를 묻도록 했다.

이사는 한비자에게 독약을 보내어 자살할 것을 권했다. 한비자는 진왕에게 자신의 무죄를 변명하고 싶었지만 진왕을 만날 수가 없었다. 그리고 진왕은 곧이어 성급했던 자신의 결정을 후회하고 사면의 사자를 보냈다. 그러나 한비자는 이미 이사가 보낸 독약을 마시고 죽은 뒤였다.'

한비자에 대한 《사기》의 기록은 이것이 전부이며 너무 간단하다. 그러나 그 뒤의 연구에 의하면, 한비자는 기원전 280년경에 태어나 기원전 233년에 죽었다는 것이 정설로 되어 있다.

한비자가 살았던 시대는 전국시대(戰國時代) 말기, 진의 시황제가 중국을 통일하기 직전이었다.

전국시대란 춘추시대(春秋時代)의 뒤를 이어 진시황이 천하를 통일할 때까지 기원전(402~221년)의 약2백 년간을 말한다.

전설에 의하면 중국 최초의 제왕은 황제(黃帝)였다. 이 황제의 뒤를 이어 요(堯), 순(舜), 우(禹)의 세 제왕이 나라를 계속 다스렸다. 우에 의하여 하왕조(夏王朝)가 들어섰다. 이 왕조들 중에서 현재 고고학적(考古學的)으로 그 존재가 확인된 거의 은왕조 이후이다. 당시의 중국 문명은 청동기(靑銅器) 시대의 단계를 밟고 있었고, 이미 한자(漢字)의 원형문자(原形文字)가 사용되고 있었다.

기원전 13세기경부터 은나라는 황하의 중류 지역을 지배하고 있었다. 씨족끼리 마을을 형성하고 몇 개의 마을이 모여 연합체를 형성했다. 은나라도 이 연합체들 중의 하나로 다른 연합체를 누르고 맹주(盟主)의 자리를 굳힌 것이라고 추측된다. 이와 같이 은나라는 연합체의 맹주였다.

그러나 기원전 12세기경이 되자 이들 연합체 중에서 서쪽에 있던 주(周)나라의 세력이 점차 커지면서 은나라는 주왕(紂王)을 끝으로 맹주의 위치에서 사라지고, 주나라가 새로운 맹주로 등장했다. 그런 주나라 시대가 되어서도 이 연합체를 이끄는 통치 방식은 기본적으로 변하지 않았다. 주나라는 왕족이나 공신들을 각지에 배속하고, 전부터 있던 제국(諸國)은 그대로 그 지위를 인정하며 통치를 계속했다.

주왕조는 4세기에 걸쳐 지배자의 위치를 지켰다. 그러나 차츰 혈연관계가 희박해지면서 내부의 결속이 헤이해지고, 제국(諸國)들이 독립성을 띠기 시작했다. 그러는 동안 기원전 8세기경 서북쪽에 있는 유목민 견융(犬戎)의 침공을 받았다. 견융이 주나라의 수도 호경(鎬京)을 공격했을 때 제국들은 주나라를 도우려고 하지 않았다.

그리하여 주나라는 도읍을 동쪽인 낙읍(洛邑)으로 옮기고 왕조의 명목만은 유지했지만, 이미 제국을 통합시킬 힘은 없었다. 그렇게 되어 제국들은 사실상 독립국으로 분립해 나갔다.

이 때부터 7웅이 각축전을 보이는 전국시대까지를 중국의 역사에서는 춘추시대(春秋時代)라고 말한다.

춘추전국시대란 춘추시대와 전국시대를 합한 이름이다. 춘추시대는 기원전 5세기경까지의 약 3백년 동안을 가리키며 공자(孔子)가 지은 〈춘추(春秋)〉라는 역사에서 따온 이름이고, 전국시대는 춘추시대가 끝난 뒤부터 약 2백 년 동안의 제국의 항쟁이 한층 격화된 시대로써 한(漢)나라 유방의 〈전국책(戰國策)〉이라는 역사서에서 따온 명칭이다.

주(周)나라 왕실은 이미 춘추시대부터 쇠약했다. 그러나 이 춘추시대에는 170여 개에 달하는 제후(諸侯)들의 나라가 있었고 이 제후의 나라들을 이끄는 패자(覇者)들이 차례로 나타나 주나라 왕실을 받들며 명목상의 질서를 유지하고 있었다.

이 춘추시대의 중반부터 쇠(鐵)로 된 농기구가 나타나기 시작했으며 전국시대에 접어들면서 널리 보급되었다. 그리고 대규모의 관개공사(灌漑工事)가 행해지고 농업생산이 급격하게 향상되었다. 따라서 상공업이 발달하고, 화폐가 유통되고 토지가 매매되기 시작했다. 그러자 경(卿), 대부(大夫) 등 가신(家臣)들에게 분배된 영지에도 변화가 일어나 씨족 단위의 공동체가 이루어지고, 가족단위의 자영농민이 생겨났다. 이와 같은 배경 속에서 전국시대로 들어서면서 주 왕실의 권위를 인정하는 세력이 없어지고 약육강식의 전란시대가 되었다. 군주들은 살아남기 위하여 앞을 다투어 부국강병(富國强兵)을 실현하려고 했다. 그들은 자영농민으로 정착된 백성들을 유사시에 병사로 징집했으며 또 그들에게 세금을 부과하여 나라의 재정을 튼튼히 하고자 했다.

이렇게 자기 나라의 부국강병책을 도모하면서 기회만 있으면 작은 나라를 공격하여 영토를 넓혀 나갔다.

전국시대로 들어서면서 오랫동안 강국으로 군림해 오던 중원(中原)의 진(晋)나라와 산동(山東)의 제(齊)나라가 그들의 신하에게 임금 자리를 빼앗겼고, 오랜 전통을 가진 작은 제후국들은 강한 나라에 병합되어 갔다.

거대한 진(晋)나라가 한(韓), 조(趙), 위(魏)의 세 나라로 갈라지고, 나머지 중국 땅을 진(秦), 초(楚), 연(燕), 제(齊)의 네 나라가 차지했다. 역사가들은 이들을 전국칠웅(戰國七雄)이라 부르며 이 전국칠웅이 2백 년 동안의 전국시대에서 각축전을 전개하게 되었다.

이들 중에서도 진(秦)나라의 효공은 죄(罪)의 연좌제를 채용하고 부국강병책을 실시함으로써 전국 칠웅 중 가장 부강한 나라가 되었다. 진나라는 일찍부터 법치주의를 채용하여 새로 확장한 토지를 직할지로 하고, 이 직할지를 군(郡), 현(縣)이라고 부르며 중앙집권적인 정치를 펴기 시작했다. 이 법치주의와 중앙집권주의는 진나라가 다른 나라보다 앞서가는 강대국이 되게 해 주었고, 진나라가 독보적인 강국이 되자 칠웅의 상쟁 속에서 아슬아슬하게 유지되어 오던 세력 균형이 무너지기 시작했다.

이러한 시대적인 상황 속에서 생겨난 것이 이른바 종횡가(縱橫家)이다.

소진(蘇秦)이란 사람이 진나라를 제외한 나머지 여섯 나라를 돌아다니며 임금을 만나서, 약소국인 여섯 나라가 힘을 합쳐 진나라에 대항하여야 살아남을 수 있다는 이론을 설파했다. 여섯 나라들은 소진의 말에 따라 서로 싸우지 않고 강대국 진나라에 대항하기 위하여 힘을 모았다. 이 소진의 술책을 합종책(合縱策)이라고 중국 역사에서는 말한다.

그러자 진나라에서도 가만 있지 않았다. 장의(張儀)라는 사람이 여섯 나라를 돌아다며 반대되는 이론을 설파하여 합종책에 의한 결속을 와해시켰다. 장의의 주장은, 강한 진나라와 손을 잡아야 나라를 오래도록 지탱할 수 있다는 것이었다. 이것을 중국 역사에서는 연횡책이라고 한다. 이와 같은 장의의 연횡책에 의한 외교의 힘을 입어 진나라는, 원교근공책(遠交近攻策)을 써서 여섯 나라를 하나하나 멸망시킨 끝에 마침내 천하를 통일했다.

한비자의 나라인 한(韓)나라는 이들 전국 칠웅 중에서 가장 작고 약한 나라였다. 나라 땅이 작은 데다 서쪽은 진나라, 동쪽은 제나라, 북쪽은 위나라, 남쪽은 초나라에 둘러싸여 있었다. 그래서 작은 나라들 여럿이 강한 나라와 싸움을 할 때면 한나라가 가장 먼저 피해를 입었고, 여섯 나라가 연합하여 진나라를 공격할 때는 그 선봉이 되어야 했다.

한나라로서는 합종책을 따르나 연횡책을 따르나 어렵기는 마찬가지였다.

이 한나라의 어려움은 한비자의 「존한편(存韓篇)」에도 잘 나타나 있다. 이 「존한편」에는, 한나라는 지금껏 진나라를 섬겨왔으니 제발 멸망시키지 말아 달라는 한비자의 말이 실려 있다.

> '한나라가 진나라를 섬겨온 지 삼십여 년 동안, 나아가서는 방패가 되어 주고 들어와서는 깔개가 되어 주는 구실을 해 왔습니다. 진나라가 날쌘 군대를 보내어 남의 나라 땅을 빼앗을 때는 한나라가 이를 도와줌으로써, 한나라는 천하의 원한을 감수했고 그 공로는 강한 진나라에 돌아갔습니다. 그리고 한나라는 공물(貢物)을 바쳤으니 나라가 아니라 진나라의 한 고을과 다름이 없습니다…….'

진시황에게 이렇게 말하는 한비자의 심정은 어떠했을까.

이처럼 한나라의 어려운 현실을 앞에 두고 고심하던 한비자는, 합종책이나 연횡책이나 모두 나라를 구하는 방법은 되지 못하며 〈오두편〉, 약한 나라를 구하는 길은 오직 엄한 법으로 백성들을 다스려 나라의 힘을 한길로 동원함으로써 부강하게 되는 것뿐이라고 생각했다. 이처럼 한비자의 법가사상은 전국시대의 혼란과 한나라의 어려운 처지를 배경으로 해서 발전했다.

사마천의 《사기》에 기술된 것처럼 한비자는 기원전 3세기 초에

한(韓)나라 왕, 안(安)의 아들로 태어났다. 그의 출생 신분은 서공자(庶公子)였다. 서공자란 공자(왕의 아들) 중에서도 어머니의 신분이 낮은 후궁의 소생이라는 뜻이다. 따라서 한비자는 왕족(王族)의 일원이지만 신분이 낮은 위치였다고 말할 수 있다.

앞에서도 말했지만 한나라는 전국 칠웅 중에서 가장 국토가 좁은 나라였다. 지리적으로 중국 전체의 중앙에 위치하고 있었기 때문에 주변에 발전할 수 있는 미개지가 없었으며, 인접한 나라들로부터 압박을 받는 존재였다.

특히 한나라 서쪽에 있는 진나라는 최대의 위협적인 존재였다. 진나라는 기원전 4세기에 상앙(商鞅)의 법치주의를 채용하여 국정의 개혁을 단행했기 때문에 급속하게 강해져서 다른 6개국을 누르고 중국 통일을 도모하게 되었다.

한비자가 태어난 한나라도 소후(昭侯) 때에는 신불해(申不害)를 등용하여 정치 개혁을 단행하고 국력을 충실히 했었다.

그러나 그 뒤에는 쇠퇴의 길을 걸어 한비자의 시대에는 한나라의 운명은 이미 강대한 진나라 앞에 놓인 풍전등화와 같았다. 젊은 공자 한비자는 정치개혁을 단행하여 부국강병을 이룩한 상앙이나 신불해와 같은 개혁자들의 사상에 관심을 갖지 않을 수 없었을 것이다.

그리하여 한비자는 당시의 대표적인 학자였던 순자(荀子) 밑에서 공부를 했다. 그 때 순자의 제자 중에는 뒤에 진나라의 재상이 되어 한비자를 죽인 이사(李斯)도 끼어 있었다. 그런데 이사는 한비자의 재능에 훨씬 미치지 못했다고 한다.

한비자는 순자에게 배운 후, 여러 학파의 설을 받아들이고 비판함으로써 부국강병에 도움이 되는 독자적인 학문을 완성했다.

그러나 힘들여서 부국강병을 성취시킬 수 있는 학문을 완성했다고 하더라도 이것을 정치에 실제로 적용하기 위해서는 우선 자기 나라 왕에게 인정을 받아야 했다. 그러나 한비자는 말을 제대로 하지 못했다.

사마천의 《사기》에 의하면 그는 말을 더듬었다고 한다. 그래서 그는 글을 써서 자기 의견을 왕에게 전달했는데, 그의 글은 너무 날카로웠다. 한비의 이 글들을 모은 것이 곧 〈한비자(韓非子)〉55편이다. 사람 이름이 그대로 저서의 이름이 된 것이다.

한비자의 사상의 핵심은 법(法)과 술(術)이다.

한비자보다 선배인 '법가(法家)'로는 앞에서 말한 진나라의 상앙과 한나라의 신불해 등이 있다. 한비자는 상앙이 주장한 「법」과 신불해가 주장한 「술」을 종합하여 「법술」이론을 완성하고 이것을 국가 통치의 근본원칙이라고 주장했다.

한비자가 말하는 법이란 법령을 말한다.

'법이란 문서로 만들어 관청에 두고 백성에게 알리는 것이다……. 법은 모두에게 알려야 한다' 〈세난편〉

그리고 한비자는 법이야말로 모든 백성이 지켜야 할 유일하고 절대적인 기준이라고 했다.

'밝은 군주가 다스리는 나라에서는 서책(書册)은 무용지물이다. 법, 그것이 가르침이기 때문이다' 〈오두편〉

기준으로서의 법이 철저히 완비되어 있으면 나라라는 기구도 완비된다. 군주는 그 기구의 정점에서 운용만 하면 되는 것이다. 이 법의 응용만 알고 있으면, 아무리 범상한 군주라도 정치를 훌륭하게 할 수가 있다. 이와 같은 법을 운용하는 방법이 바로 「술(術)」이라고 한비자는 말하고 있다.

'술이란 군주가 마음속에 간직하고 이것저것 비교하여 은밀하게 신하를 제어하는 것이다…. 그러므로 술은 남에게 알게 하면 안 된다' 〈난편〉

정치란 인간을 상대로 하는 일이다. 그리고 군주가 직접 상대하는 것은 신하이다. 따라서 이 「술」이란 신하를 조종하는 방법인 것이다.

신하를 조종하려면 우선 신하의 언행에 대해서 알아야 한다. 그러나 밝은 군주는 멀리서나 가까이서나, 신하가 어디 있거나 그 눈과 귀를 뻗쳐 잘못을 놓치지 않고 알아내야 한다. 그렇다고 군주가 자기 자신의 눈과 귀로 직접 보고 들을 수는 없는 일이다.

'군주가 보기 위해서 나라 안의 모든 눈을 이용하고……. 듣기 위해서는 나라 안의 모든 귀를 이용한다.' 〈정법편〉

군주는 나라 안에 정보망을 펴야 한다는 말이다. 그러기 위해서는 밀고를 장려하지 않을 수 없을 것이다. 그러나 이렇게 해서 얻은 신하의 언동에 관한 모든 정보가 과연 그들의 참된 모습일 수 있을까. 신하들의 위장된 언동도 있다고 보아야 한다. 그러므로 이 위장을 간파할 수 있는 「술」이 필요한 것이다.

'의심스러운 말을 하여 부하를 속여 보아야 한다', '알고 있으면서도 모르는 척하는 신라를 시험해 보아야 한다' 〈내저설편〉

이렇게 시험해 보면 신하의 본성을 꿰뚫어 볼 수가 있으며, 신하는 위장할 수 없게 된다고 한비자는 말한다.

이처럼 만전을 기하고 신하에게 일을 하도록 하면서 엄격한 근무평가 기준을 미리 준비해 근거로 일을 시킨 다음 그 일의 결과가 제출한 계획과 일치하면 상을 주고, 부족한 경우는 물론이거니와 성과가 계획을 초과하고 있더라도 벌을 주어야 한다는 것이다.

이것이 바로 한비자가 말하는 술(術), 즉 신하를 조종하는 방법이다.

그러므로 한비자는 이 「법술」을 군주가 채용하는 것만이 부구강병을 실현시키는 유일한 길이라고 역설한다.

이처럼 부국강병을 주장한 한비자는 철두철미하게 힘의 우의를 신봉하고 있었다. 한비자는 다음과 같이 상황의 변화를 포착하고 있다.

'상고(上古)시대에는 도덕(道德)으로 서로 다투었다. 중세(中世)

에는 지모(智謀)로 싸웠다. 그러나 지금은 힘으로 서로 겨루고 있다. 제(齊)나라가 노(魯)나라를 공격하려고 했다. 노나라에서는 자공(子貢)을 파견하여 공격을 중지하라고 설득했다. 그러자 제나라 왕은 이렇게 말했다. 당신이 하는 말은 나도 잘 알고 있소. 그러나 내가 원하는 것은 땅이오. 내가 원하는 것은 당신이 말하는 그런 이론이 아니라 더 넓은 땅이오.'

이 제나라 왕의 말처럼 한비자가 살았던 시대는 눈 깜짝할 사이에 상황이 변하여 도덕이 아니라 힘으로 자기 욕망을 달성하는 시대가 된 것이다. 옛날처럼 하나의 정의(正義)를 내걸면 좋건 싫건 그 정의를 따라야 하는 일은 이미 통용되지 않게 되었다. 정의는 힘을 잃고 그 대신 힘이 정의가 되어 있었다. 그러므로 살아남기 위해서는 이처럼 변화하고 있는 상황에 스스로를 적응시켜야 했다. 그래서 한비자는 정의를 믿지 않았다. 물론 정의라고 하면 이 정의를 부정하고 있다. 그런 정의 대신에 변화하는 상황에 자신을 적응시키기 위하여 한비자는 악의(惡意)을 선택했다.

어쩌면 '악의'란 또 하나의 선의(善意)이며, 동시에 형태를 달리한 '선의'일지도 모른다. 그리고 악의란 선으로부터 한없이 소외되어 있는 인간의 선의에 대한 갈망이라고 할 수도 있다. 그러므로 한비자에게는 이 악의야말로 상황의 변화를 깊이 통찰할 수 있는 유일한 관점이었는지도 모른다. 그리고 나아가서는 상황의 변화를 유도해 내려는 원동력이었는지도 모른다.

"옛날에 우(禹)가 강을 다른 곳으로 흐르게 했다. 그러자 마을 사람들은 돌과 기왓장을 우에게 던졌다"

라고 한비자는 말하고 있다. 이 말을 한 한비자의 저의는 무엇일까. 자연 그대로 살려고 하는 사람들에게는 강을 다른 곳으로 흐르게 하고, 자연을 정복하려는 행위는 틀림없이 악(惡)이었을 것이다. 그러나 이 우임금이 실현한 악에 의하여 홍수는 다스려지고 인간은 농사를 지으며 잘 살게 되었던 것이다.

문화는 항상 악의에 의하여 창조되어 왔다. 기존의 관념과 질서를 거역함으로써 위대한 창조와 발전이 성취되었기 때문이다. 그러므로 선의는 언제나 고통으로 인해 눈물을 흘리는 결과, 즉 진보가 없는 상황을 유지하지만 악의는 새로운 일을 성취시킨다. 그러므로 한비자의 악의란, 저 메피스토펠레스처럼 끊임없이 악을 탐하면서 선을 성취시키는 그런 악의인 것이다

한비자의 악의는 상실된 사랑에 대한 슬픔이기도 하고 분노이기도 했다. 인간이 사랑을 상실한 것은 오래 전의 일이며, 그렇기 때문에 더욱 사랑을 부르짖는 것이었지만 그럴수록 그 메아리는 공허하다.

21세기에서 살아가는 현대인은, 사랑은 이제 '애정 뱅크' 에 가서 찾아서 갖는 것이 될지도 모른다. 그렇게 된다면 오히려 한비자 식으로 악의를 가지고 이런 불합리한 상황에 대응하라고 말하고 싶다. 왜냐 하면 애정이 존재하지 않는 오늘날에는 이 악의야말로 우리에

게 남겨진 오직 하나의 진정한 인간관계인지도 모르기 때문이다.

한비자는 철저하게 사랑을 신용하지 않았다. 어쩌면 한비자는 울고 싶을 정도로 사랑을 믿고 싶었기 때문에, 가식적인 사랑을 내세우거나 베푸는 사람들에게 이 악의를 돌려주었을 것이다. 이와 같은 한비자의 생각에서 우리는 인간적인 면을 발견할 수가 있다.

이와 같은 역설적인 악의를 잘못 해석하고 한비자의 사상은 인간불신(人間不信)의 철학이라고들 흔히 말한다.

법이란, 특히 성문법이라는 것은 모두 인간불신에서 출발하고 있는 것이기 때문에 인간을 신용하고 있으면 법은 전혀 필요치 않은 것이다.

오늘날 관청에 용무가 있어서 찾아가면 어김없이 본인이 누구냐는 것을 증명할 수 있는 서류의 제출을 요구한다. 자기가 자기라는 것은 자명(自明)한 일이고, 이 자명한 일을 증명한다는 것은 어려운 일이다. 그럼에도 불구하고 관청에서 이것을 요구하는 것은 자기가 자기라는 사실을 신용하지 않기 때문이고, 자기가 자기라는 것을 의심하고 있기 때문이다. 이것만 보아도 오늘날은 근본적으로 인간을 믿지 않는 인간 불신 시대라고 할 수가 있다. 악의를 너무 정당화한 것 같지만, 어쨌든 한비자는 효용(效用)을 중요시하고 욕망을 긍정했다. 이는 한비자다운 인간 파악과 관련이 있는 생각이다.

한 사람 한 사람이 실로 가지각색이며 다른 개별적이고 구체적인 인간을 모두 개별적 · 구체적으로 받아들인다는 것은 우리에게는 도저히 불가능한 일이다. 그러므로 우리는 인간을 파악하는 데 있어서, 개괄적으로 판단하고 있는 것이다.

한비자는 이 개별적 · 구체적인 인간을 노동력으로 또는 전투력으로 단일화하고, 또 조직화하여 관리해야 한다고 말하고 있다. 말하자면 한비자는 인간을 추상화하고 있는 것이다. 그러나 이것이야말로 조직 속의 인간인 우리들이 지금 놓여져 있는 상황(狀況)임에 틀림없다.

한비자는 2천 년 이전에 근대 산업사회의 상황을 선취(先取)하고자 했다고 할 수 있다. 한비자는 그것을 관리하는 수단으로 효용을 중요시하고 욕망을 긍정했기 때문이다. 이 밖에도 한비자는 여러 가지 독자적인 특성이 있는 의견을 제시하고, 그것을 종합하는 것으로 법을 주장했다. 이것이 한비자를 제자백가(諸子百家)에서 법가(法家)라고 부르게 되는 이유인 것이다.

이 책에서는 이와 같은 한비자의 사상 전부를 설명하지는 못했다. 인간성에 대한 깊은 통찰력과 인관 관계에 대한 한비자의 날카로운 분석을 설명함으로써 우리가 사는 오늘날의 상황을 이해하고 대처해 나갈 수 있는 지혜를 창출하는 데 도움이 되도록 노력했을 뿐이다.

빠른 속도로 변화하는 메마른 오늘의 상황에서 이 한비자의 '악의' 로 현대를 보다 잘 이해하고 보다 효과적으로 살 수 있게 된다면 그것으로 이 글의 목적은 달성되었다고 생각한다.

앞에서도 말한 것처럼 이 책에서 한비자의 모든 사상을 설명할 수는 없다. 그러므로 독자들이 한비자라는 인간 전체의 윤곽을 알도록 하기 위하여 〈한비자〉55편에 대한 개략적인 설명을 첨부한다. 이것을 읽어 두면 방대한 한비자의 사상 속에서 이 책이 간추려지고 체계가 세워졌다는 것을 독자는 알게 될 것이고, 아울러 〈한비자〉전부를 이해하는 데 있어서 도움이 될 것이기 때문이다.

〈한비자〉는 모두 55편으로 구성되어 있다. 이 55편은 사마천의 《사기》의 기록처럼 10만여 어의 문장으로 구성되어 있다. 이 10만여 어에 달하는 〈한비자〉는 오늘까지 내려오는 〈한비자〉의 분량과 같다.

〈한비자〉55편은 그 내용과 형식으로 보아 크게 도 가지로 분류할 수 있다. 하나는 자기주장을 직접 기술한 논문체와 문답체의 문장들이고, 다른 하나는 설화와 고사류를 인용한 문장들이다. 양적인 면에서 이 두 가지의 비율은 거의 반반이다.

〈한비자〉55편의 구성은 다음과 같다.

제1권 : 1.초견진편 2.존한편 3.난언편 4.신애편 5.주도편

제2권 : 6.유도편 7.이병편 8.양각편 9.팔간편

제3권 : 10.십과편

제4권 : 11.고분편 12.세난편 13.화씨편1 4.간겁시신편

제5권 : 15.망미편 16.삼수편 17.비내편 18.남면편 19.식사편

제6권 : 20.노해편

제7권 : 21.유노편 22.설림상편

제8권 : 23.설림하편 24.관행편 25.안위편 26.수도편 27.용인편 28.공명편 29.대체편

제9권 : 30.내저설상칠술편

제10권 : 31.내저설하육미편

제11권 : 32.외저설좌상편

제12권 : 33.외저설좌하편

제13권 : 34.외저설우상편

제14권 : 35.외저설우하편

제15권 : 36.난일편 37.난이편

제16권 : 38.난삼편 39.난사편

제17권 : 40.난세편 41.문변편 42.문전편 43.정법편 44.설의편 45.궤사편

제18권 : 46.육반편 47.팔설편 48.팔경편

제19권 : 49.오두편 50.현학편

제20권 : 51.충효편 52.인주편 53.칙령편 54.심도편 55.제분편

1. 초견진편(初見秦篇)

이 편은 진시황 14년에 한비자가 한나라 사신으로 진나라에 가서 진왕(후의 진시황)을 만나 상주했다는 글이다. 내용은 여러 제후

들이 힘을 모아 진나라에 대항하려는 '합종책'을 타파하면 진나라가 패권을 누릴 수 있다는 한비자의 의견을 쓴 것이다. 풍부한 자원과 강력한 군사력을 갖추고 있음에도 불구하고 진나라가 패자가 되지 못하고 있는 것은 진나라에 지모가 뛰어난 신하가 없기 때문이라는 주장이다. 그리고 한비자 자신이야말로 그것을 성취시킬 수 있는 지략이 있는 사람이라는 것을 암시하고 있다.

2. 존한편(存韓篇)

이 편은 한(韓)나라를 치지 말아 달라고 진왕에게 올린 한비자의 글과, 그것에 반박하는 이사(李斯)의 글, 그리고 이사가 한나라 임금에게 올린 글을 합쳐 놓은 것이다. 조국인 한나라를 구하려는 한비자의 절실한 주장과 울분과 강개가 구구절절이 흐르고 있다.

3. 난언편(難言篇)

한비자가 초년에 한왕에게 진언한 글로서 시사문제들이 많다. 그리고 진언하는 말이 올바르게 전달되지 않는다는 사실이 논리적으로 전개되어 있다. 사실 당시의 제자백가들은 어떻게 임금을 설득시키느냐라는 것이 무엇보다도 중요한 문제였다. 말이란 참으로 어려운 것이어서 너무 유창하면 실속이 없어 보이고 너무 신중하여 요점만 말하면 졸렬하다는 인상을 면치 못한다고 말하면서, 그 이유를 12가지 조목으로 나누어 제시하고 있다.

그는, 바른 말은 본래 귀에 거슬리는 것이라고 말하고, 임금에게 자기 말을 들어 달라고 당부하며 이 편을 끝맺고 있다.

4. 신애편(臣愛篇)

임금이 신하나 애첩 또는 형제들을 너무 위해 주면 그들이 방자해져서 임금을 위태롭게 만든다. 때문에 임금은 이러한 것을 경계해야 한다는 내용이다. 전제군주로서 그의 권세를 오래 지탱하기 위해서는 남에게 권력을 맡겨서는 안 된다고 주장하고 있다.

5. 주도편(主道篇)

임금이 지켜야 할 도를 해설하고 있다. 여기서 말하는 도(道)는 '만물의 근원이며 시와 비의 기준' 이라는 노자(老子)의 도가(道家) 철학에 근기를 두고 있다. 그러나 아무런 작위(作爲)도 덧붙이는 일도 없이 나라를 자연 그대로 다스려야 한다는 도가의 무위철학에는 반대하고, 무위는 오직 임금의 개인적인 도이므로 임금은 언제나 임금의 입장에서 신하를 엄히 다스려야 한다고 주장하고 있다.

6. 유도편(有道篇)

나라를 다스리려면 법도가 있어야 한다는 주장을 하고 있다. 나라에 법이 있어 누구나 사심 없이 법을 잘 지키면 나라가 잘 다스려진다는 법가사상을 주장하고 있다.

7. 이병편(二炳篇)

이병은 손으로 쥐는 두 개의 자루인데, 이 두 개의 자루를 조종함으로써 나라를 다스릴 수 있다는 정치의 기교를 설명하고 있다. 한비자가 말하는 두 개의 자루란 '법' 과 '덕' 을 가리키며, 이 형벌과 덕(상)을 엄격히 시행해야 나라가 잘 다스려진다는 것을 설명하고 있다.

8. 양각편

노자의 철학을 바탕으로 임금이 지녀야 할 기본적인 태도를 설명한 글이다. '양각' 이란 말의 뜻은, 임금으로서 나라를 다스리는 비결을 개략적으로 드러내서 설명한다는 것이다

9. 팔간편(八姦篇)

이 편에서는 신하가 간사한 행동을 하는 여덟 가지 방법을 해설하여 경계심을 불러일으키고 있다.

1. 임금과 잠자리를 함께 하는 것
2. 측근으로 있는 것
3. 부형의 힘을 빌리는 것
4. 임금의 향락심을 자극하는 것
5. 무지한 백성들을 이용하는 것
6. 유창한 말을 사용하는 것

韓非子

7. 권세를 남용하는 것

8. 이웃나라의 힘을 빌리는 것

이 8가지는 임금의 개인적인 약점을 파고드는 것이며, 이것을 잘 막아야 한다고 말하고 있다.

10. 십과편(十過篇)

임금의 열 가지 잘못을 들어 설명하고 있다.

1. 하찮은 충성에 흡족해하는 것

2. 작은 이익에 관심을 갖는 것

3. 편벽한 행동을 하는 것

4. 정치에 힘쓰지 않고 음악을 좋아하는 것

5. 탐욕스러운 것

6. 여자의 교대에 빠지는 것

7. 나라를 떠나 멀리 여행하는 것

8. 충신들의 말을 듣지 않는 것

9. 자기 힘을 모르고 남을 믿는 것

10. 나라가 작으면서 무례한 짓을 하는 것 등을 들고 이 같은 과오를 범하면 나라가 망하기 쉽다고 설명하고 있다.

11. 고분편(孤憤篇)

고분은 글자 그대로 '외로운 울분' 이라는 뜻을 가졌다. 올바른 법술을 지닌 사람은 반드시 대신들의 방해로 말미암아 임금에게 재능을 인정받지 못하고 외롭게 울분만을 지니게 된다. 한비자는 이러한 울분을 토하면서 대신들의 횡포가 심했던 당시의 정치 정세를 비판하고 있다.

〈한비자〉중에서 중요한 편 중의 하나이다.

12. 세난편(說難篇)

임금을 설득시키는 데 있어서의 어려움을 논하고 있다. 여러 가지로 성격이 다른 임금을 상대로 여러 나라를 돌아다니며 유세하는 어려움이 잘 나타나 있으며 뛰어난 재능이 있으면서도 뜻을 펴지 못하는 한비자의 정열이 글 속에 넘치고 있다. 이 편은 〈한비자〉중에서 유명한 내용으로서 사마천의《사기》의「노자 한비열전」에도 전문이 소개되어 있다.

13. 화씨편(和氏篇)

못난 임금을 깨우치기 위하여 유능한 사람이 얼마나 고생하는가를 '화씨의 구슬'과 관련된 이야기를 들어 설명하고 있다. 여기서도 뜻을 펴지 못한 한비자의 울분이 비유적으로 표시되고 있다.

14. 간겁시신편(姦劫弑臣篇)

이 편에서는 임금을 협박하고 죽이는 간신이 왜 생겨나는가를 설명하고, 이런 자들을 없애려면 법술을 써야 한다고 주장하고 있다. 어지러운 세상을 법으로 다스려야 한다는 법가(法家)의 사상이 잘 나타난 글이다.

15. 망미편(亡微篇)

나라가 망하는 징후는 어떤 것인가에 대한 구체적인 예 47가지를 들어 조목조목 자세히 설명하고 있다. 그리고 한비자의 사상인 법술로서 나라를 다스리면 이런 일이 일어나지 않는다고 설파하고 있다. 이처럼 자기 생각을 조목별로 들어 이야기하는 것은 「이병편」과 「팔간편」에서도 사용한 방법이다.

논리의 전개에 있어서까지 법가다운 냉혹성을 엿보게 만드는 글이다.

16. 삼수편(三守篇)

'삼수' 란 나라를 보전하는 데 있어서 꼭 지켜야 할 세 가지 일을 가리킨다. 여기서 든 세 가지 사항을 잘 지켜야 나라가 편안해진다는 것이다. 후반부분에서는 삼겁(三劫)에 대해서 설명하고 있다. '삼겁' 이란, 첫째 사겁(事劫)으로서 신하가 나라의 권세를 휘두르는 것, 둘째는 명겁(明劫)으로 신하가 나라의 형벌과 명령을 멋대로 하는 것이다. 이 삼겁이 나라를 망친다고 한비자는 경계하고 있다.

17. 비내편(備內篇)

'내부에서 해치려는 사람에 대비하라' 는 이론을 펴고 있다. 신하는 물론 처자도 믿을 수 없다는 내용이다. 한비자의 철저한 인간 불신의 면모를 보여 주고 있다.

18. 남면편(南面篇)

옛날에 임금은 남쪽을 향하고 앉아 여러 신하들과 조회를 했다. 그러므로 남면하고 앉는 것은 임금에 한해서이다. 따라서 신하들은 북면(北面)하고 앉아야 했다.

이 편에서는 임금이 어떻게 신하들을 제어하고 정치를 하여야 하는가를 말하고 있다. 앞의 「비내편」처럼 법설에 대한 주장이 그 대부분을 차지하고 있다.

19. 식사편(飾邪篇)

'식사' 란 신하들이 사악한 마음을 수식한다는 뜻을 가진 말이다. 임금이 법술을 버리고 사사로운 마음을 따라 행동하면 신하들은 사악한 마음을 위장하여 임금에게 아부한다고 말하고 있다. 그리고 점치는 것과 점성술 같은 미신은 법을 반대가 되는 사도라고 주장하고 있다.

20. 노해편(老解篇) · 21. 유노편(유老篇)

'노해' 란 노자의 뜻을 해설한다는 뜻을 가지고 있다. '유노' 란 노자의 학설을 깨우친다는 뜻이다. 두 편 모두 노자 학설에 대한 한비자의 주장과 입장을 밝힌 글이다.

22. 설림상편(說林上篇) · 23. 설림하편(說林下篇)

'설림' 이란 여러 가지 논설을 많이 모아 놓았다는 뜻을 가지고 있다. 이 편의 내용은 여러 가지 잡다한 교훈적인 내용으로 이루어져 있다. 분량이 많기 때문에 상편과 하편으로 나누었다고 보여진다. 상편, 하편이 특별히 다른 특징은 없다.

24. 관행편(觀行篇) · 25. 안위편(安危篇) · 26. 수도편(守道篇)

'관행' 이란 군주가 스스로의 행위를 돌이켜본다는 뜻을 가지고 있다. 이 편에서는 인간의 운명과 요 · 순에 관한 이야기가 나온다. 사람의 운명이란 여러 사람의 능력을 동원하면 타개해 나갈 수도 있다는 것이 글의 요점이다. 「안위편」에서는 나라를 편안하게 하는 7가지 방법과 위태롭게 하는 6가지 방법을 조목조목 설명하고 있나. 「수도편」에서는 도를 잘 지키는 신하와 그에 관한 문제를 논하고 나라를 지키는 도에 대해서 설명하고 있다.

30, 31, 32, 33, 34, 35, 내외저설(內外儲說) 여섯 편(六篇)

'내저설(內儲說)' 은 뒤에 '외저설' 이 나오므로 '내편(內篇)' 이란 뜻을 가지고 있고, '외저설' 은 '외편(外篇)' 이라는 뜻을 가지고 있다. '저(儲)' 는 저(貯)와 통해 '저축하는 것' 또는 '모아 놓는 것' 이라는 뜻을 가진 말이다. 따라서 임금을 위한 여러 가지 교훈적인 이야기를 모아 놓은 것이 이 '내저설' 과 '외저설' 이다.

'내저설'은 경과 설로 나뉘어져 있는데, 경은 원칙적인 논리를 기술한 것이고 설은 그것에 대한 해설이다. '외저설'은 경이 있고 그것에 대한 해설로 전(傳)의 형식을 취한 소설체의 성격을 띤 단편적인 이야기들이다. '칠술(七術)'은 신하들을 다스리는 일곱 가지 술법이란 뜻을 가진 말이고, '육미(六微)'란 임금이 잘 살펴야 할 여섯 가지 기미를 말한다. '좌상', '좌하', '우상', '우하'는 이들 분야의 분량이 많아서 다른 편과 길이의 균형을 맞추기 위하여 편의상 같은 내용을 쪼개어 붙인 것이다. 이 「내외저설육편」의 내용도 역시 임금이 지켜야 할 일, 조심해야 할 일 생각해야 할 일들을 이야기를 곁들여서 설명하고 있다.

36, 37, 38, 39, 난일(難一)~난사편(難四篇)

여기서 '난(難)'이란 '비난' 또는 '논란'이라는 뜻을 가진 말이며, 1부부터 4부까지 4편이 있다. 내용을 보면 모두 일반적으로 좋은 일이라고 생각되는 이야기를 한 다음 '어떤 사람이 말하기를(或曰)' 하고 서두를 꺼내면서 그 이야기에 대한 불합리성과 불완전성을 정확한 고증을 통해 비평하고 있다. 대개 유가(儒家)의 덕치주의를 논하면서 법가로서의 자기 의견을 말하고 있다.

40. 난세편(難世篇)

이 편에서는 법가의 선구적인 사상가 신도(愼到)의 '세(勢)'에 의한 세치주의(世治主義)를 논박하고 있다. '세'라는 것은 다스리는 데 있어서 편리하기는 하지만 나라를 어지럽히기도 한다. 때문에 권세도 중요하지만 그것을 이용하는 사람의 자질이 중요하다고 한비자는 강조하고 있다.

41. 문변편(問辮篇)

당시 성행했던 변론(辯論)이 어디서 생겨났는가에 대해서 논한 글이다. 한비자 사상의 일면이 잘 나타난 글로서, 혜시와 공손룡 등 명가의 주장을 공격하고 있다. 논리는 궤변일 뿐 실제적인 효용이 없다고 지적하고 있다.

42. 문전편(問田篇)

'서거(徐渠)라는 사람이 전구(田鳩)에게 물었다'는 첫 구절에서 두 글자를 딴 편 이름이다. 이 편의 전반부는 서거와 전구의 대화이고, 후반부는 당계공과 한비자의 대화로 구성되어 있다. 위태로운 전국시대에 자기 몸을 돌보지 않고 유세하는 것은 어지러운 세상을 걱정하기 때문이라는 그의 심정이 잘 나타나 있다.

43. 정법편(定法篇)

법가의 선구자인 신불해와 상앙의 사상과 업적을 통해 '법술'에 대해서 논했으며, 한비자의 새로운 법가로서의 학설이 요약되어 있다. 「정법」이란 법술, 또는 법사상을 안정시킨다는 뜻을 가진 말이다.

문체가 문답식으로 구성되어 있으며, 신불해의 '술'과 상앙의

'법' 에 대해서 논했다.

한비자는 이 두 사람과 앞에서 소개한 신도의 '세치주의' 는 정치에 있어서 빠져서는 안 되는 것이라면서 이 셋을 통합하여 하나로 하고, 여기에 다시 정치의 도를 가미하고 있다.

44. 설의편(說疑篇)

'설의' 란 비슷하면서도 옳지 않은 여러 가지를 논설한다는 뜻을 가진 말이다. 이 편에서 한비자는 왕도정치의 개념을 철저하게 부인하고 있으며 독단에 흐르고 있다. 인의예지(仁義禮智)의 정치는 불가능하며, 군주는 오로지 법만을 중요시해야 한다는 그의 주장이 펼쳐져 있다.

45. 궤사편(詭使篇)

서로 어긋나는 정치에 대해서 논한 글이다. 위에서 하달되는 명령이 현실적으로 그것을 시행하는 과정에서 차지을 초래하는 경우가 많다. 이는 인간의 사사로운 이해가 개입되기 때문이며, 이를 시정하기 위해서는 법령을 확립하는 길밖에 없다. 이 편에서는 법의 엄정성과 냉혹성을 강조하고 있다

46. 육반편(六反篇)

'육반' 이란 6가지 잘못된 사람이라는 뜻을 가지고 있다. 이 편에서는 살봇된 성격의 사람인데도 세상에서 대접받는 여섯 가지 유

형과, 성실하고 훌륭한 사람인데도 세상에서 경시를 받는 여섯가지의 유형에 대해 설명하고 있다.

47. 팔설편(八說篇)

이 편에서는 훌륭하고 칭찬받을 만한 여덟 가지 부류의 사람들에 대해서 논하고 있다. 그 내용이나 구성은 앞의 '육반편' 과 똑같다. 육반편을 보충하기 위해 쓰여진 것 같다. 세상에서는 훌륭하다고 칭찬을 받지만 실은 나라에 해를 끼치고 있는 사람들이 많다는, 한비자의 사회관을 웅변하고 있다.

48. 팔경편(八經篇)

나라를 다스리는 데 있어서 중요한 여덟 가지 사항을 조목조목 서술하고 있다. '혼란이 어째서 일어나는가, 잘 살펴야 한다.' , '신하들이 말한 것과 그 행동이 일치 하는가 살펴야 한다.' 는 등 여덟 가지 사항이 기술되어 있다.

49. 오두편

'두' 는 나무를 파먹는 좀 벌레라는 뜻을 가진 말로서 나라에도 좀벌레처럼 나라를 병들게 하는 다섯 종류의 인간들이 있다는 것이다. 이 「오두편」은 「세난편」과 뒤의 「현학편」과 함께 옛날부터 〈한비자〉를 대표하는 유명한 글이다.

50. 현학편(顯學篇)

'현학'은 세상에 잘 알려진 학문이라는 뜻을 가지고 있다. 전국 시대에 세상에 가장 잘 알려진 학문은 유가와 묵가였다. 여기서는 이 학파들의 모순을 비판하면서 법가사상의 유용성을 주장하고 있다.

51. 충효편(忠孝篇)

유가들의 충효사상을 비판하고 참된 충효란 무엇인가에 대해 한비자의 사상을 바탕으로 전개하고 있다.

52. 인주편(人主篇)

사람의 주인, 즉 임금된 자는 어떻게 정치를 해야 하는가에 대해서 논하고 있다. 앞의 내용들과 겹치는 부분이 많아 후학들이 쓴 것이로 학자들은 보고 있다.

53. 칙령편(飭令篇)

명령을 닦는다는 뜻이다. 임금의 명령을 잘 초안하여 전달해야 나라가 잘 다스려진다는 것을 강조한 글로 상앙의 「상자」·「근령편」과 비슷하다.

54. 심도편(心度篇)

'심도'란 민심의 법도라는 뜻을 가진 말이다. 나라를 다스리려면 민심이 법도를 따르도록 잘 헤아려 정책을 실현해 나가야 하며,

무조건 백성의 욕망을 따라서는 안 된다는 것을 강조한 글이다.

55. 제분편(制分篇)

'제분' 은 분별을 제정한다는 뜻을 가지고 있다. 여기서 분별이란 형벌과 시상을 바르게 행하는 것을 뜻한다. 이 글의 뒷 부분에서 죄의 연좌제와 잘못의 고발을 권장하고 있는데, 이는 상앙 이래의 법가의 전통적인 치안 정책이기도 하다. 그리고 사람을 쓸 때도 역시 사람을 기준으로 하지 말고 법을 기준으로 해야 한다고 주장하고 있다. 한비자의 사상의 결론이라고 할 수 있는 글이다.

이상으로〈한비자〉55편의 골자를 모두 소개했다.

여기서 알아두어야 할 것은 한비자의 법가 사상이, 진리가 아니라 나라를 나스리기 위한 하나의 편법이라는 사실이다.

그리고 한비자의 사상은 어지러운 전국시대에서 살아남기 위한 냉엄한 철학이었다는 점이다. 그러므로 불황이라든가 여러 가지 객관적 요인으로 기업이 어려울 때 많은 사람들이 그 어려움을 극복하고 살아남기 위하여 〈한비자〉를 공부하는 것은 매우 의미가 있는 일일 것이다.

통솔하는 지혜

02

2. 통솔하는 지혜

도(道)란 만물의 시작이며 시와 비의 기준인 것이다. 그러므로 명석한 수뇌(首腦)는 그 근원을 파악함으로써 만물의 기원을 알고, 시와 비의 기준을 다스림으로써 일의 성패의 원인을 안다. 그 빈 마음과 냉정하고 고요한 태도로 부하로 하여금 스스로 이름(名)을 세우고, 그들 스스로 일을 정하도록 하는 것이다.

윗자리에 있는 사람과 부하의 관계에 대하여 한비자(韓非子)는 다음과 같은 일화를 예로 들고 있다.

'옛날에 한(韓)나라의 소후(昭侯)가 술이 취해 선잠이 들었다. 관계(冠係 : 머리에 쓰는 관을 관리하는 일)의 일을 하는 사람이 추울 것이라는 생각이 들어서 잠을 자는 소후에게 옷을 덮어 주었다. 얼마 후에 소후가 눈을 떴다. 그리고 옷으로 추위를 막아 준 사람의 마음가짐을 가상히 여겨 주위의 사람들에게 물었다.

"내게 옷을 덮어 준 사람이 누구인가?"

"관계를 담당한 사람입니다."

하고 옆에 있던 사람이 대답했다.

그러자 소후는 의복계(衣服係)와 관계를 함께 처벌했다.'

소후가 의복계를 처벌한 것은 그의 임무를 다하지 않았기 때문이며, 관계를 처벌한 것은 자기 직분을 벗어난 일을 했기 때문이다.

추위가 고통스럽지 않은 것은 아니지만, 남의 직무 분야를 침범하는 일에서 오는 폐단이 그 추위에서 오는 고통을 훨씬 능가한다고 소후는 생각했기 때문이다.

한비자는 관계와 의복계를 동시에 처벌한 이유를 이렇게 설명하고 있는 것이다.

무척 냉혹하고 비정한 것처럼 보이지만, 한비자는 개인적인 선의(善意)와 착한 마음씨를 높이 사는 것보다 조직의 질서를 지키는 것이 훨씬 소중하다고 생각했을 것이다. 작은 선의와 착한 마음이라고 칭찬하고 방치해 주면, 질서가 문란해지게 되어 더 큰 남의 영역을 침범하는 결과를 가져오며, 이런 것들이 쌓여 조직 전체가 붕괴되는 일이 생기지 않는다고 단언할 수 없다.

관계라든가 의복계라는 좀 옛스러운 직명(職名)은 생경하게 느껴지기 쉽다. 그러나 이 직명을 경리 담당, 인사 담당, 제조 담당, 영업 담당 등으로 바꾸어 보면 남의 업무 영역을 침범한다는 것이 얼마나 중대한 결과를 가져오는가를 쉽게 알 수 있을 것이다. 경리 담당자가 인사 문제에 관여하고, 제조 담당자가 영업 담당자의 일에 간섭한다면 그 조직은 머지않아 소리를 내며 붕괴될 것이다.

물론 최근에는 이와 같은 종적(從的)인 제도를 배제하고 모든 담당자가 협력하여 어떻게 하면 소비자의 요구에 부응할 수 있는가 하는 합의적(合意的)인 팀으로 조직을 바꾸어 가고 있는 것도 사실이다. 그러나 이렇게 한다고 해도 제각기 자기 직책을 바탕으로 한 협력이라는 점에서는 다를 바가 없다.

어쨌든 한비자는 남이 하는 일에 눈을 돌리기 전에 우선 자신의 임무를 확실하게 수행하고 전력투구하기 위한 엄격성이 필요하다고 주장하고 있는 것이다. 그리고 이것은 반박의 여지가 없는 정론(正論)이라고 생각된다.

그러나 여기서 그친다면 너무나 무미건조한 정론에 불과하다는 것은 다시 말할 필요조차도 없다. 그리하여 한비자는 다시 다음과 같은 이야기를 하게 된다.

'노(魯)나라 대신 맹손(孟孫)이 사냥하러 나가 새끼사슴을 산 채로 잡았다. 진서파(秦西巴)에게 명해 그것을 마차에 싣고 돌아가게 했다. 그러나 어미사슴이 눈물을 흘리며 마차 뒤를 따라오고 있었기 때문에 진서파는 불쌍하게 생각하며 사슴을 놓아 주었다. 집에 돌아온 맹손이 새끼사슴을 데리고 오라고 진서파에게 말했다.

진서파는,

"어미사슴이 눈물을 흘리며 따라오는 것이 측은하여 새끼사슴을 놓아 주었습니다.”

라고 대답했다

맹손은 크게 노해 진서파를 집에서 추방해 버렸다. 그러나 맹손은 석 달 후 추방했던 진서파를 다시 불러 자기 아들을 돌보는 일을 시켰다.

“지난번에는 저 사람을 추방하셨는데, 지금 다시 불러들여 아드님을 돌보는 일을 시키는 이유는 무엇입니까?”

하고 측근 한 사람이 물었다.

그랬더니 맹손은 대답했다.

“진서파는 사슴새끼에게까지 그 착한 마음이 미치는 사람이므로 내 아들에게도 그 착한 마음이 미치지 않을 수 없을 것이다.”

‘교사(巧詐)는 졸성(拙誠)만 소하다(교묘한 거짓은 서툰 성실만 못하다).’

한비자는 이 진서파의 이야기와 대비시켜 춘추시대(春秋時代)에 아들을 삶은 국물을 태연하게 마시며 충성을 위장했지만 중용(重用)되지 못한 악양(樂羊)이라는 장군의 예를 들어 평하고 있다. 악양의 교묘한 거짓보다 진서파의 서투른 성실이 낫다는 것이다. 그러므로 윗자리에 앉은 사람은, 부하가 맡은 바 직무의 수행을 완수하도록 요구하는 한편, 그 부하의 심정(心情)의 움직임까지 자세히 지켜보며, 한비자가 말하는 이 졸성(拙誠)을 확인한 다음 알맞은 직책을 준비해 주어야 함을 잊어서는 안 된다. 한비자는 윗자리에 있는 사람의 모습은 이런 것이어야 한다고 생각하는 것이다.

인간에게는 선의가 있으며, 그 선의는 아름답고 훌륭한 것이다. 그러나 선의는 찰나적인 연소(燃燒)와 비슷하여 너무나 공허하다. 남의 선의를 기대하고 또 인간의 선의를 전제로 하여 여러 가지 계획을 입안하는 것은, 아무리 치밀하게 생각한다고 해도 자살행위와 비슷할 정도로 그 선의는 지속되지 않을 것이며, 그 선의의 지속을 보증할 아무것도 없다. 한비자는 그 같은 사실을 잘 알고 있었던 것이다.

인간이란 기본적으로 비정(非情)한 것이며, 그리고 상황(狀況)은 시시각각으로 변화하기 때문에 선의는 언제라도 악의(惡意)로 전환될 수 있다는 것을 한비자는 명확하게 그의 시야(視野)에 담고 있었다. 그리고 선의는 왜 지속되지 않는가, 선의의 지속을 대신할 수 있는 것은 없는가, 한비자는 그것을 추구해 나가고 있다.

한비자가 예로 든 다음의 이야기에서 우리는 그와 같은 그의 노력을 엿볼 수 있다.

옛날에 미자하(彌庇瑕)는 위(衛)나라 영공(靈公)의 총애를 받고 있었다. 위나라 법률에 의하면 허가 없이 군주의 수레를 탄 사람은 발꿈치를 베는 형벌을 받게 되어 있었다.

어느 날 미자하의 어머니가 병에 걸렸다. 밤늦게 몰래 남몰래 찾아와서 미자하에게 그 사실을 전해 준 사람이 있었다. 미자하는 임금의 허락을 받았다고 거짓말을 하여 임금의 수레를 타고 급히 어머니 곁으로 달려갔다. 위의 영공은 그 같은 사실을 알았으나 그는 미자하가 어질다는 것을 알고 있었기에,

"효자로구나, 어머니의 병을 걱정한 나머지 자기의 발꿈치를 베일 것도 두려워하지 않았구나."라고 말했다

또 어느 날 미자하가 임금과 함께 과수원에서 놀고 있을 때였다. 열려 있는 복숭아를 하나 따서 먹어 보니 무척 맛이 있었다. 그래서 다 먹지 않고 반쯤 남은 복숭아를 임금에게 권했다. 임금은 다시 감탄했다.

"나를 극진히 사랑하고 있구나, 제 입에 넣었던 것을 잊고 내게 먹으라고 하다니."

그러나 그 후 미자하의 고운 얼굴이 사라지자 영공의 총애도 사라졌는데 임금에게 또 죄를 짓게 되었다. 그러자 임금이 말했다.

"이 자는 옛날에 내 허락도 없이 내 수레를 탔다. 그리고 자기가 먹던 복숭아를 나에게 먹인 적도 있다."

미자하의 행동은 조금도 달라지지 않은 동일한 행동이다. 그런데도 불구하고 전에는 칭찬을 받은 이유가 그대로 문책을 받는 이유로 변하고 말았다.

그것은 한 마디로 말해서 애증(愛憎)의 변화가 작용했기 때문이

다. 그러므로 군주에게 사랑을 받고 있을 때는 군주는 그 사람의 의견을 받아들이며 점점 신임을 받게 될 것이다. 그러나 만일 군주의 미움을 받는다면 그 사람의 의견은 군주에게 받아들여지지 않을 뿐만 아니라, 반대로 벌을 받고 더욱더 소원해지게 되는 것이다. 그러므로 간섭하는 선비는 자신에 대한 임금의 애증을 살핀 뒤에 설득하지 않으면 안 된다. 이것은 한비자의 예리한 통찰에서 나온 이야기라고 아니 할 수 없다.

다시 말하자면 부하된 사람은 상사의 인정을 받고 후한 대접을 받는다고 해서 그 호의에 만족할 것이 아니라, 그것이 언젠가는 냉정한 대접과 악의로 변화할 수 있다는 것을 명심하고 상사의 마음의 움직임을 냉정하게 파악하면서 상황의 변화를 충분히 고려해야 한다고 한비자는 충고하고 있는 것이다.

그렇다면 어떻게 해야 윗자리에 있는 사람의 마음의 움직임을 알 수 있는가. 윗자리에 있는 사람이 하는 말의 이모저모, 일을 할 때에 나타내는 기쁨과 분노, 그리고 사소한 표정의 변화, 말투, 기호의 경향 등을 놓치지 않고 관찰하고, 추적해 나간다면 윗자리에 있는 사람의 마음의 움직임을 자연히 알게 될 것이다. 그러나 한비자는 보다 적극적으로 윗자리에 있는 상사의 마음의 움직임에 대한 정보를 얻어내는 방법을 설명해 주고 있다.

이 방법을 설명한 한비자의 이야기 두 가지를 소개한다.

맹상군(孟嘗君)은 제(薺)나라의 재상이었다. 때마침 제나라 위왕(成王)의 정부인이 죽었다. 궁중에는 10명의 후궁이 있어 모두 위왕의 총애를 받고 있었다. 맹상군은 왕이 이 후궁들 중에서 누구를 새로운 정부인으로 세울 생각인지 간절하게 알고 싶었다. 만일 그가 어떤 후궁을 정부인으로 맞이하도록 추천하고 왕이 그 의견을 들어준다면, 새 정부인을 옹립한 공적을 인정받을 것이라고 그는 생각했다. 그러나 만일 그가 추천하는 후궁을 왕이 정부인으로 맞아 주지 않는다면 자신의 의견이 채택되지 않는 결과가 되는 것이며, 새 정부인을 옹립하는 데 있어서 자신은 완전히 체면을 잃게 되고 말 것이었다. 그리하여 맹상군은 왕이 어느 후궁을 새 정부인으로 세우려 하고 있는가를 비밀리에 알아내어 그 후궁을 정부인으로 삼으라고 왕에게 진언하기로 했다.

맹상군은 10개의 구슬 귀걸이를 만들었다. 그 중에서 하나만을 특별히 아름답게 만들어 다른 9개와 함께 위왕에게 헌상했다. 위왕은 맹상군이 가져다 준 귀걸이를 10명의 후궁들에게 나누어 주었다. 다음 날 맹상군은 특별히 아름답게 만든 귀걸이를 달고 있는 후궁을 위왕에게 권하여 정부인으로 삼게 했다.'

'초(楚)나라의 성왕(成王)은 상신(商臣)을 태자로 삼았다. 그러나 그 후, 후궁 소생자인 공자 직(職)을 태자로 책봉하고 싶어했다. 상신은 그 소문을 들었지만 그것이 사실인지 거짓말인지 알 수 없었다. 그리하여 상신은 자기의 스승 번숭(磻崇)에게 물었다.

"어떻게 해야 이것을 확인할 수 있겠소?"

"성왕의 누이동생의 남편인 강우(江芋)를 초대하여 연회를 열고, 일부러 실례되는 행동을 해 보시면 알 수 있을 것입니다."

라고 번숭이 대답했다.

태자는 번숭이 시키는 대로 했다. 그러자 강우가 화를 내며 말했다.

"정말 쓸모없는 사람이군, 왕께서 자네 대신에 직을 태자로 책봉하려는 것도 이해가 간다."

강우가 홧김에 한 이 말을 듣고 상신은,

"소문이 사실이었군."

하고 탄식했다.

"직이 태자가 되면 동생의 신하로서 봉사할 수 있겠습니까?"

하고 번숭이 물었다.

"그렇게 할 수는 없소."

"그럼 타국을 방랑할 수 있습니까?"

"그것도 할 수 없네."

"그렇다면 큰 일을 도모할 수도 있겠습니까?"

"그래, 해 봅시다."

그리하여 상신은 근위병을 이끌고 성왕을 공격했다. 포로가 된

성왕은, 기왕 죽을 바에는 곰의 발바닥을 먹은 뒤에 죽는 것이 소원이라고 아들에게 부탁했다. 죽으면서 최고의 맛있는 음식을 먹고 싶었는지, 혹은 시간을 벌기 위한 술책이었는지 모른다. 그러나 상신은 허락하지 않았다. 결국 성왕은 자살했다.

의식적으로 하나의 꾸며 낸 행동을 함으로써 그에 따라 상대방의 조심성 없는 행동을 관찰하여 그 마음의 움직임을 알아 내려고 하는 상투적인 정보 수집의 기술이라고 할 수 있다. 그러나 여기에는 노골적으로 작위적인 행동을 해야 하는 약점이 있으므로 속임수가 들통 나기 쉬우며, 위험한 함정에 빠질 위험마저 있다는 것은 부정할 수 없다.

그러나 한비자는 다시 이렇게 말하고 있다.

"윗자리에 있는 사람과 부하와의 이익은 서로 상반(相反)되는 것이다. 왜냐 하면 윗자리에 있는 사람의 이익이란 능력 있는 사람을 채용하여 거기에 적합한 직무를 주어 일하게 하는 것인데 반해, 부하가 추구하는 이익이란 능력이 없는데도 불구하고 보다 좋은 자리에 앉으려고 하는 것이기 때문이다."

윗자리에 있는 사람의 이익이란 공로가 있는 사람에게 지위와 녹을 주는 것인데 반하여, 부하 된 사람의 이익이란 공적이 없으면서도 부(富)와 높은 지위를 손에 넣으려 하기 때문이다.

그 예로 〈한비자〉속에 있는 하나의 일화를 소개한다.

'송(宋)나라의 숭문(崇門)이라는 도시에, 부모의 상을 입고 계율을 엄격하게 지켰기 때문에 몹시 쇠약해진 사람이 있었다.

송나라의 군주는 그 사람의 이야기를 듣더니 부모에 대한 효심이 무척 깊다면서 감탄했다. 그리고 요즘에는 보기 드문 효자라면서 작은 벼슬을 주었다. 그러자 다음 해에는 부모의 상을 입고는 일부러 예절을 지키다가 굶어 죽는 사람들이 10명 이상이나 생겼다.'

아들이 부모의 상을 입고 효성을 다하는 것은 부모를 그리워하고 생각하기 때문인데, 그것까지도 포상을 함으로써 장려할 수가 있다는 한비자의 생각을 표현한 이야기이다. 그리고 보면 별다른 능력도 없으면서도 보다 좋은 직책을 맡으려고 하며, 요행을 바라는 무리들이 무척 많다고 할 수 있는 것이다.

그러므로 한비자 식이라기보다 윗자리에 있는 사람의 입장에서 보면, 맹상군이 행한 방법과 같은 정보 수집은 윗자리에 있는 사람과 반대 관계에 있는 부하가 공적도 없음에도 불구하고 부와 높은 지위를 손에 넣으려고 하는 극히 이기적인 행동이라고 하지 않을 수 없다.

따라서, 송나라 숭문의 사람들이 했듯이 능력이 없으면서도 보다 좋은 일자리를 얻기 위해 죽음까지도 서슴지 않은 왕성한 사행심의 발휘 역시 악의는 없다고 해도 지나치게 이기적이라는 점에서는 조금도 다름이 없는 것이다.

그러나 이와 같은 형태로 윗자리에 있는 사람을 속이고 자기의 편리함을 도모하려는 사람에게는 당연히 윗자리에 있는 사람에게서 받을 일종의 복수가 기다리고 있는 것이다.

한비자는 몇 가지 예를 소개하고 있다

방경(龐敬)은 현령(縣令)이었다. 그가 어느 날 시장(市場)을 감독하는 관리를 감독하기 위해 시장에 갔다. 그는 시장에 가서 관리책임자를 불러 자기 앞에 세워 둔 채 아무 말도 하지 않고 한동안 서 있기만 했다. 그리고 그 책임자를 돌려보냈다. 시장의 관리는 그 광경을 보고 현령과 책임자가 무엇인가 상의했다고 생각했으며 그 때문에 나쁜 짓을 하지 못하게 되었다.

한(韓)나라의 소후(昭後)가 손톱을 깎았다. 그리고 그 중 한 개를 잃어버린 척하고 측근에게 그것을 찾아 내라고 재촉했다. 군주의 손톱은 부정한 곳에 버리면 안 되게 되어 있었기 때문이다. 그러자 좌우에 있던 사람들이 자기 손톱을 몰래 잘라 그것을 소후의 것이라고 속이면서 내놓았다. 소후는 그것을 보고 좌우에서 자기를 보필하는 신하들이 정직하지 않다는 것을 알았다.

한나라의 소후가 사자(使者)에게 말을 타고 현(縣)에 다녀오라고 했다. 사자가 다녀와 보고를 하자 소후가 물었다.

"무엇을 보았는가?"

"별로 본 것이 없습니다."

"무엇이든지 보았을 것이 아니냐?"

"그러고 보니 생각납니다만, 남문(南門) 밖에서 누런 송아지가 길 왼쪽 논에 들어가서 벼를 뜯어먹고 있는 것을 보았습니다."

소후는 지금 내게 한 말은 누구에게도 말해서는 안 된다고 사자에게 함구령을 내린 다음 다른 신하에게 명령을 내렸다.

"모심기철을 맞이하여 우마(牛馬)가 남의 논에 들어가게 하면 안 된다는 법률이 시퍼렇게 살아 있다. 그런데도 불구하고 관리라는 자들이 자기 직무에 충실하지 않기 때문에 많은 소와 말들이 남의 밭에 들어가 모를 뜯어먹고 있다. 즉시 그 수를 조사해 올리도록 하라. 빠뜨린 것이 있으면 그 죄를 무겁게 묻겠다."

관리는 즉시 동문, 서문, 북문의 문 밖을 조사하고 그 수를 보고했다.

"이게 전부는 아닐 게다."

하고 생각한 소후는 다시 조사하라고 지시했다. 그랬더니 남문 밖에 있는 그 송아지가 발견되었다.

관리들은 소후의 밝은 관찰에 경탄한 나머지 모두가 두려워하고 존경하며 죄를 범하려 하지 않게 되었다.

알고 있는 것을 숨기고, 모르는 척하면서 물으면 알지 못하는 것까지 알게 된다. 하나의 일을 탐지하면 숨겨진 많은 것들까지 나타나는 것이라고 한비자는 말한다.

이와 같이 윗자리에 있는 사람의 풍부한 상상력을 극찬할 가치가 있는데, 그것은 바로 능력이 없으면서 보다 좋은 자리를 얻으려하고, 공적이 없으면서 부와 높은 지위를 손에 넣으려는 부하의 이기적인 교활함을 뒤집어 놓는 것과 다름없는 일이다. 따라서 악인(惡人)을 물리치는 데는 효과가 있을지는 모르지만, 이와 같은 대립과 속임수가 윗자리에 있는 사람과 부하 사이에 구축되어 버린다면 그런 조직은 아마도 머지않아 붕괴되고 말 것이다.

더구나 윗자리에 있는 사람에게 아부하고 알랑거리면서 달콤한 꿀물을 빨아먹으려는 사람은 오히려 그 수가 적고, 대부분의 부하는 정직하고 또 직무에 충실하고자 할 것이다. 그들의 협력을 받아들이지 않으면 안 된다. 물론 마음에 들지 않는 행동 속에서도 어딘가 취할 점이 반드시 있는 것이라고 한비자가 말하듯히, 사람은 제각기 한 가지씩은 능력을 몸에 익히고 있음이 틀림없다.

한비자는 이와 관련하여 다음과 같은 이야기를 하고 있다.

제(齊)나라의 환공(桓公)이 관중(管中)에게, 대신의 임명에 관하여 물었다. 그러자 관중이 대답했다.

"말이 유창하고 금전에 대해서는 청결하며 인정이 많은 점에서는 저도 현상(鉉商)을 따르지 못합니다. 현상을 법무대신(法務大臣)에 임명하시기 바랍니다. 또 계단을 내리고 오를 때에도 경건하게 자기를 낮추고, 예의바르게 빈객을 응대하는 일에 있어서는 저도 습명(隰明)을 따르지 못합니다. 그를 외교(外交) 담당 대신으로 임명하시기 바랍니다. 그리고 초원(草原)을 개척하여 마을을 만들고 황무지를 개척하여 조밭을 만드는 일에 있어서는 저도 영무(寧武)를 따르지 못합니다. 이 영무를 농업 담당 대신으로 임명하시기 바랍니다. 또한 3군을 통솔하고 병사들로 하여금 생명을 아까워하지 않고 싸우게 하는 일에 있어서는 저도 공자(公子) 성보(成父)를 당해 내지 못합니다. 바라옵건대 공자 성보를 국방 담당 대신에 임명하시기 바랍니다. 꾸밈없이 간언(諫言)하는 일에 있어서 저는 동곽아(東郭牙)를 따르지 못합니다. 동곽아를 간언 담당 대신에 임명하시기 바랍니다. 제나라를 다스리는 데 만족하지 않고 만약 천하의 패왕(覇王)이 되고 싶으시다면 그것을 성취해 드리기 위해서는 지금까지 진언해 드린 이 관중(管仲)이 옆에 있습니다."

적어도, 금전적인 면에서 깨끗하다고 할 수 없으며, 예의가 바르지도 않으며, 군대의 지휘에는 작은 재능도 가지고 있다고 할 수 조차 없었던 관중에게도 제의 환공을 패왕으로 만들 수 있는 기량은 충분히 있었던 것이다.

그리하여 관중의 투철한 자각으로 착실히 짜여진 의견을 채용한 제나라의 환공은 짜임새 있는 팀워크로 난마(亂麻)와 같이 흩어져 있던 천하를 하나로 묶어 제후(諸侯)들을 지배하는 패왕이 될 수 있었던 것이다.

무릇 천하를 하나로 묶어 제후들을 지배한다는 것은 훌륭하고 위대한 일이다. 그것은 윗자리에 있는 사람의 힘만으로 이루어지는 일은 아니며, 또한 부하들의 힘만으로 성취되는 일도 아니다.

옛날에 궁지기(宮之奇)는 우나라에 있었고, 희부기(僖負羈)는 조(曹)나라에 있었다. 이 두 사람의 지혜에 대해서 말하자면, 입을 열어 이야기하면 사물의 핵심에 이르고, 실제로 행동하면 확실한 효과를 거두는 대단한 것이었다. 그럼에도 불구하고 우나라와 조나라가 모두 멸망해 버린 것은 무슨 까닭일까.

그것은 부하는 있었지만 윗자리에 있는 사람이 신통치 않아서였다. 다시 말하자면 건숙(乾肅)이 우(于)나라에 있을 때 우나라는 망했고, 건숙이 진(秦)나라에 가자 진나라는 천하의 패자가 되었다. 그것은 우나라에 있을 때의 건숙이 어리석었고, 진나라에 간 뒤의 건숙이 갑자기 지혜로워졌기 때문이 아니다. 윗자리에 있는 사람이 다르기 때문이라고 한비자는 말하고 있다.

확실히 윗자리에 있는 사람과 부하 사이에는 서로 대립하는 면도 있을 것이다. 다른 사람보다 조금이라도 적게 일을 하고, 다른 사람보다 조금이라도 많이 얻고 싶어 하는 생각, 그리고 나태하고 약간 교활한 마음을 누구나 숨기고 있다는 것도 사실일 것이다. 그러나 동시에 인간은 힘껏 일하고 싶다. 무엇이든 남에게 도움이 되고 싶다는 강력한 소망을 가지고 있다는 사실도 부인할 수 없다. 그러므로 윗자리에 있는 사람과 부하와의 사이에는 보완관계라는 면도 있는 것이다.

그리고 하나의 목적의식 아래 그 상호 보완이 충분히 작동했을 때, 한비자가 말하는 훌륭하고 위대한 사업이 수행되는 것이다. 이것은 앞에서 설명한 제나라의 환공과 관중, 그리고 그 아랫사람들의 완전한 팀워크를 보아도 수긍할 수 있다. 문제는 오직 서로 대립만을 삼는 영역을 뛰어넘어 부하를 인도하느냐, 또는 윗자리에 있는 사람을 유도하느냐에 달려 있다.

윗자리에 있는 사람에게는 두 가지 걱정이 있다. 현명한 부하에게 일을 맡기면 그 부하가 현명함을 이용하여 윗자리에 있는 사람을 위협하게 될지도 모른다는 걱정이다. 그렇다고 해서 현명한 부하를 임용하지 않고 아무렇게나 사람을 등용하면 사업(事業)은 진척이 없을 것이라고 한비자는 말한다.

우수한 부하의 의견을 어떻게 채택하는가, 또는 채택하지 않는가, 이것은 윗자리에 있는 사람의 결단에 달려 있는 것이라고 기본적인 면에서 말할 수가 있을 것이다.

다음 이야기는 부하의 의견을 채택하는 일이 얼마나 중요한가를 잘 설명해 주고 있다.

제(齊)나라의 환공은 제후들을 총괄하고 천하를 하나로 합쳐 오패(五覇)의 총수가 되었다. 관중(管仲)은 그것을 보좌했다. 어느덧 관중이 늙어 일을 할 수 없었으므로 은거(隱居)했다. 관중을 찾아간 환공이 물었다.

"귀공은 은거하고 있으며 더구나 병든 몸이다. 만일 불행히도 귀공이 다시 병상에서 일어나지 못할 경우에는 정치를 누구에게 맡기는 것이 좋겠는가?"

"저는 늙어서 하문(下問)하신 것에 대해서 충분히 대답해 드리지 못할지도 모릅니다. 그러나 '신하를 아는 데는 군주를 따를 사람이 없으며, 아들을 아는 데는 그 어버이를 따를 사람이 없다' 는 것은 알고 있습니다. 지금까지 신하들을 관찰한 것을 바탕으로 시험 삼아 의중에 있는 사람을 말씀해 주시기 바랍니다."

"포숙아(鮑叔牙)는 어떻겠소?"

"안 됩니다. 포숙아는 성격이 억세고 반발심이 강합니다. 성격이 억세면 백성들에 대한 동정심이 없어지기 쉬우며 민심을 살 수 없습니다. 또 반발심이 강한 상사의 밑에 있는 사람들은 진심으로 일을 하려고 하지 않습니다. 그리고 그 사람은 두려움을 모르는 사람입니다. 패자를 보좌하는 데는 맞지 않은 사람입니다.

"그렇다면 수조는 어떻소?"

"절대로 안 됩니다. 사람이란 누구나 자기의 몸을 사랑합니다. 주군께서는 질투가 많고 여자를 좋아하십니다. 수조는 주군의 그런 점을 간파하고 자진하여 거세(去勢)하고 주군의 후궁들을 감독하고 있습니다. 그처럼 자기 몸까지도 사랑하지 않는 사람이 어떻게 주군을 사랑할 수 있겠습니까?"

"그렇다면 공자(公子) 개방(開方)은 어떨까?"

"그분도 안 됩니다. 제나라와 위나라의 거리는 불과 10일 정도가 걸리는 거리입니다. 그런데도 불구하고 공자 개방은 주군께 충성을 바치면서 주군의 마음에 들기 위하여 15년 동안이나 부모를 만나기 위해 귀국한 적이 한 번도 없습니다. 그것은 인간으로서의 감정이 아닙니다. 자기 부모와의 관계를 정답게 하려고 하지 않는 사람이 어떻게 주군(主君)과 사이좋게 나라 일을 해 나갈 수 있겠습니다.

"그러면 역아(易牙)는 어떻겠소?"

"절대로 안 됩니다. 원래 역아는 주군을 위해 맛(味)을 담당한 요리당번이었습니다. 그런데 그가 주군께서 아직 맛보지 않은 것은 오직 사람의 고기뿐이라고 하시자 자기 아들을 삶아서 요리를 만들어 주군께 바친 것을 알고 계시리라고 생각합니다. 인지상정(人之常情)으로 누구나 자기 자식을 사랑하지 않는 사람은 없습니다. 그런데도 불구하고 역아는 자기 아들을 삶아서 주군이 드실 요리를 만든 것입니다. 자기 아들도 사랑하지 않는 사람이 어떻게 주군을 사랑할 수 있습니까?

"그렇다면 도대체 누가 좋겠소?"

"습명(隰明)이 좋다고 생각합니다. 습명의 성격은 속마음이 건실하고, 잘못 보는 일 없이 올바르게 보며 더구나 욕심이 없고 성실합니다. 속마음이 건실하면 만인의 모범이 될 수 있으며, 잘못 보는 일이 없이 올바르다면 큰 일을 맡길 수가 있습니다. 욕심이 없으면 많은 무리를 통솔할 수 있으며, 성실하면 이웃 나라와의 관계를 잘 유지해 나갈 수 있습니다. 습명이야말로 패자를 보좌하는 데 적합한 사람입니다. 바라옵건데 습명을 발탁해 주시기 바랍니다."

"알았소."

1년쯤 지나서 관중은 죽었다. 그러나 환공은 습명을 발탁하지 않고 수조를 등용했다. 수조가 제나라의 대권을 잡은 지 3년 뒤에 환공은 남쪽에 있는 당부(當否)로 여행을 떠났다. 환공이 자리를 비운 틈을 타서 수조는 역아와, 공자 개방과 음모를 꾸며 대신들을 이끌고 반란을 일으켰다. 환공은 수조가 지휘하는 군대에 포위되어 갈증과 기아 끝에 남문(南門)의 거실(居室)에서 죽었다. 죽은 뒤 3개월이 되어도 환공의 시체는 관에 수렴도 되지 않은 채 방치되었다. 환공의 시체에서 득실거리던 구더기가 문틈으로 기어 나왔다.

환공의 병마(兵馬)는 천하를 주름잡고 그 자신이 오패(五覇)의 우두머리였는데 끝내 부하의 반란으로 살해됨으로써 명예가 손상되고 천하의 웃음거리가 된 이유는 무엇일까. 우수한 부하, 관중의 의견을 채택하지 않았다는 중대한 과실 때문이었다. 그러므로 충신의 말을 듣지 않고 독단적으로 자기가 하고 싶은 대로 한다는 잘못된 판단은 자신의 명예를 손상하고 천하의 웃음거리가 되는 첫걸음이라고 한비자는 강조하고 있다.

이것은 우수한 부하의 의견을 채용하지 않는데서 오는 벌이라고 생각할 수도 있다.

그러나 다음과 같은 일화도 있다.

사성(司成)인 자한(子罕)이 송(宋)나라 군주에게 이렇게 말했다.

"칭찬하고 상을 내려 주시는 것은 백성들이 좋아하는 일입니다. 그것은 꼭 주군께서 직접 행하여 주시기 바랍니다. 그러나 죄지은 사람을 죽이고 벌을 주는 것은 백성들이 미워하는 일입니다. 그러므로 그것은 제가 맡아 하고 증오를 모두 제 한 몸에 받겠습니다."

"그렇게 하는 것이 좋겠소."

하고 송나라 군주는 승낙했다.

그 뒤부터 법령을 발표 하거나 대신을 죽이는 명을 내릴 때 송나라 군주는 언제나,

"그 문제는 자한에게 물어 보시오. 그것은 자한이 주관하는 일이오."

라고 말하게 되었다. 그러자 대신들은 자한을 두려워하고 백성

들은 자한에게 복종하게 되었다. 그렇게 한 지 1년이 지나자 강대한 세력을 갖게 된 자한은 송나라 군주를 죽이고 정권을 탈취했다.

소대(蘇代)가 진(秦)나라의 사자가 되어 연(燕)나라로 갔다. 연나라 재상인 자지(子之)에게 이익을 주지 못하면 사신으로 간 목적을 달성하지 못한 채 돌아와야 하고, 약속받은 상금도 받지 못할 것으로 판단한 소대는 연나라 왕 쾌(噲)를 만나 제나라 왕을 칭찬했다. 소대의 이야기를 들은 연나라 왕이 물었다.

"제나라 왕이 그렇게 훌륭한 사람인가. 그렇다면 머지않아 반드시 천하의 패왕(覇王)이 될 것이 아닌가?"

"그렇지는 않습니다. 제나라를 지키는 것이 고작입니다. 아무리 해도 패왕은 되지 못할 것입니다."

"그 이유는 무엇인가?"

"총애하는 사람에게 정치를 맡기면서도 충분히 믿지 않고 있기 때문입니다."

"그러면 어떻게 맡기는 것이 가장 좋은 방법인가?"

"옛날에 제나라의 환공은 관중을 총애하여 중부(仲父)라고 부르며 아버지를 대하는 것과 같은 존경심을 보였습니다. 그리고 국내의 일은 관중에게 다스리게 하고 국외의 일도 관중으로 하여금 결정하게 했습니다. 국사(國史)를 모두 관중에게 맡기고 일체 간섭하지 않았습니다. 그렇게 했기 때문에 환공은 천하를 하나로 묶어서 제후들을 총괄할 수 있었던 것입니다. 그러나 지금의 제나라 왕은 총애하는 신하에게 정치를 맡기겠다고 하면서도 언제나 자기 의견을 주장하여 충분히 믿지 않고 있는 모양입니다. 그러므로 머지않아 망할 것이라고 감히 말씀드리고 싶습니다."

소대의 이야기를 들은 연나라 왕 쾌는 다음 날 회의를 소집하여 연나라의 정사를 모두 자지에게 맡기겠다는 것을 선언했다.

그러자 번수(藩壽)가 이렇게 진언했다.

"정치만 맡길 것이 아니라 자지에게 나라를 모두 양도하는 것이 좋다고 생각합니다. 사람들이 요(堯)를 훌륭하다고 칭찬하는 것은 요가 천하를 허유(許由)에게 양도하려 했는데, 허유가 그것을 받아들이지 않았기 때문입니다. 그로써 그는 허유에게 천하를 양도하려 했다고 해서 높은 명성을 얻었으면서도 실제로는 천하를 잃지 않았습니다. 지금 왕께서 연나라를 자지에게 양도하신다면, 욕심이 없는 자지는 결코 받지 않을 것입니다. 그렇게 되면 왕께서는 자지에게 나라를 양도하려 했다는 것으로 명예를 드높이게 되며, 요임금과 나란히 할 수 있지 않겠습니까?"

그리하여 연나라 왕 쾌는 나라를 송두리째 자지에게 양도하겠다고 말했고, 자지는 그대로 연나라를 빼앗고 말았다.

위의 두 가지 사례는 모두 부하의 말을 있는 그대로 받아들였기 때문에 나라를 빼앗기고 몸을 망친 예이다. 어리석다고 하면 어리석은 짓이라고 말할 수 있을지도 모른다. 그러나 현실은 야릇하게도 윗자리에 있는 사람을 어리석게 만드는 상황을 구조적으로 내포하고 있는지도 모른다.

어쨌든 연나라 왕 쾌는 자지를 우수한 부하라고 생각했다.

"우수하다고 생각한 인물이 반드시 우수한 것만은 아니다"라고 한비자는 자기 의견을 말하고 있다.

연(燕)나라 왕 쾌는 소공(召公) 석(奭)의 후예이다. 그의 영지는 4방으로 수천 리, 국토를 지키는 병사들은 수십만 명에 달했다. 그러나 쾌는 여자에게는 눈도 팔지 않고 음악에도 귀를 기울이지 않았다. 커다란 연못이나 높은 궁궐도 지으려고 하지 않았다. 새를 쏘고 짐승을 잡는 사냥에도 나가려 하지 않았다. 그리고 손수 농구(農具)를 들고 나가 논밭을 갈았다.

욕망을 억제하고 직접 노동을 하면서 백성들의 노고를 생각하는 노력이 이 정도까지 이르렀다. 옛날의 성왕(聖王) 명군(明君)들도 연왕 쾌만큼 자신의 몸에 고통을 주면서 세상을 생각하지는 않았다.

그럼에도 불구하고 쾌는, 그 몸이 살해되고 나라는 자지(子之)에게 빼앗김으로써 천하의 웃음거리가 되었다.

마음이 올바르고, 백성들을 사랑했지만 그는 부하를 쓰는 방법을 몰랐던 것이다.

한비자는 연나라 왕 쾌의 정교도석 금복수의에 대한 이야기를 하면서 그는 도덕적 자질 때문에 그 자신이 성제 요(堯)를 닮고 싶어 했는지도 모른다고 말하고 있다. 한비자는 욕망의 활력(活力)을 보다 적극적으로 인정하고 있지만 윗자리에 있는 사람의 도덕적 자질 같은 것은 아마도 문제시하지 않은 모양이다. 이 문제에 대해서는 뒤에 설명하기로 하고 여기서는 우수한 부하라고 해서 곧 믿어버리는, 그 믿음이라는 문제에 대해서 생각해 보기로 한다.

기질에 의한 믿음은 누구나 거의 피할 수 없는 것인지도 모른다. 그러나 단 한 사람에게 의지하거나 가장 우수한 사람에게 의지하는 것이 매력적인 일일 수는 있다. 하지만 그와 같은 편리한 방법은 배제되어야 할 것이다.

그러므로 한비자는, "한 사람의 힘은 많은 사람의 힘을 당하게 못한다. 한 사람의 지식으로는 모든 것을 알 수가 없다. 따라서 한 사람의 지식과 힘을 이용하는 것보다는 나라 전체의 지식과 힘을 이용하는 것이 좋다"라고 말하고 있다.

그 의견을 채택하든 채택하지 않던 간에 한 사람만의 지식과 힘에 의지하겠다는 태만한 마음 때문에 제(齊)나라의 환공이나 연나라 왕 쾌의 경우와 같은 슬픈 비극이 일어났다고 본다면, 단 한 사람의 부하의 식견(識見)에만 의지하지 말고 부하 전체의 지식과 힘을 활용해야만 할 것이다.

그럼으로써, 기질에서 오는 믿음의 피해를 회피할 수 있을 뿐만 아니라 조직 전체를 한층 효율적으로 활성화시킬 수 있을 것이라고 한비자는 생각했을 것이다.

옛날 사람들은 아무리 눈이 예리해도 자기의 얼굴을 볼 수가 없었다. 그래서 거울을 이용하여 얼굴을 비쳤다. 또한, 지능(知能)이 아무리 우수하다고 해도 자신을 알기는 무척 어려웠기에 도(道)에 의해서 자신의 잘못을 바로잡고 고쳤다.

"거울이 자신의 얼굴에 난 상처를 비춰 냈다고 해도 그것은 거울의 죄가 아니다. 도(道)가 자신의 잘못을 밝혔다고 해서 그 도를 원망해서는 안 된다"

라고 한비자는 말한다.

그리고 도(道)는 만물의 시작이며 시(是)와 비(非)의 대원칙이라고 말한다. "도란 무엇인가"라고 묻는다면 그것은 어려운 철학적인 문제가 되어 버리기 때문에 여기서는 간단히 기준(基準)과 같은 것이라고 생각하기로 한다. 한비자는 이 도를 법(法)이라고 하며, 변화하기 쉽고 불확실한 인간의 선의(善意)대신에 인간의 사회적 행위의 기반으로 삼으려고 했었던 것 같다.

윗자리에 있는 사람은 이 도를 지키고 허심(虛心)과 정밀(靜謐)로 부하들을 대하여야 한다. 만약 윗자리에 있는 사람에게 뛰어난 지능이 있다고 해도, 그 지능으로 혼자서만 생각하지 말고 모든 부하들이 스스로 자기 직무를 자각해서 수행하도록 해야 한다. 만약 윗자리에 있는 사람에게 뛰어난 행동력이 있다고 해도 그것을 자랑할 것이 아니라 부하의 행동을 냉정하게 관찰하여 부하로 하여금 성의를 다하게 만들어야 한다. 윗자리에 있는 사람에게 뛰어난 용기가 있더라도 그것을 발산시키지 말고 부하로 하여금 전력을 발휘하게 하도록 노력해야 한다.

"그렇게 하여 윗자리에 있는 사람이 자신의 지력(知力)을 버림으로써 모든 부하들의 지력을 모은 명찰(明察)이 생겨날 것이다. 자신의 행동력을 버림으로써 모든 부하들의 성의를 집결한 대공(大功)이 생겨날 것이다. 자신의 용기를 버림으로써 모든 부하들의 힘을 모은 강한 결과가 생겨날 것이다"

라고 한비자는 말하고 있다.

한비자는 다시 다음과 같은 몇 가지 이야기를 인용하고 있다.

민물 뱀장어는 뱀을 닮았다. 이는 작은 유충을 닮았다. 사람은 뱀을 보면 놀라 달아나고 징그러운 유충을 보면 소름이 끼친다. 그러나 여자들을 아무렇지도 않게 이를 잡으며, 낚시꾼 등은 민물 뱀장어를 손에 쥔다. 결국 사람은 자기에게 이익이 있으면 징그러운 것, 무서운 것도 잊고 용감해지는 것이다.

월(越)나라 왕 구천(句踐)이 화가 난 개구리에게 큰절을 했다.

"왜 개구리에게 절을 하십니까?"

하고 종자가 물었다.

"개구리에게도 저렇게 용기가 있다. 용기 있는 것이니 절을 하지 않을 수 없구나."

그의 이야기를 들은 사람들은 이렇게 말했다

"용기 있는 것이라면 왕은 개구리에게도 절을 하신다. 그러니 용기 있는 사람에게는 두말 할 것도 없이 절을 하실 것이다."

뿐만 아니라 스스로 자기 목을 잘라 구천왕에게 헌상한 사람까지 있었다. 그리하여 월왕 구천은 오랜 숙원이었던 오나라의 복수를 감행하기 전에 그 동안 국민들을 교육한 효과를 실험해 보았다. 높은 누각에 불을 지르고 진격의 북을 울렸다. 그러자 백성들은 모두들 두려워하지 않고 불 속에 뛰어들었다. 은상(恩賞)이 불 속에 있었기 때문이었다. 그리고 양자강으로 진격하라는 북을 울리자 백성들은 두려워하지 않고 물 속으로 뛰어들었다. 은상이 그 물 속에 있었기 때문이다.

싸움에 임하여 목이 잘리고 창자까지 도려내지더라도 물러나지 않겠다고 결의하는 것은 은상이 그 칼과 창 아래에 있었기 때문이다.

이익이 있다는 것을 알면 사람들은 하기 싫은 일, 징그러운 일, 무서운 일, 그리고 자기 몸의 위험까지도 돌보지 않고 이익이 있는 곳으로 돌진하게 되는 것이 확실하다고 말해도 좋다. 한비자는, 대체적으로 보아서 안전하고 이익이 있는 것에 집착하고, 위험하고 손해가 있는 것은 피하려고 하는 것은 인간의 자연스러운 정황이라고 말하고 있다.

예를 들자면 수레를 만드는 사람은, 수레가 완성되면 사람들이 고귀하고 부유하게 되어 그 수레를 사기 바라며, 관을 짜는 사람은 관이 완성되면 사람이 빨리 죽기를 바란다. 그렇다고 해서 수레를 만드는 사람의 마음이 착하고 관을 짜는 사람의 마음은 잔혹하다고 말할 수는 없다. 사람들이 고귀해지지 않으면 수레는 팔리지 않으며 사람들이 죽지 않으면 관을 사는 사람이 없을 것이 아닌가.

따라서 관을 짜는 사람이 마음 속으로부터 인간을 증오하고 있는 것은 아니다. 단지, 이익이 인간의 죽음과 관련되어 있기 때문이라고 한비자는 설명한다.

옛날 사람들이 재물을 중요시하지 않은 것은 그들이 도덕적으로 우수했기 때문이 아니다. 그 때는 재물이 풍부했기 때문이다. 오늘날의 사람들이 재물을 서로 빼앗는 것은 인격이 비천해졌기 때문이 아니다. 재물이 적기 때문이다. 옛날 사람이 간단히 천자(天子)의 자리를 사퇴한 것은 인격이 고결했기 때문이 아니다. 천자의 권리가 적었기 때문이다. 오늘날의 사람들이 필사적으로 관직(官職)을 얻으려고 하는 인격이 저열하기 때문이 아니다. 관직의 이권이 크기 때문이다……,라고 말한 한비자는 이권의 추구를, 기를 쓰고 부정하려고 했던 도학자(道學者)들과는 완전히 다른 말을 하고 있다.

사람들에게는 각자의 입장이 있기 때문에 각자의 입장에서 이익을 추구하는 것이며, 그것에 대해서 타인이 일반적인 원리를 적용시켜 개입하는 일이 있어서는 안 되는 것이다.

이익을 추구하는 것이 인간의 상정(常情)이라면 이익의 추구를 경시하지 말고 이익을 추구하는 일에 정당성을 부여해야 한다고 한비자는 주장한다.

이것은 기원전 3세기경의 한비자의 사상이기 때문에 획기적인 주장일 뿐만 아니라, 욕망이 자꾸만 커지면서 원리원칙과 본능이 뒤엉켜서 묶여 있는 우리 현대인으로서도 경청해야 할 말이라고 생각한다. 이익을 추구하는 자체는 조금도 부끄러워할 일이 아닌 것이다.

옛날 송(宋)나라에 밭을 가는 사람이 있었다. 그 밭에는 나무를 벤 등걸이 있었다. 갑자기 토끼 한 마리가 달려오더니 그 나무 등걸에 부딪쳐 목이 부러져 죽었다. 그러자 이 사람은 밭을 갈던 가래를 버리고 나무 등걸을 지켜보며 다시 토끼가 달려와서 부딪치기를 기다렸다. 그러나 토끼는 두 번 다시 나타나지 않았으며 그는 이 일로 인해 온 나라 사람들의 웃음거리가 되었다.

한비자의 이러한 이야기는, 이익을 추구하는 것은 부끄러운 짓이라는 잘못된 해석을 마치 귀중한 보물처럼 계속 지키려고 하는 행위는 바로 이 송나라의 농부와 같이 어리석은 짓이라는 것을 말하고 있다.

상황은 끊임없이 변화하며, 사람들은 자신의 의지도 이 상황을 변혁시킬 수도 있으므로 오히려 욕망에서 해방되면서 생겨나는 커다란 폭발력은 그 상황의 변혁에 크게 유효할지도 모른다.

그 같은 주장을 한비자는 다음과 같은 이야기로 설명하고 있다.

오기(吳起)가 위(魏)의 무후(武侯) 밑에서 서하(西河)의 지방장관이 되었는데, 진(秦)나라의 작은 성채 하나가 국경과 인접한 곳에 있었다. 오기는 그 성채를 공격하여 빼앗고 싶었다. 그 성채가 있기에 농업에 큰 해를 입고 있기 때문이었다. 그러나 그 성채를 공격하여 함락시키고자 해도 그것이 너무 작은 것이기 때문에 서울에서 정규군을 불러올 형편이 못되었다. 때문에 오기는 수레의 끌채 하나를 북문(北門) 밖에 세워 놓고 다음과 같이 포고를 했다.

'이것을 남문(南門) 밖으로 옮겨 놓는 사람에게는 좋은 논과 좋은 집을 주겠다.'

하지만 사람들은 그 포고문의 내용을 의심하여 그것을 옮겨 놓으려고 하지 않았다. 그러던 중 어쩌다가 그것을 옮겨 놓는 사람이 나타났다. 그러자 사람들이 의심했던 것과는 반대로 포고대로 그에게 좋은 논과 집이 상으로 주어졌다.

얼마 후, 다시 콩 한 섬을 동문(東門) 밖에 내다 놓고 이렇게 포고를 했다.

'이것을 서문(西門) 밖에다 옮겨 놓는 사람에게는 전번과 같이 포상하겠다.'

이번에는 사람들이 다투어 그것을 옮겨 놓았다.

그러자 오기는 다음과 같은 포고문을 내걸었다.

'내일 국경에 있는 진나라 성채를 공격한다. 제일 먼저 성채 안에 뛰어든 사람은 주(州)의 장(長)으로 발탁한다. 아울러 좋은 논과 집을 주겠다.'

이 포고문의 내용을 의심하는 사람은 아무도 없었다. 사람들은 앞을 다투어 공격부대에 지원해 왔다. 그렇게 해서 성채의 공격이 시작되었으며 그 성채는 한나절 만에 오기의 군대에 의해 함락되고 말았다.

이익이 있으면 시정(市井)의 평범한 사람들이라도 곧 용감한 병사로 바뀌어지는 것이다.

그러나 한비자는 약속한 은상은 틀림없이 주어져야 한다는 것이 필요불가결(必要不可缺)한 일이라는 단서를 붙여 주의하기를 잊지 않는다. 아무리 큰 이익을 주겠다고 약속했어도 그것이 공수표(空手票)라면 사람의 힘을 조금도 빌지 못할 것이다.

오기는 부하들과의 신뢰관계를 구축하기 위해 어린애 장난 같은 수레 끌채와 콩이라는 소도구(小道具)를 사용했는데, 한비자가 신상(信賞)을 강조하는 이유는 욕망의 행방에 따르는 폭발력(爆發力)을 끌어내기 위해서는 윗자리에 있는 사람과 부하와의 사이의 신뢰관계가 얼마나 중대한가를 지적하기 위해서일 것이다.

위(魏)나라의 이리(李悝)가 군문(軍門)을 지키는 군병들에게 주의를 주었다.

"경계를 게을리 하면 안 된다. 적이 곧 공격해 와서 너희들을 죽일 것이다."

이와 같은 경고가 세 번에 걸쳐 나왔지만 적은 공격해 오지 않았다. 병사들은 긴장이 풀렸고 이리의 말을 믿지 않게 되었다. 때문에 수 개월 후 진(秦)나라 군대가 습격해 왔을 때, 위나라는 거의 전멸할 위기에 처하게 되었다.

이 이야기는 이솝우화의 '늑대소년 이야기'와 같은 것인데, 이것은 신뢰관계가 붕괴되었기 때문에 일어난 피해라고 한비자는 풀이한다. 신뢰가 없으면 힘은 마이너스 쪽으로만 작용하는 것이다. 위(魏)의 문후(文侯)가 산림을 관리하는 사람과 사냥을 가자고 약속했다. 마침 그 다음 날 질풍이 마구 불어댔다. 신하들이 사냥을 중지하라고 만류했지만 문후는 듣지 않았다.

"그럴 수는 없소, 아무리 바람이 심하게 불더라도 약속을 어겨 신뢰를 상실하는 일은 하고 싶지 않소."

이와 같은 이야기들을 예로 들면서 한비자는 지루할 정도로 신뢰관계의 중요성을 설명하고 있다.

신뢰관계 구축의 중대성은 아무리 강조한다고 해도 지나치다고 할 수 없다.

이 같은 신뢰관계가 없으면 이익 추구에 따르는 용기와 힘을 이용하여 상황(狀況)을 변화시킬 수 없기 때문이다.

이익의 추구에 대해 정당한 지위를 부여하고자 했던 한비자는 동시에 이익이나 욕망의 내용을 명확하게 확인하라고 경고하고 있다.

옛날에, 진(晋)나라의 헌공(獻公)이 우(虞)나라 국내의 길을 빌어 괵나라를 공격하려고 했다. 그러자 순식(筍息)이 말했다.

"수극(垂棘)의 구슬과 굴산(屈産) 말 4필을 우공(虞公)에게 보내서 우나라를 통과해도 좋다는 허락을 구하십시오, 반드시 승낙할 것입니다."

"수극의 구슬은 내 선대(先代)의 보물이오. 그리고 굴산의 말 4필은 내가 아끼는 준마라는 것을 그대는 모르오? 만일 상대방이 뇌물만 받고 자기 나라를 통과하지 못하게 하면 어떻게 하오?

"자기 나라를 통과시키지 않으려고 한다면 뇌물을 받지 않을 것입니다. 만일 뇌물을 받고 통과를 승낙해 준다면 그에게 준 보물은 집 안의 금고에서 꺼내 바깥 금고에 보관하는 것과 같습니다. 말은 안쪽 마구간에서 끌어내어 바깥쪽 마구간에 매 둔 것과 다름없습니다. 그러니 조금도 걱정하실 필요가 없습니다."

"그럼 그렇게 하겠소."

헌공은 순식을 보내 수극의 구슬과 굴산 말 4필을 우공에게 바치고 우나라 땅을 통과하게 해 달라고 요청했다. 우공은 구슬과 말에 눈이 어두워져 승낙하려 했다.

그러자 우공의 신하 궁지기(宮之奇)가 말렸다.

"승낙하시면 안 됩니다. 우리 우나라와 괵나라의 관계는 수레와 수레가 넘어지지 않게 하는 받침대와 같습니다. 받침대는 수레에 의존하고 수레는 받침대에 의존하고 있기 때문에 어느 한 쪽이 없어지면 서로 위험해서든가 쓸모가 없어져 해체되고 맙니다. 우리나라와 괵나라의 형세도 그것과 같습니다. 만일 진나라가 우리나라를 통과할 것을 승낙한다면, 괵나라는 아침에 망하고 우리나라는 그날 저녁에 괵나라의 운명을 뒤쫓는 결과가 될 것입니다. 절대로 통과해도 좋다고 허락해서는 안 됩니다."

그러나 우공은 궁지기의 말을 듣지 않고, 결국 국내 통과를 승낙하고 말았다.

순식은 즉시 괵나라를 치고 개선했다. 그리고 3년이 지나자 진나라는 다시 군대를 일으켜 우나라를 공격하여 승리했다. 순식이 말과 구슬을 가지고 와서 헌공에게 바치자, 헌공은 기뻐하며 말했다.

"역시 구슬은 조금도 변하지 않았다. 그러나 말의 이빨은 많이 자랐는걸."

한비자는 이 이야기에서 우공이 싸움에 지고 영토를 진나라에 잘라 주게 된 것은 작은 이익을 탐내는 바람에 그것이 주는 해독을 생각하지 않았기 때문이라고 설명했다. 그러므로 작은 이익에 마음이 집착되면 큰 이익을 소홀히 하게 되는 것이라고 언급하기를 한비자는 잊지 않았다.

마치 막스 베버가 주장한 퓨리턴의 금욕주의와 같지만, “이익을 추구하더라도 작은 이익에 마음이 빠져서 큰 이익을 상실하지 말라, 보다 큰 이익을 위해 눈앞의 작은 이익에는 눈을 감으라.”는 경고를 하고 있는 것이다.

윗자리에 있는 사람은, 부하들의 이익 추구에 대한 힘을 발휘시키기 위해 반드시 은상(恩賞)을 주어야 하는데, 단순하게 그냥 은상을 주기만 하면 되는 것인가 하는 질문에 대해 한비자는 다음과 같은 이야기를 예로 들고 있다.

제(薺)나라의 경공(景公)이 안자(晏子)와 함께 소해(小海) 지방으로 여행을 했다. 백침(柏寢)의 높은 망대에 올라 제나라를 내려다보다가 말했다.

“정말 아름답다. 물이 풍부하게 펼쳐져 있고 산이 높이 솟아 있구나. 후세에는 누가 이 나라의 주인이 될까?”

“아마도 전성(田城)씨가 주인이 될 것입니다.”

"이 나라는 지금 내가 주인이오. 어째서 전성씨가 주인이 된단 말이오?"

"진성씨에게는 대대로 제나라 백성들이 무척 따르고 있습니다. 백성들 중에서 상위계급에 속하는 사람들은 군주에게 작록(爵祿)을 신청하여 대신이 되게 하고, 하위계급 사람들에게는 몰래 크게 만든 되로 곡식을 빌려 주었는데 갚으러 왔을 때는 작은되로 되어서 받습니다. 소를 한 마리 잡으면 한 접시의 고기만 취할 뿐, 나머지는 모두 병사들에게 먹입니다. 연말에 헌상되는 포백(布帛) 종류는 불과 옷 한 벌 분만 취하고 나머지는 모두 병사들에게 주어 따뜻하게 옷을 해 입힙니다. 모든 일을 그렇게 하기 때문에 시장의 재목값은 산에서보다 비싸지 않으며, 어개류(魚介類)나 소금도 바닷가보다 비싸지 않습니다. 주군께서는 과중한 세금을 부과하여 수탈하고 계시는데 전성씨는 후하게 은혜를 베풀고 있습니다.

지난날 제나라가 심한 기근으로 고생할 때 길바닥에는 굶주려 죽는 자가 헤아릴 수가 없을 정도였습니다. 그러나 그 때 가족을 이끌고 전성씨를 의지하고 찾아갔던 사람들 중에서 죽은 사람이 있다는 말은 듣지 못했습니다. 그렇기 때문에 주(周)나라와 진(秦)나라 백성들까지도 모두 '아아, 차조를 얻으러 전성씨에게 가자' 라고 노래를 부를 정도였습니다. 《시경》에 '너에게 나누어 줄 만큼 덕(德)은 없지만 함께 노래하고 춤을 추자' 라고 쓰여져 있습니다. 지금 전성씨는 덕을 베풀고 있기에 백성들은 노래하며 춤을 추고 있습니다. 백성들은 전성씨를 덕이 있다고 생각하며 그 덕에 귀복(鬼服)하고 있습니다. 그러므로 전성씨의 소유가 될 것이라고 말씀드린 것입니다."

그 말을 들은 제나라의 경공은 눈물을 흘리면서 말했다.

"정말로 슬픈 일이다. 내가 나라의 주인임에도 불구하고 머지않아 전성씨가 이 땅의 주인이 된다니, 어떻게 해야 좋겠는가?"

"걱정하지 않으셔도 됩니다. 그렇게 되는 것을 방지하려면 지금부터 우수한 사람을 가까이 두고 쓸모없는 사람을 멀리 하며, 혼란을 수습하고, 형벌을 가볍게 하고, 가난한 사람에게는 베풀고 고아나 과부를 불쌍히 여기셔서 은혜를 내리고 부족해하는 자에게는 그 부족한 것을 채워 주면 됩니다. 그렇게 하면 백성들은 주군께로 몰려들 것입니다. 그러면 전성씨 같은 사람 10명이 나타나도 어쩌지 못할 것입니다."

이 이야기는 실로 여러 가지 문제를 제기하고 있다고 생각되는데 여기서는 은혜라는 문제에 한해서 생각해 보기로 했다.

미국 서북부 해안 지방에서 사는 어떤 인디언들 사이에서는 높은 지위에 있는 수장(首長)들이 자신의 위신을 높이기 위해 값비싼 재화를 저축한다. 그리고 경쟁 상대를 이기기 위해 서로 뇌물 주기 경쟁을 벌여 자기 재화를 죽냄으로써 승리를 하게 된다. 그만큼 재물에 욕심이 없는 사람이 수장이 되어야 한다는 관습에서 나온 이 기묘한 풍습은 '포트러치' 라고 한다.

철저한 퓨리턴의 금욕주의까지 무색하게 만드는, 큰 되로 빌려 주고 작은 되로 받는다는 전성씨의 은혜 제공은, 말하자면 일종의 포트러치이며, 안자(案子)는 제나라 경공(景公)에게 이 포트러치를 따르라고 권한 것이다.

그러나 은혜를 베푼다는 것은 이 포트러치에서 나타나는 것처럼 결국 자기 재산을 잃어버리는 결과를 가져온다. 자기 재산을 잃어버리고 나면, 그 때는 이미 은혜를 베풀고 싶어도 베풀 것이 없게 되며 그만큼 은혜를 베푸는 것도 한계가 있는 것이다.

따라서 전성씨는, 자기 재산을 상실함으로써 경쟁 상대를 이겼다고 생각하는 그런 정신적인 승리를 중요시하는 고상한 인디언이 아니었기 때문에, 은혜를 베풀 수 있는 재산을 상실하기 전에 무거운 짐이 되어 있던 포트러치를 잘라내기 위해 제공(齊公)을 죽이고 제나라를 빼앗았던 것이다.

적어도 은혜를 입은 사람은 그 은혜에 합당한 사은의 의무를 떠맡게 될 것이며, 은혜를 베푼 사람은 당연히 은혜를 갚아 주기를 기대하게 될 것이다. 전성씨는 은혜를 보답해야 한다는 의무를 짊어진 많은 사람들의 힘을 배경으로 제나라를 빼앗았다. 그러므로 은혜를 베푼다는 것에는 그 나름의 효과가 있다고 말하지 않을 수 없다.

그러나 은혜를 베푸는 한도가 있다면, 은혜를 갚는 일에도 당연히 그것에 버금가는 한도가 있어야 할 것이다. 이 문제를 설명하기 위해서 한비자는 다음과 같은 이야기를 인용하고 있다.

양호(陽虎)가 제(薺)나라에서 조(趙)나라로 도망쳐 갔다. 그 양호에게 조나라의 조간자(趙簡子)가 물었다.

"들은 바에 의하면 귀공은 인재를 육성하는 데 있어서 남다른 재주가 있으시다군요."

"노(盧)나라에 있을 때 세 사람을 키웠습니다. 그들은 모두 장관이 되었습니다. 그러나 내가 노나라에서 죄인으로 낙인찍히자 세 사람이 모두 나를 잡으려고 쫓아왔습니다. 내가 제나라에 있을 때 세 사람을 추천했습니다. 한 사람은 왕의 측근이 되고, 한 사람은 현령이 되고, 나머지 한 사람은 빈객(賓客)을 접대하는 관직에 올랐습니다. 그러나 내가 죄인으로 모함을 받자 측근이 된 자는 자를 만나려고 하지 않았으며, 현령이 된 자는 나를 초대하여 체포하려고 했고, 빈객 접대를 하는 관직에 있는 자는 나를 국경까지 뒤쫓아왔다가 잡지 못하자 결국 체념했습니다. 그러므로 나는 인재를 육성하는 방법이 완전하지 못합니다."

양호가 그렇게 말하자 조간자는 웃으며 대꾸했다.

"밀감나무나 유자를 심으면 그 열매는 맛이 있고 향기도 좋습니다. 그러나 탱자나무나 가시나무를 심으면 그것이 큰 뒤에 사람을 찌르게 될 것입니다. 그러므로 교양 있는 인간은 육성할 상대를 고를 때 조심해야 합니다."

은혜를 베풀기 시작했는데 끝까지 은혜를 베풀지 못하게 되면 은혜를 받은 자가 표변하여 은혜를 원수로 갚는 일도 있을 수 있다. 그러고 보면 은혜란 상대가 밀감나무이든 가시나무이든 관계없이 윗자리에 있는 사람과 부하를 맺게 하는 관계를 확고하게 함에 있어 반드시 끊을 수 없는 충분한 유대가 되는 것은 아니다. 그리고 은혜가 당사자의 능력이나 공적과는 관계가 없는, 말하자면 이익의 채권(債權)과 채무(債務)에 대한 사적인 결탁이라면 보다 많은 폐단을 가져다 줄 것이다.

한비자는 이 문제에 대해서도 몇 가지 예를 들어 설명하고 있다.

장견(張譴)은 한(韓)나라의 재상이었다. 병에 걸려 목숨이 얼마 남지 않은 상태였다. 공승 무정(公乘無正)이 금(金) 30냥을 품에 넣고 그의 병문안을 갔다. 그리고 한 달 후 한나라 왕이 직접 장견을 찾아 갔다.

"만일 귀공이 죽는다면 귀공 대신 누구를 재상으로 택해야 좋겠소?"

"무정은 법을 존중하고 주군을 존경하고 있습니다. 그러나 공자 식아(食我)가 민심을 얻고 있는 데에는 미치지 못합니다."

얼마 후 장견이 죽었다. 그러나 한나라 왕은 공승 무정을 재상에 임명했다.

이 이야기에는 조금도 부정(不正)이 없다. 그러나 경쟁 상대가 될지도 모르는, 민심을 얻고 있는 유능한 부하를 재상에 임명하는 것보다 자기를 존경하고 있는 무난한 부하를 재상으로 임명하는 쪽이 왕으로서는 편리하다는 장견의 깊은 심리를 읽어 내는 발언에 대해 뇌물의 효과는 발휘된 것이다.

이런 이야기도 있다.

서문표(西門豹)가 업(業)의 지방장관이 되었다. 청렴하고 성실하고 자제심(自制心)이 강해 조금도 사리(私利)를 도모하려고 하지 않았다. 더구나 문후(文候)의 측근들에게 뇌물을 바치려고도 하지 않았다. 그래서 측근들은 서로 짜고 한패가 되어서 서문표를 모함했다.

1년 후 그 해의 실적보고를 하자 위나라 문후는 성적불량이라는 이유로 서문표를 파면했다. 그러자 서문표는 문후에게 진정했다.

"지난번에는 업을 통치하는 방법을 몰랐었습니다. 그러나 지금은 그것을 잘 알았습니다. 바라옵건대 다시 한 번 업을 통치케 하여 주십시오. 잘 통치하지 못한다면 사형에 처하셔도 달게 받겠습니다."

위나라 문후는 무조건 안 된다고 하기도 어려워 서문표를 다시 업의 장관으로 임명했다. 서문표는 백성들로부터 과중한 세금을 거두어들이고 손바닥을 뒤집듯이 문후의 측근들에게 달라붙었다.

1년 후 다시 한 해의 성적이 보고되자 문후는 서문표를 맞아들여 절을 했다. 서문표는 답례를 하고 이렇게 말했다.

"지난해에 저는 주군을 위하여 업을 다스렸습니다. 그런데 주군께선 저를 파면하셨습니다. 그리고 올해에는 저는 주군의 측근들을 위해 업을 다스렸습니다. 그런데도 불구하고 주군께서는 지금 저에게 경례를 하고 계십니다. 그러므로 저는 이제부터 업을 다스리지 못하겠습니다."

그렇게 말하고 나서 서문표는 장관의 인수를 왕에게 돌려주고 그 자리를 떠나려고 했다. 그러자 문후가 말했다.

"지금까지 그런 사정을 알지 못했었다. 그러나 이제 모든 것을 잘 알았다. 부탁컨대 나를 위하여 업을 다스려 주기 바란다."

라고 말하며 문후는 인수를 받지 않았다.

금지된 일을 하면 돈을 벌고, 도움이 되는 일을 하려고 할 때 제지당한다면 하느님이 다스리더라도 잘 다스리지 못할 것이다. 범죄 행위는 칭찬받고, 반대로 칭찬을 받을 일이 중상을 당한다면 요(堯)와 같은 성제(聖帝)가 다스리더라도 잘 다스려지지 않을 것이라고 한비자는 자기 의견을 덧붙이고 있다.

은혜가 윗자리에 있는 사람과 부하를 연결하는 중요한 유대가 될 때 사리(私利)를 추구하여 이와 같은 여러 가지 부정(不正)이 횡행하게 된다. 그래서 한비자는 거의 분노를 감추지 않고 다음과 같은 내용의 글을 쓰고 있다.

'순수한 마음과 성실로써 직무에 전념하려는 사람은 마음이 빈약하다' 는 평을 받고, 법을 잘 지키고 철저하게 명령에 복종하려고 하는 사람은 '바보' 라는 평을 받으며, 윗자리에 있는 사람을 존경하고 죄를 범하지 않으려는 사람은 '겁쟁이' 라는 평을 받고, 말을 해야 할 때 말하고 효과적으로 행동하려는 사람에게는 '누구나 할 수 있는 일을 하는 사람' 이라는 평가가 내려지며, 두 가지 마음을 품지 않고, 나라의 방침에 위배되는 학문을 하지 않고, 관청에서 하는 말을 잘 듣고, 그 가르침에 따르려고 하는 사람은 '옹졸하다는' 평을 받는다.

그리고 지인(知人)을 위해 남몰래 편의를 도모하는 사람에게는 '옛일을 잊지 않는다' 라고 말하고, 공공의 재화(財貨)를 제멋대로 나누어 주는 사람은 '박애자(博愛子)' 라고 하며, 봉록(俸祿)을 경멸하고 자기 몸만을 소중하게 생각하는 사람은 '교양 있는 사람' 이라고 하며, 법을 왜곡하여 친척이나 친지에게 도움을 주는 사람은 '유덕자(有德子)' 라고 하고, 관직을 던지고 우정을 지키려는 사람에게는 '협기(俠氣)가 있다.' 고 하며, 세상을 떠나 사회적인 유대에서

도피하려는 사람은 '고결하고 긍지가 높은 사람' 이라고 하며, 은혜를 베풀어 인기를 얻는 사람은 '민심을 얻고 있다' 고 말한다. 이와 같은 풍조 속에서 사대부(士大夫)는 더러운 진흙과 추한 욕심을 부끄러워하지 않고 딸을 유력자(有力者)에게 바쳐 인연을 맺고 눈 깜짝할 사이에 고관이 된다. 전쟁에 나가 공적을 세운 사람은 가난하고 천한 위치에서 고생하고 있는데 두 손을 마주 비비는 아부꾼이나 배우 같은 인간들은 단걸음에 높은 자리로 승진한다. 이것은 한마디로 측근이나 파벌을 이용하여 일을 자신에게 유리하게 진행시키는 짓이 빈번하게 이루어지고 있다는 말이다.

이와 같이 한비자가 격분하여 쓴 기원전 3세기경의 상황은 21세기 오늘날에도 그대로 적용되고 있다. 이와 같은 부정(不正)은 그것이 단순히 용서받지 못할 일일 뿐 아니라, 다소의 불만이나 반항심을 가지고 있으면서도 착실하게 자기 직책을 완수하려는 대부분의 사람에게 나쁜 영향을 주며, 윗자리에 있는 사람과 부하와의 사이의 서로 대립하는 면만을 강조하게 된다는 점에 있어서도 절대로 용서되어서는 안 되는 것이다.

이와 같은 부정을 배제하기 위해서 한비자는 '신장' 과 동시에 '필벌(必罰)' 을 강조하지 않을 수 없었을 것이다. 부정은 철저하게 적발하여 엄벌에 처해야 한다.

그러나 한비자는 한 걸음 더 나아가서 이와 같은 부정을 낳게 만드는 근원이 되는 은혜(恩惠)를 버려야 한다고 말한다. 상대방을 위하여 이런 일, 저런 일을 해 주었으니까 당연히 상대방도 그만한 것을 해 주어야 한다는 은혜의 논리를 바탕으로 행동한다면 상대방에게 과대한 희망을 걸고 또 상대방의 보수부족(報酬不足)을 책망하는 불상사가 발생하게 될 것이다. 그러나 자기 자신만을 위하여 행동한다면 그런 불상사는 일어나지 않으며 일은 순조롭게 진척될 것이라고 말한다.

그리고, 어릴 때 부모가 잘 돌보지 않으면 성장한 뒤에 그 자녀들은 부모를 원망할 것이다. 자녀들이 어른으로 성장한 뒤에 부모를 잘 돌보지 않으면 부모는 화가 나서 그 자녀들을 책망할 것이다. 부모 자식 사이란 가장 친밀한 것인데 책망하고 원망하게 되는 일이 생기는 것은 모두가 일정한 은혜에 대해 그것에 알맞은 보상을 당연한 것으로 요구하고, 자기 자신을 위해서만 행동하는 것을 잊고 있었기 때문이라고 한비자는 말하며 다음과 같은 이야기를 소개한다.

공의휴(公儀休)는 노(魯)나라의 재상이었는데 그는 물고기를 무척 좋아했다. 나라 안에서 모든 사람들이 남에게 질 세라 물고기를 사서 공의휴에게 헌상했다. 그러나 공의휴는 단호하게 거절하며 물고기를 받지 않았다. 그의 동생이 물었다.

"형님께서는 물고기를 무척 좋아하시면서 어찌하여 그것을 받지 않으십니까?"

"그것은 물고기를 너무나 좋아하기 때문이다. 만일 물고기를 받는다면 그 사람에 대해 부담을 갖게 될 것이다. 부담을 갖게 되면 법을 어기는 일을 하기 쉽다. 법을 어기면 재상 자리에서 쫓겨나게 된다. 그렇게 되면 물고기를 아무리 좋아하더라고 아무도 물고기를 가져오지 않을 것이다. 나 자신도 내 돈으로 물고기를 살 수조차 없게 될 것이다. 만일 물고기를 받지 않고, 재상의 자리에서 쫓겨나지 않는다면 언제까지나 내 돈으로 물고기를 살 수 있지 않겠느냐."

한비자의 이 이야기는 남에게 의지하는 것보다는 자기 자신에게 의지하는 것이 훨씬 좋다는 것을 증명하고 있다. 그리고 남이 해줄 것을 예정하고 기다리는 것보다는 자기가 자기 자신을 위하여 일하는 것이 훨씬 낫다는 것을 증명하고 있는 것이다. 자기 자신을 위하여 행동한다는 것은 이익 추구면에서도 한비자가 말하는 법(法), 즉 기준이라고 할 수 있는 자율적 규칙이 필요하며, 그 자율적 규칙을 근거로 행동하는 것이 바로 자기를 위해서만 행동하는 것이라고 한비자는 설명하고 있다.

은혜의 사상을 탈피하면, 자기를 위해서 움직이는 것이 그대로 세계를 위하는 것이 된다는 자본주의(資本主義) 초기의 행복한 원칙이 다시 부활하는 것이 아닌가. 그렇게 되면 사람은 자신의 노력에 의하여 부(富)를 쟁취하고, 그 업적에 의하여 높은 지위에 앉으며, 과오를 범하면 벌을 받고, 공로가 있으면 상을 받더라도 그것은 당연한 것이지 은혜가 아닌 만큼 사람들은 기대하지도 않게 될 것이다.

윗자리에 있는 사람은 상을 줄 일에는 반드시 상을 줌으로써 부하의 능력을 최대한도로 발휘시키며, 벌을 줄 일에는 반드시 벌을 줌으로써 부정한 행위를 금지시켜야 한다. 사람의 성정(性情)에 상처를 주지 않고, 털을 불어서 상처를 찾는 취모구자(吹毛求疵 : 작은 과실도 용서하지 않고 엄격하게 적출한다는 뜻)과도 같은 일은 하지 않고, 때를 씻고 눈으로 볼 수 없는 상처를 찾아내는 것과 같은 일도 하지 말아야 한다. 규칙(規則) 밖으로까지 일을 확대하거나 억지로 규칙 안으로 끌어들여 이러쿵저러쿵하지 말고, 법(法)의 밖에서는 엄하게 하지 말고 법 안에서 치밀하게 다루어야 한다. 기성(奇聲)의 이치와 법을 지켜, 어디까지나 자연스럽게 해야 한다고 한비자는 말하고 있다.

이것이 바로 한비자가 이상적이라고 생각한, 윗자리에 있는 사람과 부하와의 관계였다.

그러나 요순(堯舜)이라든가 걸주(桀紂) 같은 사람들은 천세(千歲)에 한 사람이 나오더라도 오히려 많다. 하지만 일반적으로 윗자리에 있는 사람은 요순과 걸주의 중간 위치에 존재하며 이런 사람들은 언제나 존재학 있는 것이다.

한비자가 상황(狀況)에 대해서 설명한 것은 이 중간 위치에 존재하는 윗자리에 있는 사람을 위해서이다. 중간 위치에 존재한다는 것은 위로 요순에는 미치지 못하지만 아래로는 걸주 정도는 아니라는 그런 사람이다. 따라서 한비자가 말하는 것은 어디까지나 평범하고 일반적인 사람들의 위에 있는 사람과 부하와의 관계에 대한 주장인 것이다. 불세출의 영웅이나 호걸을 위한 것이 아니다. 오히려 한비자는 하나의 조직에는 영웅이나 호걸이 필요치 않다고 말하는 것 같다고 생각한다.

결단을 내리는 지혜

03

3. 결단을 내리는 지혜

'일을 행하여 아무 잘못이 없다는 것은 요(堯)와 같은 훌륭한 임금님도 불가능한 것이었다' 라는 말이 있다. 그럼에도 불구하고 세상에서는 항상 무슨 일이든 행해야 하는 것이다.

우리들 인간은 끊임없이 결단을 내리고 행동해야 하는 운명을 지닌 채 살아가고 있다. 작은 일에서부터 큰 일에 이르기까지 선택하여 결단을 내리지 않으면 발전과 희망이 없다.

그러나 인간은 보다 좋은 상태로 탈출하기를 원하면서도 실은 아무런 일도 일으키려고 하지 않으며 막연하게 현상(現狀)을 긍정하며 타성적으로 행동하고 있다.

본질적으로 현상 유지파인 인간은 맞지도 않을 복권을 열심히 사는 것처럼 예기치 않은 요행을 기다리며 현실에서의 과감한 결단을 피하려고 한다. 그것은 어떤 결과를 내림으로써 앞으로 닥쳐오게 될 변화가 두렵기 때문이다. 결단을 내리면 그 일이 좋은 방향으로 귀착될 것인가, 또는 불행하고 나쁜 방향으로 귀착될 것인가, 이런 결과론에 대한 공포로 인해서 우물쭈물하면서 결단을 내리기를 뒤로 미루는 것이 일반적인 상황이다.

따라서 일반적으로 우유부단하여 좋은 기회가 찾아왔는데도 결단을 내리지 못했기 때문에 커다란 재앙에 휩쓸리는 경우가 많다.

한비자는 이런 실례를 여러 가지로 들면서 소개하고 있다.

옛날 진(晋)나라의 공자 중이(重耳)가 헌공(獻公)의 애첩 여희의 권모를 두려워하여 나라 밖으로 도망쳤다. 도망쳐 가던 도중 조(曹)나라를 지나게 되었다.

"진나라의 공자를 보니 보통 인물이 아닙니다. 주군께서는 그를 후히 대접하여 은혜를 베풀어 놓는 것이 좋을 것이라고 생각합니다."

숙첨(淑瞻)이 그렇게 진언했지만 조나라의 공공(公共)은 듣지 않았다. 더욱이 중이는 늑골이 한 장의 널빤지처럼 되어 있다는 소문을 듣고 있었기 때문에 기형적인 그의 늑골을 구경하기 위해서 중이를 목욕하게 하고 벌거벗은 몸을 훔쳐보았다. 희부기(僖負羈)와 숙첨이 그 때 공공 옆에 있었다. 숙첨이 다시 진언했다.

"주군께서는 이와 같은 무례한 처우를 중이에게 하셨습니다. 그가 만일 기회를 얻어 고국으로 돌아가 군대를 일으킨다면 반드시 우리 조나라의 화근이 될 것입니다. 이렇게 된 이상 죽여 버리는 것이 좋다고 생각합니다.

그러나 공공은 그 진언도 받아들이지 않았다.

희부기는 그 날 집으로 돌아간 뒤에도 우울했다. 그의 아내가 그런 남편의 표정을 보고 걱정되어서 물었다.

"돌아오신 뒤부터 계속 우울한 표정이시네요. 오늘 무슨 일이라도 있었나요?"

"좋은 일이 있었더라도 그것이 내게 미치지 않으면 곧 나쁜 일이 닥쳐오는 법이라는 말이 있소. 오늘 우리 주군께서 진나라 공자님을 초청했는데 그 대우가 실로 무례했소. 그렇지 않았어야 좋았는데 오늘 나도 우연히 그 자리에 있게 되었소. 그래서 마음이 우울하여 견딜 수 없소.

"저도 진나라 공자님을 뵈었지만 그는 1만 대의 전차를 갖춘 큰 나라의 주인이 될 수 있는 분 같았습니다. 그리고 좌우에 거느린 분들도 그와 같은 큰 나라의 재상이 될 수 있는 분들이었습니다. 지금은 추방을 당해 자기 나라를 떠난 사람이지만 지나가던 조나라에서 무례한 처우를 받았다면 그가 귀국한 뒤에는 반드시 무례한 짓을 저지른 사람의 책임을 추궁할 것이라고 생각합니다. 그런 때가 오면 조나라는 제일 먼저 죄를 문책받게 될 것입니다. 그러므로 당신께서는 조나라의 공공과는 다르다는 뜻을 분명히 표시해 두는 것이 좋겠어요."

"그렇게 하는 것이 좋겠소."

그리하여 희부기는 황금을 그릇에 가득 담고 맛있는 음식에 구슬까지 곁들여 밤중에 사자를 보내 공자에게 바쳤다. 공자는 사자를 만나 재배하고 음식을 받았지만 그 구슬을 받기는 거절했다.

얼마 후 공자는 조나라에서 초나라로 들어갔고, 초나라에서 다시 진나라로 들어갔다. 그가 진나라에 들어간 지 3년째 되던 해에 진(震)의 목공(穆公)이 군신을 모아 상의했다.

"진(晋)나라 헌공(獻公)은 옛날부터 나와 우정으로 맺어져 있었다. 이 사실은 모두 제후들이 알고 있다. 그 후에 헌공은 불행하게 돌아가셨는데, 헌공이 죽은 지도 그럭저럭 10년이 된다. 그런데 헌공의 뒤를 이은 사람이 덕스럽지 못하여 그대로 두면 종묘의 청소도 하지 못하고 사직의 신은 제사도 받지 못할 것 같다. 그리고 머지않아 망하고 말는지도 모른다. 이런 상태를 보고만 있다는 것은 친구로서의 도리에 어긋나는 일이다. 그래서 나는 중이를 도와 진나라로 돌아가게 해 주고 싶은데 여러분의 생각은 어떤가?"

"좋은 생각입니다."

군신들은 모두 그렇게 말하면서 찬성했다. 그렇게 하여 목공은 군대를 일으켰다. 전차 5백여 승, 정예 기병 2천, 보병 5만여 명을 동원하여 중이를 도와 진나라로 쳐들어가 승리한 뒤에 그를 진나라 군주로 삼았다.

중이는 즉위한 지 3년이 되자 군대를 일으켜 조나라를 쳤다. 그러는 동안 중이는 사자를 보내 조나라 공공에게 이렇게 전했다.

"숙첨을 성에 내달아라. 그놈을 죽여 그 시체를 모든 사람에게 본보기로 삼겠다."

한편, 희부기에게는 이렇게 전했다.

"우리 군대는 성에 육박하고 있다. 그러나 나는 귀공이 나를 배신할 생각이 없다는 것을 알고 있다. 그러니 귀공이 살고 있는 거리의 문에 표시를 세워 주기 바란다. 내가 명령하여 우리 군사들이 귀공이 살고 있는 곳을 침범하지 않도록 하겠다."

그 같은 사실을 안 조나라 사람들 중에서 모든 친척을 이끌고 희부기의 보호를 받기 위해 모여든 사람이 7백여 명이나 되었다.

그렇게 되어 희부기가 살아남은 것은 그가 중이를 예의로서 대우했기 때문이다.

조나라가 멸망한 원인들 중 하나는 조나라 공공의 무례함을 들 수 있을지는 모른다. 조나라는 작은 나라이며 대국인 진(秦)나라와 초(礎)나라 사이에서 끼어 있는 군주는 마치 달걀을 쌓아올려 놓은 것처럼 언제 무너질지 모르는 위험 속에 놓여 있었다. 그럼에도 불구하고 진나라의 공자에게 무례한 태도를 저지르는 외교적 실수를 연출한 것이다. 그것이 조나라 왕실이 멸망한 이유라고 한비자는 말하고 있다.

확실히 남의 알몸을 훔쳐본다는 것은 무례한 짓이며 용서받지 못할 행동이었다. 그러나 오늘날의 우리들은 예술을 빙자하여 여성의 나체를 보러 가기도 한다. 나체 사진을 두고 예술이냐, 외설이냐 하는 공방(攻防)은 아직까지도 계속되고 있으며, 한편 우리는 온갖 매스미디어를 통하여 갖가지 나체를 볼 수가 있다.

호기심은 누구에게나 있는 것이다. 호기심에 사로잡혀 조나라 공공이 무례를 이미 저질렀다면, 숙청이 그 같은 문제의 핵심을 지적하여 처리 방법을 제안한 것처럼 차선책(次善策)이든 선후책(先後策)이든 결단을 내려 어떤 조치를 했어야 한다. 죽인다는 것은 확실히 무서운 일이다. 그러나 내 몸을 지키기 위해서라면 그러한 일도 서슴지 말고 행했어야 한다. 물론 이 문맥에서는 하나의 비유로 생각해야 되겠지만…….

그러나 공공은 결단을 내리지 않았다.

심각한 상황(狀況)이라는 것을 전혀 알지 못했기 때문인지 모르겠지만 어쨌든 그는 아무런 조치도 취하지 않았던 것이다.

숙첨도 역시 단지 제안(提案)을 했을 뿐, 어떤 행동도 취하지 않았다. 그가 진정으로 공공을 위했다면 독단적으로 중이를 죽여야 했을지도 모르지만 숙첨도 그런 결단을 내리지 못했다. 부인의 조언이 있었다고는 하지만 희부기의 빠른 결단에 비해 공공과 숙첨이 우유부단하고 결단이 없었던 것이 두 사람의 몸을 망치는 원인이 되었다는 것은 부인할 수 없는 사실이다.

명의(名醫) 편작(扁鵲)이 채(蔡)나라 환공의 몸을 진찰하게 되었다. 편작은 잠시 동안 말없이 서 있다가 이렇게 말했다.

"왕께서는 지금 병에 걸려 있습니다. 병은 표피(表皮)에서 약간 들어간 상태입니다. 지금 치료하지 않으면 더 깊이 들어가게 됩니다."

"나는 아픈 데가 없는 사람이다."

환공이 대답하자 편작은 아무런 말도 하지 않고 물러났다. 환공은 의기양양해하며 이렇게 말했다.

"의사라는 것은 본래 병이 없는 것을 치료하여 자신의 공을 내세우는 자이다."

10일쯤 지나 편작이 다시 와서 환공을 진찰했다.

"주군의 병은 이미 피부 아래까지 침투했습니다. 치료받지 않으시면 점점 깊이 파고 들어갑니다."

환공은 아무런 말도 하지 않았다. 편작은 그대로 물러갔다.

다시 10일 쯤 지났을 때 편작은 다시 환공을 진찰했다.

"주군의 병은 장과 위 사이로 들어가 있습니다. 이대로 두면 점점 더 깊이 들어갑니다."

환공은 그래도 아무런 말도 하지 않았다. 편작은 실망하며 맥없이 물러났다. 환공은 그런 편작의 태도가 불쾌하게 느껴졌다.

또 다시 10일 쯤 지났다. 다시 찾아온 편작은 환공을 힐끔 바라보다가 몸을 돌려 도망쳤다. 환공은 일부러 사람을 보내어 그 이유를 물었다. 편작이 말했다.

"병이 겉에 있을 때는 탕약으로 씻고 약으로 덥히면 낫습니다.

피부 아래에 있을 때는 금침(衾鍼)이나 석침(石鍼)으로 치료할 수 있습니다. 병이 위와 장 사이에 있을 때는 몸의 열을 내리게 하는 약으로 치료할 수 있습니다. 그러나 골수에까지 파고들었을 때는 이미 늦습니다. 그 뒤부터는 인간의 생명을 다루는 사명(司命)의 뜻에 속하는 것이기 때문에 저로서는 어쩔 수가 없습니다. 지금 주군의 병은 뼛속까지 스며들었기 때문에 진찰을 하지 않은 것입니다."

그 후 5일이 지나자 환공의 몸은 마디마디가 아프기 시작했다. 사자를 보내 편작을 찾게 했지만 편작은 이미 도망쳤기에 진나라에는 없었다. 환공은 그대로 죽고 말았다.

훌륭한 의사가 환자를 치료할 경우, 병이 표피(表皮)에 있을 때 치료하여 낫게 한다. 일이 작을 때 결말을 내는 것이다. 이 세상의 화(禍)와 복(福)에도 그런 조짐이 보일 때가 있다. 그래서 성인은 이런 조짐이 보일 때 재빨리 처리한다고 한비자는 노자(老子)의 말을 인용하여 강조하고 있다.

인후암(咽喉癌)에 걸린 친구를 문병 갔다가 성대를 도려내고 목에 구멍을 뚫어 그 곳으로 호흡하는 모양을 보고 겁을 먹은 친구가 즉시 암 센터로 달려가 진찰을 받고 이상이 없다는 의사의 말을 들었지만, 그것이 미덥지 않자 다시 '인간 독(人間 dock : 단기간 입원하여 종합적인 정밀 진단을 하고, 자각 증상이 없는 잠재하는 질

병을 발견해 내든가 적절한 보건 지도를 받아서 앞으로 건강 유지에 도움이 되도록 하려는 예방 의학의 한 방법)' 에 들어갔다는 이야기가 있는데 이는 자신이 암에 걸린 것이 아닌가 하는 강한 망상 때문이었을 것이다. 조기발견(早期發見), 조기치료가 지금은 의료의 원칙이지만 일단 병에 걸렸을지도 모르는 사람은 자기가 병에 걸린 것을 믿으려고 하지 않는 모양이다. 병에 걸렸다는 두려움이 병을 치료하는 것보다 더 두렵기 때문인지도 모른다.

결단을 독촉하는 계기는 편작이 만들어 주고 있었기 때문에 재빨리 결단을 내려 자기의 병을 똑바로 볼 수 있는 용기가 있었더라면 채나라 환공도 더 오래 살 수 있었는지도 모른다. 그러나 환공은 결단 내릴 수 있는 용기가 없었기 때문에 20일 정도의 유예기간을 무의미하게 보냈으며 결국 죽고 만 것이다.

진(晉)나라의 여공(廬公) 때는 난서(灤書), 중행언(中行偃), 한궐(寒厥), 사섭(士燮), 극기(郤錡), 극지(郤至) 등 6명의 군사령관이 지위도 높고 큰 권력도 쥐고 있었다. 그리하여 서동과 장어교(長魚矯)가 여공에게 진언했다.

"대신들이 지위가 높고 권력이 지나치게 크면 외국의 군주들이 다투어 그들의 비위를 맞추게 되며 대신들 역시 그들과 공모하여 파벌을 만듭니다. 그렇게 되면 아래로는 국법을 어지럽히고, 위로는 군주를 위협하게 될 것입니다. 이렇게 된 나라가 위험에 빠지지 않는 예는 지금까지 없었습니다."

"알았소."

여공은 그렇게 말하고 극기, 극지, 극주 세 사람을 사형에 처했다. 그러나 서동과 장어교는 다시 진언했다.

"같은 죄를 지은 인간들 중에서 그 일부분만 죽이고 전부를 처리하지 않으시면 나머지 사람들이 원한을 품게 되며 그들에게 반기를 들 수 있는 틈을 주는 결과가 됩니다."

"나는 한꺼번에 세 명을 죽였소, 여섯 명을 모두 죽인다는 것은 참혹한 일이라 도저히 그럴 수는 없소."

여공이 말하자, 장어교가 말했다.

"주군께서 참혹하다고 망설이시는 동안 오히려 저쪽에서 주군을 죽이기 위한 공작을 펴게 됩니다."

그러나 여공은 그 말을 듣지 않았다.

석 달이 지났을 때 반란이 일어났다. 여공은 난서와 중행언에 의하여 유폐되었다. 그리고 다음 해에 여공은 살해되고 영토는 분할되었다. 서동도 중행언에게 살해되었고 장어교는 적(狄)나라로 도망쳤다.

참혹하다고 생각했으면 처음부터 아무도 죽이지 말았어야 했다. 이미 세 사람을 죽였으니까 여공은 처음부터 참혹한 일이라고 생각했던 것은 아니다. '독(毒)을 마시게 하려면 그릇까지 먹이라'는 말이 있다. 하려면 철저히 하라는 뜻이다. 한 번 결단을 내린 이상 삼혹하다는 생각이 들든 말든 그것을 끝까지 해낼 수밖에 없는 것이다. 참혹한 일을 할 수 없다는 허울 좋은 구실을 내세워 자신의 나약한 심정을 감추면서 결단을 내리기를 질질 미루었기 때문에, 여공은 자신이 살해되고 영토까지도 분할되는 꼴을 당하고 만 것이다.

송(宋)나라의 양공(襄公)이 홍수(洪水) 근처의 탁곡(琢谷)에서 초나라 군대와 싸웠다.

송나라 군대는 이미 진을 치고 싸울 준비가 되어 있었지만 초나라 군대는 아직 강을 다 건너지 않고 있었다. 장군 구강(購强)이 급히 양공에게 달려와서 말했다.

"초나라 군대는 그 수가 많지만 우리 쪽 군대는 수가 적습니다. 때문에 초나라 군대가 모두 강을 건너 진을 치기 전에 공격해야 합니다. 그렇게 하면 반드시 격파할 수 있습니다."

그러자 양공이 대답했다.

"군자(君子)는 부상당한 사람을 다시 찌르려고 하지 않으며, 백발이 섞인 노인이 도망가는 것을 잡으려 하지 않으며, 사람을 어려운 처지에 몰아넣으려 하지 않으며, 또한 전열을 가다듬기 전에 공격하지 않는다는 말이 있소. 초나라 군대가 모두 강을 건너기 전에 지금 북을 울려 공격을 한다면 그것은 정의(正義)에 위배되는 일이오. 그들이 모두 강을 건너고 진형(陣形)을 갖춘 뒤에 정정당당히 돌격의 신호를 울리는 것이 좋소."

구강은 발을 구르며 이렇게 간청했다.

"주군께서는 송나라 백성을 생각하고 송나리의 근간을 보전하기 보다는 오로지 자기를 과시하기 위하여 정의를 말하고 있습니다."

"돌아가시오, 그렇지 않으면 군법에 의해 처벌하겠소."

양공이 그렇게 말했기 때문에 구강은 할 수 없이 자기 위치로 돌아갔다.

초나라 군대는 모두 강을 건너고 완전히 전열을 갖추었다. 그 때서야 양공은 비로소 돌격의 북을 올렸다.

그러나 송나라 군대는 대패했고 허벅지에 화살을 맞은 양공은 3일 뒤에 죽고 말았다.

〈시경(詩經)〉「소아편(小雅篇)」의 절남산(節南山)에 다음과 같은 일절이 있다.

'몸소 행하고 몸소 아끼지 않으면 서민은 믿지 않는다.'

그러나 이 양공의 경우는 몸소 지나치게 정의(正義)를 실천했기 때문에 벌을 받은 것이라고 한비자는 말했다.

〈시경〉의 이 말은, 반드시 윗자리에 있는 사람이 솔선궁행(率先躬行)해야 비로소 부하가 믿고 말을 듣는다는 뜻이니 윗자리에 있는 사람은 몸소 밭을 갈아 곡식을 거두어 먹고 함께 선생터에 나가 앞장서서 싸워야 한다는 것을 알게 된다는 것이다. 물론, 솔선궁행하여 모범을 보인다는 것은 아름다운 일이지만 이와 같이 옳지 않은 무조건 평등(平等)이 횡행하게 되면 그 군대의 지휘 체제는 마비되고 패배를 면치 못할 것이라고 한비자는 말하고 있다.

송나라의 양공처럼 그토록 정의를 내세우고자 한다면 처음부터 전쟁 같은 것은 하지 않았어야 한다. 정의의 전쟁이란 원래 존재하지 않기 때문이다. 전쟁을 시작했으면 우선 이기지 않으면 안 된다. 적어도 지지 않도록 해야 한다. 불가피한 경우가 되어 부딪쳤으면 가능한 피해를 줄이기 위해 노력해야 할 것이다.

송나라의 양공이 정의에 대해 말한 것은 아마도 공격의 찬스를 알지 못했기 때문이었거나, 아니면 어떻게 하면 효과적으로 피할 수 있는가를 짐작할 수 없었기 때문에 정의를 내세워 결단을 지연시켰을 뿐일 것이다. 이와 같이 정의는 언제나 결단을 보류하는 구실로 이용되고는 한다.

갓에는 갓, 신발에는 신발의 직분이 있다.

비중(費仲)이 은(殷)나라의 주왕에게 이렇게 말했다.

"서백창(西伯昌)은 뛰어난 인물입니다. 백성들은 즐겨 그에게 복종하고 제후들도 그의 편입니다. 그러므로 그를 죽여야 합니다. 죽이지 않으면 반드시 은나라에 화를 초래할 것입니다."

주왕이 이렇게 말했다.

"그렇다면 서백창은 훌륭한 군주가 아닌가. 그렇게 훌륭한 군주를 어떻게 죽일 수 있단 말인가?"

"갓(冠)은, 가령 찢어지고 낡았다 해도 반드시 머리에 쓰는 물건입니다. 신발은 아무리 아름다운 색으로 장식되었더라도 반드시 땅위를 밟는 물건입니다. 지금 서백창은 주군의 신하이며 땅을 밟아야 할 입장입니다. 그럼에도 불구하고 갓처럼 정의를 지키고 있으며 사람들은 누구나 그를 마음으로 섬기고 있습니다. 그러므로 머지않아 천하에 재난을 일으킬 사람은 서백창일 것입니다. 신하가 그 뛰어난 재능을 활용하여 주군을 위해 도움을 주려고 하지 않는다면 죽여야 합니다. 그것은 군주가 신하를 죽이는 것입니다. 조금도 나쁜 일이 아닙니다."

"정의란 윗자리에 있는 사람이 그 부하를 격려하는 도구이다. 지금 서백창이 정의를 사랑하고 있다면 그것을 구실로 죽일 수는 없지 않는가?"

은나라의 주왕도 정의를 내세워 서백창을 죽이지 않았다. 이처럼 정의를 위하여, 또는 정의를 구실로 결단을 늦춘 주왕은, 은밀히 실력을 쌓아 은을 타도하고 나라를 뺏을 기회를 노리고 있던 서백창의 아들 주(周)나라의 무왕(武王)에게 살해되고 말았다. 생각해보면 정의는 인간으로부터 따로 떨어져서 존재하는 것이 아니라, 우선 인간이 있고 난 뒤에 그 인간의 살아가는 방법을 잘 통제하기 위하여, 또는 보다 아름답게 장식하기 위하여 만들어진 것이 아닐까. 따라서 정의란 상황에 따라, 사람들의 사고방식에 따라서 변하는 것이다. 결혼하지 않은 여자가 낳은 아이는 옛날에는 정의에 위배되는 것이라 하여 사생아로 불렸고 경멸을 받았다. 그러나 오늘날에는 미혼모의 존재가 그런 대로 인정을 받기 시작했다. 앞으로는 미혼모의 지위가 확고한 것으로 인정될 것 같다. 결혼하지 않은 여자는 아이를 낳아서는 안 된다는 것이 유일한 정의라고는 생각되지 않기 때문이다. 그러므로 미혼모를 또 하나의 정의를 대표하는 기수라도 말하게 될 날이 올지도 모른다.

어쨌든 은나라의 주왕은 어리숙한 사람이었던 모양이다. 정의라고 하는, 겉으로만 화려하고 알맹이는 없는 변환자재(變幻自在)한 말을 진심으로 존경했던 모양이다. 그래서 결단을 내려야 할 때 결단을 내리지 못했던 것이다.

그러나 먹느냐 먹히느냐, 이기느냐 지느냐 하는 극한 상황에 있을 때에는 자신을 지키는 것이야말로 정의가 아닐까. 자신을 지키기 위해서는 단호하게 결단을 내려야 하는 것이다.

조(趙)나라의 효성왕(孝成王)이 동물원에 놀러 갔다. 옆에 있던 신하가 토끼를 먹이로 줄 것처럼 장난을 치며 호랑이를 희롱했다. 그러자 호랑이는 화가 났는지 눈알을 굴렸다.

"저 호랑이의 눈은 섬뜩하다."

효성왕이 그렇게 말하자 옆에 있던 신하가 말했다.

"평양군(平陽君)의 눈은 훨씬 더 섬뜩합니다. 이 호랑이의 성난 눈은 아무렇지도 않지만 평양군의 성난 눈은 보기만 해도 살기가 느껴집니다."

다음 날 평양군은 그 말을 들었으며 그렇게 말한 사람을 죽이고 말았다. 그러나 효성왕은 평양군을 책하려고 하지 않았다.

평양군은 효성왕의 숙부이며 조나라의 재상으로 있는 실력자였다. 그런 관계였기 때문에 효성왕은 그런 경우에도 평양군을 너그럽게 보아 주었는지도 모른다.

그러나 효성왕의 비호를 고맙게 생각하지 않고 공공연하게 효성왕의 측근을 살해한 방약무인한 평양군의 행위는 효성왕에 대한 노골적인 도전이라고 할 수 있었다.

적어도 효성왕은 평양군의 그 같은 행위를 묵인해서는 안 되었을 것이다. 부하의 눈에 거슬리는 행위를 문책해야 할 결단을 내리지 못했기 때문에 효성왕의 권위와 권력은 그 만큼 삭감되었었고, 반대로 평양군의 권위와 권력을 그만큼 커지게 된 것이다.

단 한 마디의 주의를 주는 결단을 내리지 못했기 때문에 그 권위가 실추되게 된 예는 우리들 주위에서도 가끔 볼 수 있다.

이와 같이 결단을 미룸으로써 발생한 작고 큰 해를 입은 사례를 몇 가지 들면서 한비자는 결단을 미루는 것에 대한 그의 생각을 밝히고 있다.

정(鄭)나라의 장공(莊公)이 고거미(高渠彌)를 대신으로 중용하고자 했다. 장공의 아들 홀(忽)은 고거미를 매우 미워하고 있었기 때문에 장공에게 중용하지 말라고 진언했다. 그러나 장공은 듣지 않았다.

얼마 후에 홀이 장공의 뒤를 이어 즉위했다. 그가 소공(昭公)이다. 자기를 미워하는 소공이 즉위하자 고거미는 언제 죽을지 몰라 불안하여 견딜 수 없었다.

기원전 695년 음력 10월 23일, 고거미는 드디어 반란을 일으켜 소공을 죽이고 자단(子檀)을 왕으로 세웠다.

"소공이 고거미를 미워한 것은 미워할 이유가 분명했기 때문이다. 소공에게는 사람을 보는 눈이 있었다."

라고 학식 있는 사람은 평했다.

그러나 공자 어(圄)는 이렇게 말했다.

"고거미도 머지않아 살해당할 것이다. 미움을 받은 데 대한 보복으로서는 도가 지나쳤다."

그러나 어떤 사람은 이 사건에 대해서 이렇게 말했다.

"공자 어의 말은 앞뒤가 뒤바뀐 해석이다. 소공이 살해당한 것은 자기가 미워하고 있는 사람을 처치할 시기를 미루었기 때문이다.

이렇게 보면, 고거미가 소공보다 오래 살 수 있었던 것은 바로 소공에 대해 도에 넘친 보복을 했기 때문이다."

명군(明君)이란 화가 나면 즉시 그것에 대해서 조치하는 결단을 해야 한다. 화를 냈으면서 결단의 시기를 늦추면 죄가 있는 신하에게 시간을 주게 되어 쉽사리 일을 도모하여 반란 계획을 실행에 옮기게 만드는 결과를 가져온다. 그래서 정나라의 소공과 같은 일이 일어나는 것이다.

위(衛)나라의 출공(出公)이 대신들을 영대로 불러 연회를 열었다. 이 때 저사(楮師)가 예의를 지키지 않고 신발은 신은 채 자리에 앉았다. 출공은 그 같은 무례함에 화가 나서 저사의 발을 자르겠다고 했으나 실행하지는 않았다. 저사는 돌아가자 즉시 군사들을 모아 반란을 일으켜 출공을 추방해 버렸다.

초나라에서 커다란 자라를 선물로 받은 정(鄭)나라의 영공(靈公)이, 대신들을 불러 연회를 열었다. 그 자리에서 공자인 자공(子公)과 자가(子家)가 서로 마주 보며 싱긋 웃었다.

"왜 웃느냐?"

영공이 묻자 자공이 말했다.

"조금 전 제 식지(食指 : 둘째손가락)가 움직였습니다. 그래서 틀림없이 맛있는 음식을 먹을 수 있는 것을 알았기 때문입니다.

영공은 불쾌하게 생각하고 자공에게는 자라 요리를 먹이지 않았다. 자공은 화가 나서 손가락을 국물에 담궜다가 그것을 핥았다. 그것을 본 영공이 자공을 야단치며 죽이겠다고 엄포를 놓았지만 죽이지는 않았다. 그러자 자공은 자가와 공모하여 결국 영공을 죽이고 말았다.

어떤 사람이,

"소공이 고거미를 미워한 것은 미워할 이유가 있었기 때문이다. 소공에게는 사람을 보는 눈이 있었다고 할 수 있다"

라고 말한 것도 소공을 칭찬한 것은 아니다.

"소공이 그토록 정확하게 사람을 보는 눈이 있음에도 불구하고 즉시 고거미를 죽이지 않았기 때문에 자기가 살해되는 꼴을 당했다"는 뜻을 가진 말인 것이다.

그러므로 소공에게 "사람을 보는 눈이 있었다"고 말한 것은, 소공에게는 이해득실(利害得失)을 생각하여 결단을 내릴 능력이 없었다고 말한 것과 같은 것이다.

군주라는 것은 경우에 따라 충분히 재난을 내다볼 수 있는 능력이 없을 뿐만 아니라 시기에 맞추어 결단을 내려서 제재할 엄두도 내지 못하는 경우가 많다.

소공은 고거미에 대한 증오를 노골적으로 나타내면서 결단을 늦추어 죽이려 하지 않았다. 그래서 고거미로 하여금 증오심을 키우게 했고, 음모를 실행하게 만든 것이다.

그러므로 소공이 살해된 이유는 자기가 증오하는 자에 대해 지나치게 연약했으며 신속하게 결단을 내리지 않았기 때문인 것이다.

벌의 무서움에 대해서 이렇게 말한 사람이 있었다.

"증오에 대한 보복이라고 해도 그 정도가 지나치다는 것은 큰 벌로써 작은 죄에 대해 보복했다는 뜻이다."

큰 벌로 작은 죄에 대해서 보복한다는 것은 매우 잔인한 형벌을 가했다는 말이 된다. 형벌의 무서움은 본래 처벌된 사람에게 있는 것이 아니고 형벌의 부당함이 많은 사람들의 증오를 낳게 한다는 데 있다. 그러므로 진나라의 여공이 극지, 극기, 극주 세 사람을 죽이자, 난서와 중행언이 반란을 일으켰던 것이다.

정나라의 자도(子都)가 백헌(伯헌)을 죽이자 식정(食鼎)이 재난을 불러일으켰다.

오(吳)나라 왕 부차(夫差)가 참언을 믿고 오자서(伍子胥)를 죽이자 그 기회를 놓치지 않고 월(越)나라 왕 구천(句踐)이 천하의 패자가 되었다.

작은 죄를 큰 벌로 다스리면 이런 일이 벌어지게 되는 것이다.

그러고 보면, 위(衛)나라의 출공(出公)이 추방되고 정나라의 영공이 살해된 것은, 출공이 저사를 죽이지 않고 영공이 자공을 죽이지 않았기 때문이 아니라 화를 낼 일도 아닌데 화를 냈고 죽일 일도 아닌데 죽일 생각을 했기 때문이다.

만일 그 분노가 상대방의 죄에 알맞은 것이고, 그 조처가 모든 사람들에게 납득되는 것이었다면, 분노를 폭발시킨 뒤에 신속하게 결단을 내리지 않았더라도 아무런 일도 일어나지 않았을 것이다.

체면적으로 보아서, 왕위에 오르기 전에 분쟁을 일으켰다가 왕위에 오른 뒤에 옛날의 분쟁 때문에 살해되는 일은 흔히 있는 일이었다. 제(齊)나라의 호공정(胡公靖)이 즉위하기 전에 추마수(騶馬繻)를 학대했기 때문에 즉위 후 추마수에 의해 살해된 것도 그것들 중 한 예이다.

군주가 신하에게 이와 같은 행위를 한다면 그것은 두고두고 재난의 씨를 남기는 원인이 된다. 더구나 신하가 군주에게 그런 일을 했다면 무사히 살아남기가 어려울 것이다.

사람을 죽인다는 것은 애초에 부당한 행위인데도 화가 난다거나, 또는 자기를 미워한다고 해서 모두 죽이려고 한다는 것은 천하의 모든 사람들을 적으로 삼는 것과 같다.

공자 어(圉)가 "고거미는 머지 않아 살해될 것이다"라고 말한 것은 지극히 당연한 일이라고 말할 수 있다.

결단을 내린다는 것은 매우 어려운 일이다. 결단의 계기는 대개 명시되어 있다. 그러므로 그런 계기가 생기면 지나친 구실을 만들지 말고 과감하게 결단을 내리면 되는 것이다.

그러나 그 정보가 확실한가, 그 판단에 잘못은 없는가, 너무 빠르지도 않고 그렇다고 너무 늦지도 않게 결단을 내릴 적절한 시기를 어떻게 결정할 것인가, 결단의 내용을 지나치지도 않고 부족하지도 않게 상황에 맞추려면 어떻게 해야 하는가……. 어려운 질문은 한없이 계속될 것이다. 그러나 이와 같은 어려운 문제에 일일이 대응하는 일 그 자체가 실은 결단을 지연시키는 원인이 되는 것이다.

한비자는 이 같은 어려운 질문에 대답이라도 하듯,

"일을 행하여 아무런 잘못도 없었다는 것은 요(堯)와 같은 훌륭한 사람도 불가능한 일이라고 들은 적이 있다. 그럼에도 불구하고 세상 사람들은 항상 무슨 일이든지 하지 않고는 베기지 못하는 것이다"

라고 말하며 다음과 같은 사례를 인용하고 있다.

한(韓), 위(魏), 제(薺) 세 나라의 군대가 진(秦)나라를 공격하기 위하여 한나라에 모였다. 때문에 진나라의 소양왕(昭襄王)이 루완(樓緩)과 상의했다.

"세 나라의 군대가 우리나라 깊숙이 쳐들어오려고 한다. 나는 황하(黃河) 동쪽 땅을 떼어 주고 강화를 맺으려고 하는데 어떻게 생각하는가?"

"황하 동쪽 땅을 떼어 준다는 것은 큰 손실입니다. 그러나 나라를 전쟁의 불길에서 구출한다는 것은 큰 공적입니다. 이와 같은 큰 일은 종족(宗族)인 원로 신하들의 결정에 따라 행해야 합니다. 공자 사(汜)를 불러 물어 보시기 바랍니다."

라고 루완은 대답했다.

소양왕은 공자 사를 불러 상의했다. 공자 사의 대답은 이러했다.

"강화가 맺어지더라도 왕께서는 후회하실 것이며, 강화가 맺어지지 않더라도 후회하시게 됩니다. 왕께서 지금 황하 동쪽 땅을 떼어 주고 강화를 맺는다면 세 나라의 연합군을 물러갈 것입니다. 그러면 왕께서는 반드시 '세 나라 연합군은 아무것도 주지 않았더라도 물러갔을 것이다. 공연히 세 개의 성을 거저 주고 말았다' 라고 말씀하실 것입니다. 그리고 강화를 맺지 않음으로써 세 나라 군대가 한나라에 집결하면 우리나라는 크게 당황할 것입니다. 왕께서는 반드시 크게 후회하고 '세 성을 아끼다가 큰일을 당했다' 고 말씀하실 것입니다. 그러므로 나는 이렇게 말씀드리고 싶습니다. 강화를 맺게 되어도 왕께서는 후회하시고, 강화를 맺지 않더라도 후회하실 것이라고 말입니다."

그러자 소양왕은 말했다.

"그렇다면 만일 후회하더라도 세 개의 성을 잃고 후회하는 쪽을 택하기로 하겠소. 나라를 위험 속에 빠뜨리고 후회하는 짓은 할 수가 없소. 나는 강화를 맺기로 결정하겠소."

항상 어떤 행위를 하지 않으면 안 되게끔 운명지어진 사람은 시시각각으로 변하는 상황에 직면하여 끊임없이 이것이냐 저것이냐 중에서 결단을 내리는 행위를 계속하지 않으면 안 된다. 결단을 내린 뒤의 상황의 전개는 결단을 내리는 시점에서 여러 가지로 예측

할 수는 있어도 명확하게 알지는 못 한다. 때문에 그 같은 결단에 대한 시비를 따지는 것은 언제나 결과를 보고 난 뒤의 일이다. 이와 같은 결과론(結果論)은 결단을 내리는 당사자의 행위와는 상관이 없다. 그리고 이 결과론에는 기적적으로 어떤 놀라운 행운이 닥쳐 올지도 모른다는 요행을 바라는 근성이 깔려 있게 마련이다.

물론, 인간에게는 크든 작든 복권이 당첨되기를 바라는 것과 같은 요행을 기대하는 심정이 감추어져 있다. 그리하여 우물쭈물하면서 결단 내리기를 지연시키는 동안에 저절로 일이 잘 풀리는 경우도 어쩌다가 있게 마련이다. 그러나 그런 일은 극히 드물기 때문에 항상 그런 경우를 기대한다는 것은 현실 도피이며 책임을 포기하는 행위가 될 것이다.

사람은 결과를 예견할 수 없기 때문에 처음부터 이렇게 결단을 내릴 경우와 저렇게 결단을 내릴 경우의 결과를 엄밀하게 비교할 수가 없다.

때문에 인간은 결과론에 사로잡히지 말고, 결과론을 무시한 채 결단을 해야 할 때는 어떤 형태로든 결단을 내려야 한다. 그리고 어떤 것이든 선택하여 결단을 내림으로써 사람은 마음 속에 숨기고 있는 생각, 즉 가능한 어려운 현실에서 도피하고 싶다는 은밀한 원망(怨望)을 극복하고 현실에 뛰어들 수 있는지도 모른다. 그렇게 함으로써 비로소 사람은 살아 있는 존재라고 말할 수 있을 것이다.

따라서 결과가 어떻게 될 것인가에 대해서 미리 물을 필요는 없다.

다만, 인간은 무엇이든 성취하도록 운명지어져 있는 존재이다. 더구나 한비자의 말처럼 "일을 행했는데 아무런 잘못이 없다는 것은 요(堯)와 같은 훌륭한 사람도 불가능하다"면 어떻게 결단을 내리건 간에 후회는 피할 수 없는 것이다. 그렇다면 진나라의 소양왕처럼 후회하는 일이 적은 쪽을 선택하라고 한비자는 강조하고 있다.

상황을 판단하는 지혜

04

4. 상황을 판단하는 지혜

무릇 재능이 있고 현명하더라도 그럴 수 있는 상황(狀況)이 아니면 어리석음을 제어할 수 없다. 그러므로 한 자(1尺)의 나무토막은 높은 산꼭대기에 세워 놓아도 멀리 천 길의 골짜기를 내려다볼 수 있다. 나무토막이 길기 때문이 아니라 그것이 위치한 곳이 높기 때문이다.

근간에 들어서서 왼손잡이들이 증가하고 있다고 한다.

옛날에는 왼손으로 글씨를 쓰든가 음식을 먹으면 아버지나 할아버지께 심한 꾸중을 들었다. 이와 같은 부모의 관심으로 인해 어릴 때 왼손잡이가 많이 교정되었기에 어른이 된 뒤에는 왼손잡이가 드물었다. 그것은 오른손을 사용해야 힘을 많이 쓸 수 있고, 물건을 잘 잡을 수 있다는 등, 오른손의 운동 능력이 우수하다는 효용신앙(效用信仰)의 문화가 만들어 낸 습관 때문이었을 것이다.

그러나 요즘은 왼손잡이들이 의외로 많다. 프로 야구가 생겨나면서 왼손잡이 투수나 왼손잡이 타자가 크게 활약하고 있으며, 세계적인 시합 때 왼손잡이 탁구선수들이 맹활약을 했다. 이처럼 이제는 왼손잡이가 흉이 되지 않으며 경우에 따라서는 장려까지 하고 있다.

그러므로 그들의 입장은 왼손잡이가 흉이 되던 상황에서 정당하다는 상황으로 변한 것이다.

주(走)라는 한자(漢字)는 '달린다' 라는 의미를 가진 글자이다. 이 한자는 우리나라에 들어올 때부터 이런 뜻을 가지고 있었으며 중국에서도 옛날부터 이 글자는 '달린다' 라는 뜻으로 쓰여졌다.

그러나 현대의 중국어에서 '走' 는 '걸어서 이동한다' 는 의미를 가지고 있다. '달린다' 라는 뜻이 아니다. 아마도 오랜 옛날 '走' 를 '걸어서 이동한다' 고 풀이한 어떤 침입자들에 의하여 '走' 를 '달린다' 라고 풀이한 사람들이 동화되어 갔는지도 모른다.

우리나라에서도 요즘 젊은이들 사이에서는 불확실한 미래형인 '……인 것 같다' 가 확실형인 '이다' 보다 더 많이 사용되고 있다. 젊은이들을 잡고 질문을 하면 한결같이 그 대답의 꼬리에 '……인 것 같아요' 가 붙는다. 밥을 먹었다고 대답할 때도 '밥을 먹은 것 같아요' 이다. 나이 든 사람들이 아무리 고쳐 주려고 해도 요즘 젊은이들은 필사적으로 '……인 것 같아요' 라고 말한다. 너무나 불확실한 세상에서 살다 보니까 이렇게 언어까지 불확실해진 것일까.

이와 같이 우리가 사는 현실에서는 문화적인 것, 사회적인 것, 정치적인 것, 경제적인 것……, 이 모든 것들의 상황이 변화하고 있다. 그리고 이런 상황은 과거로부터 현재를 거쳐 수직적(垂直的)으로 변화하고 있을 뿐만 아니라 횡적(橫的)으로도 위치의 이동에 따라 끊임없이 변화하고 있다.

이 같은 상황의 끊임없는 변화를 지금으로부터 2천 3백여 년 전에 살았던 한비자는 다음과 같이 설명하고 있다.

'나라가 언제나 반드시 강한 것은 아니다. 또한 언제나 약한 상태로 있는 것도 아니다. 법(法)을 만드는 자가 단호하게 시행하면 나라는 강해진다. 법을 만드는 자가 주저하고 멈칫거리면서 단호하게 일을 처리하지 못하면 그 나라는 약해진다.'

옛날 초(楚)나라의 장왕(莊王)은 26개국을 병합하고 3천 리의 영토를 개척했다. 그러나 장왕이 죽자 초나라는 얼마 후에 멸망하고 말았다. 제(齊)나라의 환공(桓公)은 30개의 나라를 병합하여 3천 리의 영토를 개척했다. 그러나 환공이 죽자 제나라는 오래지 않아 멸망하고 말았다.

연(燕) 나라의 양왕(襄王)은 국경을 황하(黃河)까지 넓혀 계(繼)를 수도로 정하고 탁(涿)과 방성(方成)을 전초기지로 하여 제나라를 격파하고 중산(中山)을 평정했다. 연나라의 지지를 받은 나라들은 중하게 대접받았고, 연나라의 지지를 받지 못했던 나라들은 경하게 대접받았다. 그러나 양왕이 죽자 연나라도 얼마 후에 멸망하고 말았다.

위(魏)나라의 안리왕(安釐王)은 조나라를 지원하여 연나라를 공격, 황하 동쪽의 옛 영토를 탈환했다. 진나라가 점령하고 있던 정도(定陶)를 빼앗고 위(衛)나라를 멸망시켰다.

제나라를 공격하여 제나라의 5대 도시의 하나인 평륙(平陸)을 점령했다. 한(韓)나라를 공격하여 관(管)을 탈취했으며 기수(淇水) 근처에서의 싸움에서 크게 승리했다. 수양(睢陽)의 싸움에서는 피곤하여 지친 초나라의 대군을 궤주시켰고, 초나라 영내인 채(蔡)와 소능(召陵)의 싸움에서는 초군을 대패시켰다. 위(魏)나라의 군대는 세계의 모든 곳에 손을 뻗쳤으며 그 위세는 중원(中原)의 모든 나라에 떨쳤다. 그러나 안리왕이 죽자 위나라는 오래 가지 못하고 멸망해 버렸다.

성자필멸(盛者必滅 : 성한 자는 반드시 망한다), 회자정리(會者定離 : 만나면 반드시 헤어진다), 영고성쇠(榮枯盛衰 : 인간은 성하기도 하고 쇠하기도 한다)는 세상의 질서라고 말한다.

고도의 문명과 강대한 세력을 자랑하던 그리스가 멸망하고, 로마가 멸망하고, 페르시아가 멸망하고, 잉카 제국이 멸망했다.

현재 세계의 패권을 쥐고 세계 곳곳에 군대를 파견하고 있는 강력한 미국도 먼 앞날에는 반드시 멸망할 것이다. 상황(狀況)이란 이처럼 냉혹하고 인정 사정 없이 변화해 가는 것이다.

그러나 상황의 변화는 단순히 국가가 멸망하거나 흥륭하는 것만을 말하지 않는다. 이것은 흔히 진보(進步)라고 말하며 인간을 둘러싼 여러 가지 상황도 역시 변화하고 있는 것이다. 그것을 한비자는 이렇게 말하고 있다.

"허리에 조홀(朝笏 : 황제의 명령을 받아쓰기 위한 가늘고 긴 나무판)을 차고 무도용(舞蹈用) 방패나 도끼를 가지고 있다 해도 날이 달린 긴 무기나 짧은 무기를 당해 낼 수 없다. 층계를 오르내리는 법이나 몸을 움직이는 방법에 대한 예의범절을 강제로 가르치는 것으로는 병사들을 훈련시키지 못한다. 음악을 연주하면서 행하는 의례적인 사격은 강한 쇠뇌의 연속사격을 당해 내지 못한다. 성을 지키며 공격해 오는 전차(戰車)를 방어하는 전법은, 미리 파 놓은 지하도에 물이나 또는 풀무를 이용한 불길을 보내 성벽을 파괴하는 전법과 비교할 수가 없다.

옛날 사람들은 도덕적인 고매함을 견주었다. 중세의 사람들은 지모(知謨)의 우열을 견주었다. 그러나 현대 사람은 힘의 크기를 견주고 있다. 옛날에는 해야 할 일도 적었으며 그 수단도 역시 간단하고 조잡했으며 기술도 부족했다. 그래서 조개껍질을 나무에 매단 도구로 밭을 일구었고 수레도 손으로 밀었다.

옛날에는 인간들의 수가 적었기 때문에 서로 친했다. 인간들의 수에 비해서 물자가 풍부했기 때문에 재화(財貨)나 이익에 집착하지 않고 손쉽게 남에게 양도했다. 그러므로 서로 양보하며 다른 사람에게 천하를 맡기는 일도 있었다. 예를 들면 서로 주고받으며, 깊은 은혜를 베푸는 것을 존경하고, 인간애(人間愛)를 칭송한다는 것은 모두 수레를 손으로 미는 것과 같은 정치라고 말할 수 있을 것이다.

해야 할 일이 많은 시대를 살면서 해야 할 일이 적었던 옛날의 간단하고 조잡한 도구를 사들이려고 한다는 것은 현명한 인간이 할 일이 아니다.

대규모의 전쟁이 벌어지는 시대에 서로 사양하던 옛날의 관습을 지키려고 한다는 것은 현명한 인간의 정치 방법이 아니다. 그러므로 현명한 인간은 언제까지나 손으로 미는 수레에 타고 있지 않으며, 우수한 인간은 언제까지나 수레를 손으로 미는 것과 같은 정치를 계속하지 않는 것이다."

한비자는 또 이렇게 말한다.

"옛날에는 남자들이 밭을 갈지 않았다. 풀이나 나무의 열매로 충분히 먹고 살 수가 있었기 때문이다. 여자들도 베를 짜지 않았다. 짐승가죽과 새털로 옷을 만들어 충분히 추위를 막을 수 있었기 때문이다. 노동을 하지 않아도 충분히 먹고 살 수가 있었고, 인간의 수가 적어서 재화에 여유가 있었기 때문에 사람들은 싸우지 않았다. 그러므로 많은 상을 주지 않고, 무거운 형벌을 도입하지 않아도 사람들은 자연히 안정된 생활을 했다.

그러나 지금은 인간들의 수가 많아졌는데도 재화는 적으며, 힘들여 노동을 해도 손에 들어오는 재화는 적은 형편이다. 따라서 사람들은 서로 다투게 되었으며, 상(賞)을 배로 주고, 벌을 엄하게 해도 혼란을 막을 수 없다.

요(堯)가 천하의 왕이 되었을 때에는 지붕을 덮을 띠풀도, 상수리나무 서까래도 맞추어서 자르지 않았다. 희게 빻지 않은 곡식으로 지은 밥에 명아주나 콩잎으로 끓인 국을 먹었다. 겨울에는 사슴모피를 걸치고 여름에는 갈대로 엮은 옷을 입었다. 지금은 문지기가 먹는 음식과 옷일지라도 그처럼 비참하지는 않을 것이다.

우(禹)가 천하의 왕이 되자 손수 가래와 괭이를 들고 신하들보다 앞장서서 일했다. 그리하여 허벅다리 살이 빠지고, 정강이 털이 닳아 없어졌다. 지금은 노예도 그렇게 힘들게 일하지는 않을 것이다.

그러므로 옛날 사람이 왕위를 양위한 것은 문지기보다 못한 의식(衣食)을 버리고 노예보다 심한 노동으로부터 떠났다는 것뿐이다. 따라서 옛날 사람이 천하를 남에게 양보했다고 해서 특히 칭찬할 만한 가치가 있는 것은 아니다. 지금의 현령(縣令)은, 어느 날 갑자기 죽더라도 자손이 대대로 마차를 탈 수 있는 신분이 보장되어 있었다. 그러므로 그것을 소중하게 생각하는 것이다.

따라서 자리를 내놓는다는 점에서 보면 옛날 사람이 무척 간단하게 왕위를 물려준 반면에 지금 사람들이 현령의 자리도 좀처럼 내놓지 않으려는 것은 그 이익에 대소(大小)의 차이가 있기 때문이다.

대체로 산에서 살며 계곡 아래에 있는 내까지 내려가서 물을 길러 오는 사람들은 서로 물을 나누어 준다. 낮은 땅에 살며 물의 피해를 입는 사람들은 사람을 고용하여 배수용(排水用) 도랑을 파게 한다. 그들은 흉년이 든 봄에는 어린 아이들에게도 음식을 나누어 주지 못하지만 풍년이 든 가을이면 낯모르는 손님에게도 식사를 대접할 수 있게 된다. 이것은 육친을 멀리하고 낯모르는 사람을 사랑하기 때문이 아니다. 식량이 많고 적음의 차이에서 오는 결과인 것이다.

그러므로 옛날 사람들이 재화에 집착하지 않은 것은 인간애가 깊었기 때문이 아니라 재화가 많았기 때문이다.

지금 사람들이 관직을 탐내는 것은 그 품성이 저열해서가 아니다. 그것에 딸린 이익이 크기 때문이다."

상황(狀況)이 변화한다면 인간은 그처럼 주어진 상황에 따라서 생각하는 방법, 느끼는 방법, 사는 방법이 달라지고 풍모까지 변하는 것이 당연하다. 오히려 변하지 않는 것이 이상하다고 생각해야 한다.

"옛날 것이 좋은 것이다. 전통을 지켜라" 하고 소리높이 외치며 상황의 변화를 막으려고 한다면 그것은 풍차를 향해 돌격하는 돈키호테에 지나지 않는다고 말할 수 있다.

억지로 지켜야 하는 전통이라면 그것을 아무리 지키려고 해도 결국엔 소멸되어 버리는 것이다. 이와 같은 전통은 오히려 소멸되는 것이 좋다.

전통이란 억지로 지키려고 하지 않더라도 자연스럽게 전해져 가기에 전통이라고 말하는 것이다. 생활과 직접 관련이 없는 것은 억지로, 또는 인위적으로 지키려고 해도 지켜지는 것이 아니라고 한비자는 말하고 있다. 그리고 동일한 사실까지 상황에 따라서 달리 해석되며 다른 가치로 평가된다고 말하며, 다음과 같은 이야기를 한다.

초(楚)나라에 변화(卞和)라는 사람이 있었다. 그가 초나라의 산중에서 아직 갈고 닦지 않은 구슬의 원석(原石)을 발견했다. 그는 그것을 소중히 가지고 돌아와서 초나라의 여왕(厲王)에게 바쳤다. 여왕이 그것을 구슬 공인(工人)에게 감정하게 했더니 그 공인은 이렇게 말했다.

"이것은 보통 돌입니다."

여왕은 변화가 거짓말을 하여 자기를 속이려 한다고 생각하고 변화의 왼쪽다리를 잘랐다.

여왕이 죽자 무왕(武王)이 왕위에 올랐다. 변화는 다시 그 구슬 원석을 받쳐 들고 와 무왕에게 헌상했다.

무왕이 구슬 공인에게 감정을 시켰더니 이번에도 같은 대답이 나왔다.

"이것은 보통 돌입니다."

무왕 역시 변화가 거짓말을 하여 자기를 속이려 한다고 생각하고 변화의 오른쪽 다리를 잘라 버렸다.

무왕이 죽자 문왕(文王)이 왕위에 올랐다. 변화는 그 구슬 원석을 안고 초산(楚山) 기슭에서 울고 있었다. 3일 낮 3일 밤 동안을 계속해서 울었기 때문에 눈물은 메말라 버리고 눈물 대신 피가 흘러나왔다. 그 소식을 들은 문왕이 사자를 보내 까닭을 물었다.

"세상에는 발목이 잘리는 형벌을 받은 사람이 많이 있는데 왜 너만 그렇게 슬프게 우느냐?"

변화가 대답했다.

"나는 발목이 잘리는 형벌을 받은 것이 슬퍼서 우는 게 아닙니다. 이렇게 훌륭한 구슬이 보통 돌이라는 말을 듣게 됨으로써 정직 하나만으로 살고 있는 내가 거짓말쟁이라는 오해를 받았습니다. 나는 그것이 슬퍼서 견딜 수 없습니다."

문왕이 구슬 공인에게 원석을 갈고 닦게 해 보았더니 과연 훌륭한 보석이었다. 그리하여 이 구슬에는 「화씨(和氏)의 구슬」이라는 이름이 붙게 되었다.

이 이야기는 동일한 사실이라도 상황에 따라 달리 해석되고 달리 평가된다는 것을 강조한 한비자의 이야기지만 이와 같은 의미 이외에도 여러 가지 뜻이 내포된 설화이다.

한비자는 이 「화씨의 구슬」에 대한 이야기에 다음과 같은 내용을 덧붙이고 있다.

'아름다운 구슬은 지위가 높은 사람들이 탐내는 것이다. 그리고 변화가 헌상한 구슬의 원석(原石)이 아름답지 못하다고 해도 윗자리에 있는 사람으로서는 아무런 손실이 없었을 것이다. 그럼에도 불구하고 변화의 두 다리가 잘린 뒤에야 비로소 그것이 진짜 구슬이라는 것이 확인되었다. 구슬을 보고 진짜인지 가짜인지 분간하기란 이처럼 어려운 것이다.

윗자리에 있는 사람에게 있어서 법률은 화씨의 구슬보다 귀중하다. 더구나 법률은 신하들이나 백성들의 이기적이며 사악한 행위를 금지하는 데 이용되는 것이다. 따라서 법률을 엄하게 적용하지 않으면 신하와 백성들의 공격을 받을 것은 자명한 일이다. 법률의 필요성을 설득하는 사람이 죽지 않고 아직도 살아 있는 것은 오직 제왕의 위업을 성취시킬 수 있는 구슬의 원석, 즉 법률을 제왕에게 아직 헌상하지 않고 있음을 나타내는 것이다.'

한비자는 새로운 상황에 알맞은 정치의 한 방법으로 법치(法治)를 주장했다.

그러나 새로운 상황에 적응하지 못하고 있는 보수파의 이기적인 손익계산(損益計算)에 의하여 법치의 가치가 인식되지 않기 때문에 생겨나는 위험성을 이 설화에서 이야기해 주고 있는 것이다. 이것은 선구자의 비애라고나 할까, 아니면 시기상조라고나 할까. 그러므로 알맞은 시기를 선택하여 변화하는 상황에 적응하는 것 또한 중요한 것이다.

진(晉)나라 군대가 형(邢)나라를 공격했다. 제나라의 환공(桓公)은 형나라를 위하여 원군을 보내려 했다. 그러자 대신인 포숙아(鮑叔牙)가 이렇게 말했다.

"너무 이릅니다. 형나라가 망할 때까지 공격하게 내버려 두지 않으면 진나라의 국력은 피폐해지지 않습니다.

진나리의 국력이 피폐하지 않으면 우리 제나라의 중요성은 증대하지 않습니다. 더구나 위험에 처한 나라를 지원해 준다는 것은 물론 훌륭한 공적이긴 하지만 멸망한 나라를 다시 일으켜 세워 주는 은혜에는 훨씬 미치지 못합니다. 좀더 형 나라에 대한 지원을 늦추어 진나라의 국력이 피폐해지게 만들어야 합니다. 그렇게 해야만 우리 제나라에 진실로 유리한 상황을 만들어 낼 수 있습니다. 망한 뒤에 그들이 재기(再記)할 수 있도록 원조해 준다면 그 명예는 한층

높아질 것입니다.“

환공은 원군을 보내지 않았다.

냉혹한 이해타산으로 일관된 포숙아의 이러한 계획은 악의적인 설계도와 같은 것이었다. 그러나 이 악의(惡意)야말로 한비자의 특허였다. 선의(善意)는 겨우 눈물을 흘리게 하는데 지나지 않지만 악의는 일을 성취시킨다. 악의는 현실과 대결하려는 인간의 최대한의 의지(依支)일 것이고, 공격은 최대의 방어라는, 자기방어를 위한 가장 믿을 수 있는 무기일 것이다.

그뿐이 아니다.

심술할미나 심술첨지의 이야기가 재미있는 동화로 등장하여 인기를 끌듯이, 악의에는 또한 유머가 있다. 선의가 빈틈없이 진지한 반면에 악의는 게릴라적인 웃음을 가지고 있으며 독소를 내포하고 있는 것이다.

어쨌든 포숙아는 적합한 시기를 선택하고 정확하게 상황에 적응하기 위하여 악의적인 설계가 필요했던 것이다. 오직 남은 문제는 적합한 시기를 어떻게 선택하는가, 하는 문제뿐이었다.

그 시기를 선택하기 위해서는 상황의 변화에 대한 명확한 인식을 가지고 있어야 할 것이다.

이 문제에 대해 한비자는 제 6권 「해로편(解老篇)」에서 다음과 같이 설명하고 있다.

'도(道)란, 모든 사물이 그렇게 형성(形成)되고, 그렇게 존재하게 하는 모체이다. 그리고 온갖 이치(理)들이 머무는 근원이다. 이치란 모든 사물이 이루어지는 절차이며, 도란 만물이 이룩된 근거인 것이다. 그러므로 노자(老子)는 "도란 만물을 이치에 따라 다스리게 하는 것이다"라고 말했다.

사물에는 각각의 이치가 있다. 그것을 거역할 수가 있다. 때문에 이치는 모든 사물을 제약하는 힘이 될 수 있다.

모든 사물은 제각기 이치를 달리 하지만 도(道)는 모든 사물의 이치를 총괄한다.

그러므로 도는 때에 따라서, 구체적인 사물에 따라서 변화하지 않을 수 없다. 그러므로 도에는 일정불변(一定不變)의 법칙이라는 것은 없다. 일정불변의 법칙이 없기 때문에 혹은 죽고 혹은 산다. 모든 지능(知能)은 혹은 깊게 혹은 얕게 거기서 배우며 모든 사물은 어떤 것은 피폐되고 또 어떤 것은 흥하는 것이다.'

이 한비자의 〈해로편〉은 무척 난해한 철학이지만, 일정불변의 법칙이 없는, 그 도(道)의 구체적인 현현(顯現)이 상황(狀況)을 완전히 파악하기는 어렵더라도 적어도 이치(理)를 살핌으로써 그것을 알 수 있으며, 그 상황을 알 수 없을 때 이치를 거스르게 되어 강요되고 만다는 뜻을 가지고 있다.

이 상황에 대해서 한비자는 다음과 같이 설명하고 있다.

'재능이 있는 현명한 사람도 그럴 수 있는 상황에 놓이지 않으면 어리석은 사람을 제어하지 못한다. 그러므로 한 자(尺)의 재목도 높은 산 위에 세우면 천 길이나 되는 깊은 골짜기를 내려다 볼 수 있다. 그것은 이 재목이 길기 때문이 아니라 놓여진 위치가 높은 곳이기 때문이다.

폭군으로 이름이 높은 걸(桀)도 천자(天子)가 되면 천하를 다스릴 수 있다. 그것은 그가 현명하기 때문이 아니라 그의 권세가 막중하기 때문이다.

성제(聖帝)로 이름 높은 요(堯)도 신분이 낮은 보통 사람이었다면 세 칸 정도의 집도 제대로 관리하지 못했을 것이다. 그것은 그가 어리석기 때문이 아니다. 지위가 낮기 때문이다.

천 균(千鈞 : 1균(鈞)은 10尺)이나 되는 무거운 단위라도 배에 실으면 물 속에 가라앉지 않지만, 치수(매우 작은 무게의 단위) 정도의 아주 가벼운 것이라도 배에 싣지 않으면 물에 가라앉고 만다. 천 균이 가볍고 치수가 무겁기 때문이 아니다. 배가 있는가, 없는가 하는 상황에 따른 것이다.

비룡(飛龍)과 등사(螣蛇)도 운무(雲霧)가 없으면 지렁이나 개미와 같다.'

그럴 수 있는 상황에 처하지 않으면 아무리 훌륭한 사람일지라도 어쩔 수 없다는 것을 한비자는 강조하고 있다. 한비자는 이런 상황을 높은 산에 비유하고, 배에 비유하여 인간의 재능의 유무보다도 상황의 중요성을 강조하고 있다.

뛰어난 재능을 가지고 있다는 것은 좋은 일이지만 이보다 중요한 것은 상황의 변화를 해독하는 일이다. 한비자는 다음과 같이 그 상황론(狀況論)을 전개하고 있다.

신도(愼到)는 이렇게 말한다.

"비룡(飛龍), 등사(謄寫)는 구름이나 안개 속을 날지만 구름이 없어지고 안개가 걷히면 그들도 지렁이나 개미와 같아진다. 이는 날 수 있는 의지물을 잃었기 때문이다. 현명한 사람이면서 어리석은 사람에게 굴복하지 않으면 안 되는 것은 그의 권력이 작고 지위가 낮기 때문이다. 어리석은 사람이면서 현명한 사람을 복종시킬 수 있는 것은 그의 권력이 크고 지위가 높기 때문이다. 성인이라는 요(堯)도 신분이 낮은 보통 사람이었다면 세 사람 정도도 다스리지 못했을 것이며, 폭군이라는 걸(桀)도 천자(天子)가 되면 천하를 혼란시킬 수 있는 것이다. 이것으로, 높여진 상황이야말로 의지할 만한 것이며 현명이란 부러워할 가치가 없다는 것을 알 것이다. 쇠뇌가 강하지 않더라도 쏘아 올린 화살이 높이 나는 것은 바람을 타기 때문이다.

그 몸은 어리석지만 명령을 할 수 있는 것은 많은 사람들로부터 추대받고 있기 때문이다. 요가 보통 신분으로 노예들에게 가르침을 주려 한다면 아무도 귀를 기울이려 하지 않을 것이다. 그러나 천하의 왕이 되어 명령하면 즉시 실행되고, 금지하면 하던 일을 완전히 중지하게 된다. 그러므로 현지재능(賢知才能)은 사람들을 복종시키기에 부족하지만 권세지위(權勢地位)는 현명한 사람도 굴복 시킬 수 있는 것이다."

다른 사람이 그 같은 이론에 대해서 반박하는 이론을 이렇게 제기했다.

"비룡이나, 등사는 구름이나 안개 속을 난다. 비룡과 등사의 비상은 구름이나 안개의 힘 때문이 아니라고 말하지는 않겠다. 그러나 현지재능(賢知才能)을 버리고 완전히 상황에만 맡겨서 천하를 충분히 다스릴 수 있을까. 그런 예는 지금까지 본 적이 없다.

구름이나 안개라는 상황이 있더라도 그것을 타고날 수 있는 것은 비룡이나 등사에게 우수한 재능이 있기 때문이다. 구름이 아무리 짙게 끼었더라도 개미는 그것을 타지 못한다.

짙은 구름과 안개가 있더라도 그것을 타고, 날고, 놀 수 없는 것은 지렁이나 개미의 재능이 용렬하기 때문이다. 이와 같이 걸이나 주가 남면(南面 : 옛날에 군주의 자리에 오른다는 뜻)하여 천하의 왕이 되고, 천자의 권위를 가지고 있으면서도 천하가 크게 어지러운 것을 막지 못한 것은 그들의 재능이 용렬했기 때문이었다.

그렇다면 요가 천하를 다스렸다는 그 상황과 걸이 천하를 어지럽혔다는 그 상황 사이에는 어떤 다른 점이 있었는가. 상황이라는 것은 현명한 사람만이 그 상황을 이용할 수 있고, 어리석은 사람은 그것을 이용하지 못한다는 것은 아닐 것이다. 현명한 사람이 그것을 이용하면 천하는 어지러워지는 것이다.

상황이라는 것은 세상을 다스리는 사람에게도, 또는 어지럽히는 사람에게도 편리한 것이다. 그러므로 〈주서(周書)〉에도 '호랑이게 날개를 달아 주지 말라. 마을에 뛰어들어 사람을 잡아먹으려 할 것이다' 라고 쓰여져 있다. 어리석은 사람이 상황을 이용하면, 호랑이에게 날개를 달아 주는 것이 되지 않을까.

주와 걸은 높은 대와 깊은 연못을 만드느라고 백성의 힘을 이용했고, 포락(炮烙)의 형(刑)을 만들어 백성의 생명을 빼앗았다. 주와 걸이 이와 같은 포악한 행위를 할 수 있었던 것은 황자의 권위라는 날개를 달아 주었기 때문이다.

주와 걸이 신분이 낮은 보통 인간이었다면 그런 나쁜 짓을 단 한 가지도 하기 전에 사형에 처해졌을 것이다. 상황이라는 것은 호랑이의 마음을 양성하여 난폭한 일을 성취시키는 것이고 그것은 천하의 큰 재해이다.

상황이 잘 다스려지는가와 어지러워지는가는 본래부터 어떤 확고한 관계가 없는 것이다. 그럼에도 불구하고 모두가 상황에 따라서 천하를 다스릴 수 있다고 말하는 것은 그 지능 정도가 너무나 선

韓非子

박하기 때문이라고 말할 수밖에 없다.

우수한 명마(名馬)와 튼튼한 수레가 있어도 그것을 심부름꾼에게 몰게 하면 웃음거리가 될 것이다. 그러나 유명한 마부 왕량(王良)에게 몰게 하면 하루에 천 리라도 갈 수 있다. 마차는 같은 것인데도 불구하고 한쪽은 천 리를 가고 다른 한쪽은 웃음거리가 된다.

그것은 기술의 오묘함과 졸렬함이 두드러지게 차이가 나기 때문이다.

그러므로 나라를 수레에 비유하고, 상황을 말에 비유하고, 호령을 손잡이 끈으로 비유하고, 형벌을 채찍으로 비유하고, 마부를 걸과 주에 비유하면 천하는 어지러워진다. 이것은 현명함과 어리석음이 현저하게 차이가 나 있기 때문이다.

나는 듯이 마차를 몰고 순식간에 먼 곳까지 가려고 하면서 왕량(王良)에게 마부 일을 맡길 줄 모르고, 이익을 증진시키고 해악(害惡)을 배제하려고 하면서도 현명한 능력을 가진 사람에게 일을 맡길 줄 모르는 것은 비교도 할 줄 모르는 슬픈 현상이다. 요와 순도 역시 백성을 다스리는 훌륭한 마부인 것이다.

또 어떤 사람은 이렇게 반박했다.

"신도(愼到)는 상황에 의존하면 상황 내의 일을 처리할 수 있다고 말했다. 신도의 의견에 반대하는 사람은 반드시 현명한 사람이 나타나 주지 않으면 천하는 다스려지지 않는다고 말한다.

그러나 그것은 모두 잘못된 생각이다.

상황이란, 말은 하나이지만 무수히 다른 의미를 내포하고 있는 것이다. 상황이 자연히 생겨나는 것이라면 그것에 대해서 논할 필요는 없다. 그러므로 여기서 논하려는 상황은 인간이 만들어 내는 상황이다.

요와 순이 태어나면서부터 높은 자리에 있었다면 열 명의 걸과 주가 있었더라도 천하를 어지럽히지 못했을 것이다. 왜냐 하면 이미 다스려지고 있는 상황이기 때문이다. 걸과 주가 태어나면서부터 높은 자리에 있었다면 열 명의 요와 순이 있더라도 천하를 다스릴 수는 없었을 것이다. 왜냐 하면 이미 어지러운 상황이 되었기 때문이다. 그러므로 '다스려지는 상황에 있으면 어지럽게 할 수가 없으며 어지러운 상황에 있으면 다스려지게 할 수 없다' 고 말할 수 있는 것이다.

그러나 그것들은 모두 자연적으로 발생하는 상황이기 때문에 인간으로서는 어떻게도 할 수가 없는 것이다. 여기서 논하는 상황이란 인간이 만들어 낼 수 있는 상황을 말하므로 거기에 현명한 사람은 필요치 않다. 왜 그런가는 다음 이야기를 들으면 알게 될 것이다.

창과 방패를 파는 사람이 있었다. 그는 자기가 파는 방패가 튼튼하다는 것을 자랑하며 어떤 창으로 찔러도 뚫을 수가 없다고 말했다. 그리고 또 창을 자랑하여, 아무리 튼튼한 것이라도 찌르면 뚫린다고 말했다. 그것을 구경하고 있던 사람이 당신의 창으로 당신의 방패를 찌르면 어떻게 되느냐고 물었다. 창(矛)과 방패(盾)를 파는 사람은 대답을 하지 못했다.

관통되지 않는 방패와 찔러도 관통되지 않는 것이 없는 창은 동시에 병존할 수가 없다. 현명한 사람이 천하를 다스린다는 원칙에 의하며, 현명한 사람은 그 자체가 정의(正義)이기 때문에 어떠한 구속도 받지 않는다. 상황이 천하를 다스린다는 원칙에 의하면 모든 것이 그 상황을 만들어 낸 법률(法律)의 구속을 받고 있으므로 어떤 것이든 구속하게 된다.

어떠한 구속도 받지 않는 현명한 사람과 어떠한 것이든 구속하는 상황은 창과 방패의 경우처럼 모순(矛盾)이 되는 것이다. 따라서 현명한 사람과 상황은 서로 받아들이지 못한다는 것이 밝혀진 셈이다.

더구나 요 · 순 · 걸 · 주와 같은 인간은 천 세대(千世代)에 한 사람이 나타나더라도 너무 많다고 할 정도로 특별한 인간이다. 세상의 보통 군주는 중류(中流)의 재능을 갖추고 끊임없이 생겨나고 있다. 여기서 상황에 대하여 설명하고 싶은 것은 이 중류의 군주에 대해서이다.

이 중류의 군주는 위로는 요 · 순에 미치지 못하지만 아래로는 걸 · 주와 같이 되지도 않는다. 법을 지키고 그 상황에 편승하지 못하면 어지러워진다. 상황을 무시하고 법을 버린 채 오직 요나 순이 나타나기를 기다린다면, 요나 순이 나타났을 때 세계는 다스려지기는 할 것이다. 그러나 다스려지는 결과가 될 것이다. 상황에 편승하여 걸이나 주가 나타났다고 가정하면 걸이나 주가 나타났을 때 세계는 어지러워질 것이다. 그러나 그것은 천 세대 동안 다스려지다가 한 세대 동안만 어지러워지게 된다는 것이다.

다스려지는 기간이 천이고 어지러운 기간이 1인 경우와, 다스려지는 기간이 1이고 어지러운 기간이 천일 때는, 마치 준마를 타고 정반대의 방향으로 달리는 것과 같아서 그 거리는 정말로 헤아릴 수 없을 것이다."

얼마 전에 중국 공산당은, 마르크스 학설이 모든 것을 해결해 주는 올바른 길이 될 수 없다고 공식적으로 인정했다. 너무나 늦은 감은 있지만 공자(孔子)의 말처럼 잘못을 바로잡는 일을 꺼려할 필요는 없다.

마르크스는 그 나름대로 자기 사상을 확립하여 수많은 공산주의 국가를 탄생시켰지만 이 학설은 석탄과 증기기관 시대에 생겨난 학설이므로 원자력(原子力)과 전자의 시대인 지금 성전(聖傳)처럼 모시려는 것은 어리석은 짓이라고 생각된다.

이미 상황은 변화해 있는 것이다. 그러므로 마르크스의 잘못은 상황의 변화를 예측하지 못하고 단 하나의 진리만을 생각한 것에 있었는지도 모른다.

두 개의 기(氣)의 상호 침투와 상호보조(相互補助)를 설명한 음양사상(陰陽思想)을 숭상하는 중국 사람들인 만큼 마르크스의 결정론적 일원론(一元論)의 함정을 일찍부터 알아차리고 거기서 빠져나와야 했었다. 둘(2)이 합하여 하나(1)가 되는 것을 부정하고 하나가 나누어져 둘이 된다는 이원론(二元論)을 알고 있는 중국 사람들이 이제야 비로소 마르크시즘의 허구를 깨달은 것이다.

예를 들면, 드래커라는 과학자는 물질과 반물질(反物質)이라는 기본적인 대칭성(對稱性)을 밝히고 전자(電子)와 질량을 같게 하고 반대의 전하(電荷)를 갖는 반전자(反電子)의 존재를 예언했는데, 사물에는 이와 같은 반대의 측면이 있다. 알기 쉬운 예로 이 세상에 남자와 여자가 있는 한, 남자밖에 볼 수 없는 측면이 있을 것이고 동시에 여자밖에 볼 수 없는 측면도 있을 것이다.

하나의 사물은 항상 둘로 나누어지고 있는 것이다.

하나의 자석을 놓고 생각해 봐도 알 수 있다. 자석은 N극과 S극을 가지고 있다. 그것을 중앙에서 절단했을 때 N극과 S극의 중간이므로 중화(中和)되어 무극(無極)이 된다고 생각하지만 실제로는 정확하게 반대의 극이 되어 있다.

반대의 극이 이전해 올 틈을 주지 않고 재빨리 조사해도 반대의 극이 되어 있는 것에는 변함이 없다. 과학자들은 자석 전체가 하나의 극일뿐인 유니폴(UNIPOL)이라 할까, 모노폴(MONOPOL)같은 것을 찾고 있다고 하는데, 결정론적 일원론을 신봉하는 과학자들이라면 당연하게 생각할 일일지도 모른다.

그리고 파동현상(波動現象)에도, 입자현상(粒子現象)에도 귀착시킬 수 없는 빛(光)이라는 것이 있다. 빛은 파동과 입자라는, 한비자 식으로 말하자면 창과 방패처럼 모순되는 두 개의 측면을 가지고 있다.

그리고 음(陰)과 양(陽)처럼 서로 보완하고 있는 것이라고 해야 할지도 모른다. 아마도 이런 현상을 보고 보어는 상호보완성원리(相互補完性原理)를 생각했을 것이다.

이와 같이 사물에는 두 개의 측면이 있고, 이 두 개의 측면이 서로 보완하면서 모든 사물은 성립되어 있는 것이다.

한비자는 상황에 대해서 자연적으로 형성되는 상황과 인간이 만들어 내는 상황의 두 가지 측면을 들고 있다. 한비자는, 상황이란 인간에게 주어진 어쩔 수 없는 운명과 같은 측면과 함께 인간이 적극적으로 만들어 내고 있는 측면도 함께 가지고 있다는 획기적인 지적을 했다.

그러나 한비자는 제왕의 세계 정치에의 관심이 선행되었던 것 같다. 윗자리에 있는 사람의 선의에 기대하기 보다는 어떠한 자의

적인 행동도 허용되지 않는, 법률에 바탕을 둔 제도로서의 상황을 창출해야 한다는 생각에 치우쳐 버린 결점 때문에 상황을 충분히 논하지 못했다.

그러나 인간이 만들어 내는 상황이라는 측면을 제기했다는 점에서 한비자의 의도를 충분히 읽을 수 있을 것이다. 그리고 한비자가 충분히 논하지 못한 면을 손자(孫子)의 주장으로 보충할 수 있을 것이다.

예를 들면,

손자는 "용병한다는 것은 궤도(詭道)이다"라고 말했다. 궤도란 말은 기계(奇計), 모책(謀策), 또는 권모술수로 풀이되며 바람직하지 않은 것, 정에 위배되는 것, 속임수 등등이라고 알려져 있다.

사전에도 '사람을 속여 혼미하게 하는 방법', '사람을 속이는 수단' 이라고 풀이되어 있다. 전쟁에서 적을 속이는 것을 반드시 나쁘다고 할 수 없을지 모르나 역시 정정당당하지 못한 것은 사실이다.

사물에는 항상 두 개의 측면이 있다고 한다면, 지금까지 보지 못하고 있던 또 하나의 측면, 즉 반대쪽의 측면을 찾아내어 지렛대로 삼아 상황을 유리하게 전환시킬 수 있을 것이다.

물론 두 개의 기(氣)가 서로 보완하고 서로 변호하여 세계의 모든 현상이 일어난다는 음양사상(陰陽思想)은 옛날부터 있었다. 그러나 그것은 인간을 포함한 자연의 운행(運行)을 설명한 것일 뿐 적극적인 인간의 계기, 인간의 의지와 의식의 면은 결여되어 있었다.

그러므로 여기에다 인간의 계기, 즉 인간의 의지와 의식을 불어넣어 두 개의 측면을 서로 보완하고 교환함으로써 인위적(人爲的)으로 새로운 상황을 만들어 내는 것이 손자가 말하는 궤도이며, 한비자가 말하는 '인간이 만들어 내는 상황'이라고 생각할 수 있을 것이다.

본래 궤(詭)는 변한다는 뜻을 가진 말이었다고 한다. 그러나 유교사상이 흥하면서 원뜻이 상실되고 나쁜 의미로 바뀌어진 것이다. 그러므로 이 '궤'라는 글자도 역시 상황 변화의 증인이었던 셈이다.

인간이 만들어 내는 상황을 주장한 한비자는 그런 사상에 입각하여 몇 가지 예화(例話)를 들고 있다.

위(魏)나라 왕의 두 신하는 위나라 귀족 제양군(薺陽君)과 마음이 맞지 않았다. 그래서 제양군은 일부러 왕의 명령을 위조케 하여 자기를 공격하도록 공작을 했다. 제양군이 공격받았다는 소식을 듣고 위나라 왕은 사자를 보내 제양군에게 물었다.

"누구와 원한이 있었는가?"

"누구와도 원한 같은 것은 없었습니다. 생각해 보니 전에 그 두 사람과 어색한 관계가 된 일이 있기는 합니다. 그러나 이렇게 될 정도는 아니었습니다."

제양군의 대답을 듣고 위왕은 측근들에게 제양군의 말이 사실이냐고 물었다.

"사실입니다"

측근들이 이렇게 대답했으므로 위왕은 두 신하를 사형에 처했다.

제양군에게 젊은 가신(家臣)이 있었다. 그 때까지 제양군은 모르고 있었지만 그는 제양군을 가까이서 모시면서 총애를 받고 싶었다. 마침 제(薺)나라 왕이 늙은 유생(儒生)을 보내 마리산(馬梨山)에서 약초를 캐게 하고 있었다. 제양군의 젊은 가신은 공을 세울 기회라고 생각하고 제양군을 뵙기를 청했다.

"제나라 왕이 늙은 유생을 파견하여 마리산에서 약초를 캐고 있습니다. 명목은 약초를 캐는 것으로 되어 있으나 사실은 우리 위나라의 사정을 정탐하고 있는 것입니다. 주군께서 그를 죽이지 않으면 첩자에게 비밀을 누설했다는 누명을 쓰게 될 것이며, 그 유생은 그것을 이유로 내세워서 제나라 왕으로부터 상을 받게 될 것입니다. 제가 그 늙은 유생을 죽이고 오겠습니다."

"그렇게 하라."

제양군이 승낙했기 때문에 젊은 가신은 다음 날 성 북쪽에서 제나라의 늙은 유생을 칼로 찔러 죽였다. 그리하여 제양군은 젊은 가신을 발탁하여 친밀하게 대해 주었다.

초(楚)나라 왕이 진(秦)나라에 사신을 파견했다. 진왕은 그 사신을 후하게 접대했다.

그러나 진왕은 걱정스러운 듯이 말했다.

"적국에 현명한 사람이 있다는 것은 우리나라로서는 골치 아픈 일이다. 초나라 왕이 보낸 그 사자는 대단한 현인이다, 그 때문에 나는 고민이다."

그러자 신하들이 진언했다.

"왕께서 성명(聖名)하시고, 우리나라에는 풍부한 자원이 있는데 어찌 초나라 왕 밑에 있는 현인을 부러워하십니까. 오히려 그와 한층 교분을 두텁게 하고 친밀한 친구가 되도록 노력하시기 바랍니다. 그러면 초나라에서는 그가 우리나라에 매수되었다고 생각하고 반드시 사죄(死罪)를 내릴 것입니다."

서수의 공손연(公孫衍)은 천하의 명장으로 이름이 높았거니와 위(魏)나라 혜왕(惠王)의 가신(家臣)이었다. 진(秦)나라 혜문왕(蕙文王)은 가능하면 공손연을 데려다가 함께 진나라를 다스리고 싶었다. 그러나 공손연은 혜문왕의 청을 거절했다.

"나는 위나라 혜왕의 가신입니다. 위나라를 떠나서는 안 됩니다."

일 년이 지났다. 공손연은 어떤 일로 위나라 혜문왕의 미움을 사서 진나라로 도망했다. 진나라 혜문왕은 공손연을 크게 우대했다.

화리질은 진나라 장군이었다. 그는 천하의 명장으로 이름이 난 공손연이 자기 대신 장군에 임명되는 것이 아닌가 하고 걱정했다. 그래서 화리질은 혜문왕이 평소 비밀 이야기를 하는 방의 벽에 구멍을 뚫어 놓았다. 과연 얼마 후 혜문왕은 그 방에서 공손연과 상의를 했다.

"한(韓)나라를 공격하고 싶은데 그대 생각은 어떤가?"

"가을에 공격하면 성공하리라고 믿습니다."

"나는 우리 진나라의 큰 일에 대하여 그대에게 어려운 부탁을 하고 있다고 생각하오. 그러니 이 말은 우리 둘만 알고 결코 다른 사람이 알게 해서는 안 되오."

공손연은 비밀을 지키겠다고 약속하고 물러났다.

그러나 그 때 화리질은 구멍을 통하여 이 이야기를 모두 듣고 있었다.

얼마 후 혜문왕의 시종들이 소곤거리기 시작했다.

"금년 가을에 우리나라가 군대를 일으켜 한나라를 공격한다고 한다. 공손연이 장군이 된다는 거야."

그 날 중으로 조정 안에 있는 모든 사람이 그 사실을 알게 되고, 며칠이 지나자 나라 안의 모든 사람이 알게 되었다. 혜문왕은 화리질을 불러서 물었다.

"왜 이렇게 떠들어 대는 거냐. 도대체 이 이야기는 어디서 나온

거지?”

“공손연으로부터 나온 이야기인 것으로 압니다.”

화리질이 시치미를 떼고 대답했다.

“나는 공손연과 그런 얘기를 한 적이 없다. 그런데 어떻게 공손연이 그런 이야기를 한단 말인가?”

“공손연은 지금 우리 진나라에 와서 살고 있지만 최근에 위나라 혜왕의 미움을 사서 도망쳤습니다. 아마도 불안하고 고독함을 느끼고 있을 것입니다. 그래서 그런 이야기를 하여 많은 사람들의 관심을 끌려고 한 것이 아닌가 생각됩니다.”

“그 말에도 일리는 있다.”

혜문왕은 사자를 보내어 공손연을 불렀지만 공손연은 이미 다른 제후국으로 도망치고 없었다.

이건 뒷맛이 개운치 않은 이야기이다. 한비자는 윗자리에 있는 사람이 이와 같은 함정에 빠지지 않게 하기 위한 본보기로써 이 설화를 인용한 것이다. 그러나 이야기에 나오는 악의(惡意)는 그야말로 한비자가 좋아할 것 같고, 골목까지 쫓긴 인간의 자기 방위를 위한 최후의 거점인 것이 틀림없다.

이를 테면 한비자는 이렇게 말한다.

“법률은 그것에 의해 사물을 제약하는 것이며, 사물은 그것에 의해 효과를 나타내는 것이다. 법률을 세우려고 하면 그 어떤 난점(難點)이 생겨나는 것이다. 그러나 그 정도를 계산하여 난점이 있더라도 일을 성취할 수 있다는 것을 알면 그것을 세워야한다."

일을 성취하려면 거기에는 어떤 일이든 폐해(弊害)가 내포되어 있다.

그러나 그 정도를 계산하여 폐해보다 효과 쪽이 크다는 것을 알면 그것을 단행해야 한다. 난점(難點)이 없는 법, 폐해가 없는 효과란 이 세상에 존재하지 않기 때문이다.

좋은 일은 반드시 나쁜 측면을 가지고 있다. 나쁜 일의 이면에는 반드시 도움이 되는 일이 있다.

인간은 끊임없이 그 두 가지 측면을 주시하면서, 새로운 상황을 만들어 내기 위하여 노력해야 할 것이다.

05

설득하는 지혜

5. 설득하는 지혜

대체로 설득하는 것의 어려움은 설득하고자 하는 상대방의 마음을 알고, 이쪽의 말을 그것에 꼭 들어맞게 하는 데에 있다.

장의는 진(秦)과 한(韓)이 위(魏)나라와 우호관계에 있는 상황을 이용하여 제(齊)와 초(楚)를 공격케 해야겠다고 생각하고 있었다. 그러나 위나라의 대신을 역임한 혜시(惠施)는 제와 초가 연합을 해서 전쟁을 막아야 한다고 생각하고 있었다. 두 사람은 그 일에 대한 논쟁을 벌였다.

위나라의 여러 신하와 위왕의 측근들은 모두 장의의 편을 들어 제와 초를 공격하는 것이 위나라를 위해 유리하다고 말했다. 그러나 혜시를 응원하는 자는 한 사람도 없었다. 아니나 다를까. 위왕은 장의의 말을 받아들이고 혜시의 말을 물리쳤다.

제와 초를 공격하라고 결정하고 난 다음 위왕은 혜시를 만났다.

"선생께서는 이제 아무런 말씀도 하지 마시오, 제와 초를 공격한다는 것은 역시 이익이 생기는 일입니다. 모든 백성들도 한결같이 그렇게 생각하니까요."

위왕이 선수를 쳐서 그렇게 말하자 혜시가 대답했다.

"잘 생각해 보시지 않으면 안 됩니다. 제와 초를 공격하는 일이 분명히 유리하다고 합시다. 그러나 모든 백성들이 모두 다 유리하다고 생각한다니 현명한 자들이 얼마나 많은지 모르겠군요. 제와 초를 공격한다는 것이 분명히 이익이 되지 않는다고 합시다. 그런데도 모든 백성이 너도 나도 유리하다는 생각을 한다면 그 얼마나 어리석은 자가 많은 것입니까?

대체로 보아서 모략이라는 건 아직 의심이 남아 있기 때문에 행해지는 것입니다. 의심이라고 하는 것은 이리저리 망설이기 때문에 하나로 정리되지 않는 것이 아닙니까. 따라서 절반 정도의 사람들이 좋은 것이라고 생각한다면 절반 정도의 사람들은 좋지 않은 것이라고 생각합니다. 지금 모든 백성이 한결같이 좋다고 한다고 단정하는 것은 주군께서 그 중의 절반을 잃고 계시기 때문입니다."

한비자가 이런 설화를 인용하여, 윗자리에 있는 사람을 협박하여 진로 변경을 강요한다는 것은 바로 그 절반의 반대 의견을 잃게 하는 것을 말한다고 했듯이, 말이란 항상 절반의 반대 의견을 예상하고 있지 않으면 성립되지 않는 것인지도 모른다. 가령 의미가 있는 일이라고 할 때의 그 의미도 그런 입장에서 생각하지 않으면 안 될 것이고, 어디서 의미를 찾을 것인가도 그런 입장에서 생각하지 않으면 안 될 것이다.

그런데도 요즈음 우리의 주위를 둘러보면 예사로 넘겨 버릴 수 없는 일이 종종 발생하고 있는 것 같다. 그것은 여성의 지위가 강해졌다고나 할까, 월급쟁이 남편 알기를 마치 봉급 전달자로 착각하는 듯한 풍조가 생겨나는 일이다. 열심히 일해서 가족을 위해 봉사해 온 남편이 나이가 들어 막상 정년퇴직이라도 할 상황이 되면 아내가 인정 사정 없이 돈주머니를 움켜쥐고 남편을 구박하기 시작하는 것이다.

남편의 권위는 도대체 어디로 간 것일까. 수십 년 동안을 함께 살아온 그 생활은 대체 무엇이었을까. 어느 날 미련 없이 쓰레기통에 팽개쳐지는 깨어진 그릇보다 못하단 말인가.

'아래층에서 한 남자가 병이 들어 죽어가고 있다. 그 이웃집에서는 축음기를 틀고 있다. 맞은편 집에서는 아이를 낳고 있다. 2층에서는 둘이서 허튼 웃음을 웃고 있다. 노름을 하는 골패 소리도 들린다. 강가에 매어져 있는 배 안에서는 여자가 죽은 어미의 시체에 매달려 울고 있다. 인류의 비탄은 서로 통하지 않는 것이다. 다만, 나는 그들이 귀찮게 여겨질 뿐이다.'

노신(魯迅)은 이렇게 기록하고는 몸부림쳤거니와, 인간이란 어쩌면 마음이 서로 통하게 되어 있지는 않은 것 같다. 무슨 일에도 속박당하지 않고 자유로이 살고 싶어 하는 개인은 원래가 고독하기 때문에 타인이 사이에 끼는 것을 필요로 하지 않는 것 같다.

"사람은 혼자서 죽을 것이다"라고 파스칼은 말했거니와, 인간은 서로 마음을 통하는 일 없이 혼자 고독하게 살다가 혼자 고독하게 죽어가는 수밖에 없는지도 모른다.

공자는 또 이렇게 말했다.

"조수불가 여동군(鳥獸不可 與同群),
오비사인지도 여이수여(吾非斯人之徒 與而誰與)
새나 짐승과 동류가 될 수는 없다.
나는 이 인간 외에 대체 누구와 함께 살아갈 수 있겠는가"

말할 것도 없이 인간은, 인간과 관련되지 않고 자기 혼자서만 살아갈 수는 없는 것이다. 그렇다고 한다면 불가능한 일일지 모르겠지만, 가능하다면 대화를 하며 서로 어깨를 맞대고 살아나갈 수 있게끔 마음을 통하기 위해 노력할 수밖에 없을 것이다. 그런데 무엇을 어떻게 이야기해야 좋단 말인가.

"비가 왔다고 말하고 싶으면 비가 왔다고 말하면 된다."라고 체홉은 말했다. 될 수 있으면 그랬으면 하고 생각한다. 분명히 비가 왔다고 말하고 싶으면 비가 왔다고 말하면 되는 것이지만, 그러나 또한 비가 왔다고 말하고자 생각한 것이 생각대로가 아닐 수도 있는 것이다.

우리의 의식은 외계(外界)에 접촉되어 감정이 생겨나고 상념(想念)이 겹쳐지면 욕망이 솟구친다. 그러나 그러한 의식은 언제까지 지속될 까닭이 없고 시간이 길고 짧음은 있을지라도 하나의 의식은 생겼다 소멸하고 얼마 후 다음 의식으로 옮겨 간다.

마음은 끊임없이 흔들리며 변화하고 있다. 지금 비가 왔다고 말하고 싶었다고 해도 다음 순간에는 비가 왔다고 말하고 싶지 않다고 생각하게 되어 있을는지도 모르는 것이다. 갖가지 현실이 있는 이상 우리의 의식에는 아무런 맥락(脈絡)도 없이(라고 생각 되는), 모순(矛盾)되기도 하는(하고 생각되는) 상념이나 심상(心象)의 단편이 차례차례로 계속해서 생겨날 것이므로 그 어느 것을 갈라서 자신의 진정한 사고방식으로 할 것인가에 대해서 갑작스럽게 단정할 수는 없을 것이다.

개개의 의식은 끊임없이 서로 대립되는 것으로 분열되고 있다. 거기에다가 더욱 곤란한 것은 지식이 증대하고 현실이 세분화됨에 따라서 모든 근거는 모호해지고 무엇 하나 확실한 것이 없으며 우리의 주위에는 미확정된 형태가 있을 뿐이라는 상태에까지 이르고 있다는 것이다.

지금, 비가 왔다고 말하고 싶은 생각을 하고 있다 하더라도 그것이 어디까지 진실인지 입증할 수도 없고 확증할 수도 없는, 그런 상태에 놓여 있다고 말하면 좋을지는 모른다.

그러한 불투명한 심정을 사람들은 말로써 표현하고 전달하지 않으면 안 되는 것인데, 그 말이 또한 너무나도 빈약하다. 가령 아침에 일어나서 출근할 때까지의 아주 짧은 시간의 평범한 행동에 대해서도 말로써 그대로 표현할 수 없는데 대해 거의 절망해 버릴 수밖에 없을 것이다.

"말로써는 잘 표현할 수 없지만……"하는 일상 회화에 흔히 등장하는 그 말이 무엇보다도 그것을 뒷받침해 주고 있다. 더구나 말은 항상 어느 정도의 거짓을 품고 조금씩 어긋 나타내고자 하는 의미를 굽혀 버린다거나 입 밖에 낸 순간에 어딘가 어색한 허망감만 남기게 만드는 진실의 그림자 같은 성질까지도 가지고 있는 모양이다.

그러기에 장자(莊子)도 "말이라는 것은 바람 소리와는 다를 것이다. 말에는 하고자 하는 내용이 있지 않은가. 그러나 그 하고자 하는 내용이 확실치가 않은 것이다. 그렇다면 말이 있다고 할 수 있는가. 아니면 말이란 없는 것이라고 할 것인가."라고 말했다.

자기 자신은 아무런 의미도 없는 병아리의 울음소리와는 다르다고 생각할지라도 구별을 지을 수 있을지 어떨지 의심스럽다면서 말에 대한 불신감을 표명했을 것이다.

그런데 한비자도 말에 대해서는 불신감을 품고 있었다.

예설(倪說)은 송(宋)나라 사람으로 변론(辯論)이 훌륭했다.

'흰 말(馬)은 말이 아니다.'

라는 논리를 설파하여 제나라의 학원도시 직하(稷下)의 학자들을 압도하고 있었다. 하지만 흰 말을 타고 검문소를 통과하려고 할 때는 역시 흰 말로 인해 통행세를 물지 않을 수 없었다.

그런 설화를 인용하여 내용도 없는 허구의 공론으로 전국의 학자들을 압도할 수는 있었어도 현실적으로 구체적인 것과 비교하면, 검문소의 관리 한 명조차도 속이지 못했던 것이다. 라고 논평하고 있다.

'흰 말은 말이 아니다' 라는 명제는 기원전 4세기 무렵, 좀 부풀려서 말하자면 일세를 풍미한 논리학상의 명제로서, 본래대로 한다면 중국논리학(中國論理學)의 발전에 있어서 그 어떤 공헌을 했을 것이었지만, 흰 말이건 검은 말이건 말임에는 틀림없다는 현실적 합리주의자들의 손에 의해 무참하게 찢겨져 버렸던 것이다.

보다 나은 해석이 있을지 모르겠으나 간단히 말하자면 '흰 것' 은 색깔에 대해 말하고 '말' 은 형태에 대하여 말하는 것으로서 '흰 말' 은 두 가지 개념의 복합이다. 하나의 개념일 뿐인 '말' 이란 다른 차원에 있다고 하지 않으면 안 된다는 말이 될 것이다. 그러나 어디까지나 현실적인 효용을 중시하고 있던 한비자는 그러한 현실과 관련이 되지 않는 사고를, 내용 없는 공론이라고 하며 마음에 두지 않았던 것 같다.

방공(龐恭)이 볼모가 되어 위(魏)나라의 태자와 더불어 조(趙)나라의 수도 한단(邯단)으로 가게 되었다.

출발하기에 앞서 방공은 위왕(魏王)에게 말했다.

“만약에 한 사람이 ‘시장에 호랑이가 나타났다’ 고 말하면 왕께서는 그 말을 믿으시겠습니까?”

“믿을 수 없지.”

“세 사람이 ‘시장에 호랑이가 나타났다’ 고 말하면 왕께서는 그 말을 믿으시겠습니까?”

“믿겠지.”

그러자 방공이 말했다.

“대체적으로 시장에 호랑이가 나타날 수 없다는 것은 확실한 일입니다. 그러나 세 사람이 말한다면 호랑이가 나타난 것이 되고 맙니다. 한단은 위나라에서 시장과는 비교도 되지 않을 만큼 먼 곳에 떨어져 있습니다. 나에 대한 얘기를 이러쿵저러쿵 말할 사람이 불과 세 명뿐이라고는 말할 수 없습니다. 그런 말을 들으시더라도 특별히 명찰해 주시기를 부탁드립니다.”

그러나 방공은 한단에서 돌아온 후에 끝에 위왕을 만날 수 없었다.

한비자는 이런 일화를 인용하여 다음과 같이 논하고 있다.

'말이라고 하는 것은 입 밖에 내는 사람이 많으면 믿을 수 있는 것이라고 생각하게 된다. 진실이 아닌 것도 열 사람이 말하면 반신반의, 백 사람이 말하면 진실일지 모른다는 생각을 하게 되고, 천 사람이 말하면 틀림없는 진실이라고 믿어 버리고 누가 뭐라건 들으려고 하지 않게 될 것이다.

말솜씨가 서툰 사람의 말은 의심을 받지만 말재주가 있는 사람의 말은 믿음을 얻는다.

그러므로 마음씨가 좋지 않은 부하가 윗자리에 있는 사람을 헐뜯는 것도 많은 동료들의 도움을 빌고 말재주로써 신뢰를 받으며 비슷한 사례를 들어 그 이기적인 욕망을 분식(粉飾)하는 것이다. 윗자리에 있는 사람이 화가 나서 그것을 질책하고 현실과 말을 비교 검증하지 않으면 결국 부하의 이기적인 도량발호(跳梁跋扈)를 도와주는 결과가 되고 마는 것이다.'

말에는 이러한 위험성이 내포되어 있는 것이다. 한비자는 다시 그 위험성을 다른 각도에서 묘사하고 있다.

'진(晋)나라의 범문자(梵文子)는 직언하기를 좋아했다. 그래서 부친인 범무자가 범문자를 때리면서 나무랐다.

"대체적으로 함부로 하는 말은 남이 받아들이지 않는 법이다. 남이 받아들이지 않으면 그 몸이 위태로워진다. 아니, 그 몸이 위태로

울 뿐만 아니라, 부친의 몸까지도 위태로워지는 것이다."

정(鄭)나라의 자산(子産)은 정의 집정(執政) 자국(子國)의 아들이었다. 자산은 정의 군주에게 한결같은 충절을 다하고자 했다. 그러나 자국은 노하여 아들을 나무랐다.

"대체적으로 오직 혼자 많은 가신(家臣)들을 거스리면서도 저만 충실히 노력한다면, 현명한 군주라면 너의 말을 들어 줄 것이다. 그러나 현명한 군주가 아니라면 네가 하는 말 따위는 문제도 삼지 않을 것이다. 들어 줄 것인가, 들어 주지 않을 것인가도 아직 확실히 알지 모르면서도 너는 많은 가신들로부터 고립되는 것이다. 많은 가신들로부터 고립되면 너의 몸은 반드시 위험해진다. 또 너만의 일이 아니다. 아버지인 나까지도 위험하게 만드는 짓이 되는 것이다."

공실(公室)의 권위가 쇠해지면 직언(直言)을 기피하게 된다. 사적인 이익을 도모하려는 행위가 성행되면 국가를 위해 공헌하려는 자들이 적어진다고 한비자는 말하고 있다.

대세(大勢)에 순응하여 쓸데없는 말을 하지 않도록 한다면 일시적인 안전이 보장될 것은 거의 틀림없다.

그러나 한비자는 말하지 않으면 안 되었다. 사람의 마음은 서로 통하기 어렵고, 말해야 할 내용도 정확하지 않으며, 그것을 전달하는 말이라는 수단은 빈약하며 또 위험하기까지 했지만, 현실적인 효용을 추구하는 한비자는 대세에 순응하지 않고 어떻게 하든지 간에 설득하지 않으면 안 되었던 것이다. 말이란 항상 현실과 대응하여 비교 검증되지 않으며 안 된다는 전제하에 한비자는 설득력에 대해 사색을 거듭했다.

초왕(楚王)이 전구(田鳩)를 보고 말했다.

"묵자는 명성을 크게 떨친 학자이다. 스스로 솔선하여 실행하는 것은 좋은 일이라고 생각한다. 그러나 그의 말은 지나치게 많은데도 전혀 감동적이 못된다. 어째서인가?"

"지난달에 진왕(秦王)이 자기의 딸을 진(晋)나라의 공자에게 시집보냈습니다. 신부의 의상은 진(晋)나라에서 만들어 줄 것이라고 생각하고 함께 가는 70여 명의 시녀들에게만 화려한 옷을 입혀 보냈습니다. 진(晋)나라에 도착하자 진나라 사람들은 함께 온 시녀들에게만 넋이 빠져 진왕(秦王)의 딸을 무시했습니다. 그렇게 되면, 시녀들은 잘 시집보냈다고 말할 수 있겠지만 딸을 잘 시집보냈다고 말할 수는 없겠지요.

또 초(楚)나라 사람으로 정(鄭)나라에 가서 보석을 파는 자가 있었습니다. 목란(木蘭)으로 상자를 만들고, 상자에는 향기 높은 육계(肉桂)와 산초(山椒)를 피워서 넣고 주옥을 깔고 붉은 홍옥(紅玉)으로 장식한데다가 비취를 박았습니다. 그러나 정나라 사람들은 그 상자만 사고 보옥은 되돌려주는 것이었습니다. 그러고 보면 상자는 잘 팔았다고 말할 수 있지만 보옥은 잘 팔았다고 말할 수 없습니다. 지금 세상에서 유행되고 있는 변론은 화려하고 감동적인 말을 사용하여 설명되고 있습니다. 윗자리에 있는 사람은 가끔 그 말의 화려함에만 정신을 빼앗겨 그것이 도움이 되는 것인지 어떤지 판단하지 못하게 되기 쉽습니다.

묵자의 말은 선왕(先王)의 도(道)를 전하고 성인(聖人)의 유언을 논하여 그것을 사람들에게 뚜렷이 제시하려는 것입니다.

하지만 그 말을 화려하게 장식한다면 반드시 그 수사(修辭)에 마음을 빼앗겨서 그 속에 내포되어 있는 가치를 알아차리지 못하게 될 것입니다. 수사로 인해 효용이 손상을 입고 마는 것입니다.

그렇게 되면 보석을 팔려고 한 초나라 사람이나 딸을 시집보낸 진왕과 똑같은 셈이 되지 않겠습니까, 그러므로 묵자의 말은 장황하지만 유익하지 못합니다."

진실을 말하려면 말을 더듬을 수밖에 없다는 말일까. 더구나 그 말이 분명히 상대방의 마음에 도달했는지 어떤지도 확실하지 않은 것이다. 그러므로 한비자는

'좋은 약은 입에 쓰다. 그러나 현명한 사람은 노력하여 그것을 마신다. 그것을 마시면 자기의 병을 고칠 수 있다는 것을 알고 있기 때문이다. 충언은 귀에 거슬린다. 그러나 현명한 군주는 그 말에 귀

를 기울인다. 그것이 실제로 효과를 올린다는 것을 알고 있기 때문이다.'

라고 스스로에게 일깨우듯이 적은 다음, 설득에 대해 집념과 정열을 쏟아 기록했다.

대체적으로 설득이라는 것은 자기의 재주로서는 상대방을 충분히 설득할 수 없다는 데에 그 어려움이 있는 것은 아니다. 자신의 변론으로는 자기가 하고 싶은 바를 시원하게 표현할 수가 없다는 데에 그 어려움이 있는 것도 아니다. 자유자재, 종횡무진으로 하고 싶은 말을 다할 수 있을 만한 용기가 없다는 데에 그 어려움이 있는 것도 아니다. 대체적으로 설득의 어려움이라는 것은, 설득하고자 하는 상대방의 심리를 통찰하고 자기의 말을 정확하게 그것에 합치시키는 데에 있다. 고상한 명예를 손에 넣기 위해서 커다란 이익을 내세워 상대방의 마음을 움직이고자 하면, '뜻하는 바가 얕고 비천한 경우에 처해 있었구나' 하고 얕보이게 되어 무시당하며 경원시되고 마는 것이다.

상대방이 커다란 이익을 손에 넣고 싶어 하고 있는데 고상한 명예로 설득하여 상대의 마음을 움직이고자 하면 상대는 '실제로는 되지 않겠구나' 하는 생각을 하게 되어 받아들여지지 않을 것이 틀림없다.

상대방이 마음 속으로 비밀리에 큰 이익을 손에 넣고 싶어 하면서도 표면상으로 고상한 명예를 구하는 척하고 있는데도, 고상한 명예만 내세워 상대방의 마음을 움직이고자 하면, 표면상으로는 채용이 되지만 실제로는 경원시 당하게 될 것이 틀림없다. 그러나 또한 커다란 이익을 내세워 설득하여 상대방의 마음을 움직이게 하려면 비밀리에 그 의견을 채용하면서 표면상으로는 그 설득하고자 하는 바를 무시해 버릴 것이 틀림없다. 그런 것을 잘 명찰하지 않으면 안 되는 것이다.

대체적으로 일은 비밀을 유지함으로써 성공하고, 말은 비밀을 누설함으로써 실패한다. 설득하려고 하는 그 자신으로는 비밀을 누설할 생각이 조금도 없었더라도 이야기를 하고 있는 중에 문득 상대방이 심중에 깊이 숨겨 둔 일을 우연히 건드리는 수가 있다.

그렇게 되면 그의 몸은 위험해지게 될 것이다.

상대방이 표면상으로는 한 가지 일을 하면서 내심으로는 그것을 이용하여 다른 일을 이루겠다는 생각을 하고 있었는데, 설득하려고 하는 사람이 표면의 일만이 아니고 내심으로는 무엇을 하고자 하는지 그 의도까지 알아버리게 되는 경우가 있다. 그렇게 되면 그의 몸은 위험 앞에 노출될 것이다.

설득을 하려는 자가 상대방을 위해 심상치 않은 일을 계획하고 더구나 그것이 상대방의 의향과 정확하게 합치되기는 했지만 상대방이 언외(言外)의 뜻을 추측으로 알아차림으로써 비밀이 누설되는 경우가 있다. 그렇게 되면 상대방은 설득하려고 한 자가 비밀을 누설한 것이라고 생각할 것이 틀림없다. 그렇게 되면 설득하려는 자는 본래의 속셈을 이룰 수 없게 된다.

상대방의 신뢰가 아직 충분히 깊어지지 않았는데도 설득하려는 사람이 눈치도 없이 있는 지혜를 다 짜내서 지껄이거나, 그 의견이 시행되어 잘 되어나간다고 해도 덕(德)으로는 여겨지지 않고, 그 의견이 실행되지 않은 채 실패로 끝나기라도 한다면 일부러 방해했다고 의심받게 될 것이 틀림없다. 그렇게 되면 그의 몸은 위험 속에 놓이게 될 것이다.

이런 연유로 해서 윗자리에 있는 사람 앞에서 중역에 대한 일을 논하고자 하면 '사이를 갈라 놓으려고 하는구나' 라는 오해를 받게 될 것이다. 윗자리에 있는 사람과 더불어 측근에 있는 사람의 일을 논하게 되면 '자신을 팔려고 하는구나' 라는 생각을 갖게 될 것이다. 윗자리에 있는 사람이 총애하고 있는 사람에 대해 서로 논하면 '출세의 줄을 찾고 있구나' 는 오해를 받게 될 것이다.

설득하고자 하는 사람의 말이 단순명쾌하다면 '그다지 현명하지 못하구나' 라는 생각을 갖게 만들어 바보로 취급받게 될 것이다. 세세하며 구체적이고 광범위하게 논설을 털어놓으면 '쓸데없는 말만 나열하고 있구나' 하는 생각을 갖게 만들어 지루한 이야기에 싫증을 내게 되고 말 것이다. 간단하게 대의(大意)를 이야기하면 '소극적인 무사 안일주의자라서 하고 싶은 말도 못 하는구나' 라는 생각을 갖게 만들 것이다. 여러 가지 면에서 사려를 다하여 기탄없이 논하면 '조잡하고 오만하다' 는 생각을 갖게 만들 것이다.

이것이 설득의 어려운 점이니 잘 알아 두지 않으면 안 된다.

대체적으로, 설득의 요체는 상대방이 자랑스럽게 생각하는 것을 더 한층 미화해 주고 상대방이 부끄럽게 여기는 것은 숨겨 준다는 것을 이해하는 데 있다. 상대방에게 절박한 사적(私的) 욕구가 있으면, 설득하려고 하는 사람은 그것이 공적(公的)인 정의에 합치되고 있다는 것을 명백히 말해 주고 곧 실행으로 옮기게끔 격려해 주지 않으면 안 된다.

상대방이 겸허하기를 바라는 기분은 있지만 더욱 자제할 수가 없다고 한다면 그 마음가짐을 칭찬하고 그것을 실행으로 옮기지 않는 데 대해서 그 어떤 유감스러움을 나타내지 않으면 안 된다. 상대방이 너무 높은 목표를 품었기에 실제로는 달성하지 못하고 있다고 하면 그 목표의 결점을 들어 주고 장점을 제시하여 상대방이 그것을 실행하지 않는 것을 칭찬해 주지 않으면 안 된다. 상대방이 자기의 재지(才智)를 자랑으로 삼고 있다면, 그를 위해 같은 종류의 다른 사례를 많이 들어 근거를 제공하고 이쪽 의견이 받아들여지기 쉽게끔 하면서, 상대방으로 하여금 그 재지를 스스로 털어놓게 하는 기회를 만들어 주지 않으면 안 된다.

상대방에게 말썽을 일으키지 않도록 설득하고자 한다면 훌륭한 대의명분을 내세워 알아듣게 설득하고, 다시 그것이 상대방의 사적인 이익에도 합치된다는 것을 자연스럽게 암시하지 않으면 안 된다. 그쪽에 대해 위험하고, 유해한 일을 중단시킬 생각이라면 그것에 의해 발생될 것이 틀림없는 갖가지 비난과 장해를 확실하게 제시하고, 그것이 다시 상대방의 사적인 손실로 이어지는 것임을 자연스럽게 암시해 주지 않으면 안 된다.

상대방과 같은 행위를 하는 사람이 있으면 그 사람을 칭찬하여 간접적으로 상대방의 입장을 세워 주고, 상대방이 생각하고 있는 것과 같은, 별도의 계획을 제시하여 간접적으로 상대방의 계획을 응원해 준다. 상대방과 똑같은 오점(汚點)을 가진 사람이 있으면 아무런 과실도 없었다고 분명히 말해 주고 수습하지 않으면 안 된다.

상대방이 자기의 힘을 자부할 때 어려운 일을 끄집어내어 상대방에게 따지고 들면 안 된다. 상대방이 대단한 용기를 가지고 결단을 하고자 할 때 옛날의 과오를 들먹여 상대방을 노하게 만들어서도 안 된다.

설득의 내용은 상대방의 의향을 거슬리지 않고, 말씨는 상대방의 기분을 상하게 만드는 일이 없도록 주의해야 한다. 그렇게 함으로써 비로소 자기의 지혜와 변론을 마음껏 전개할 수 있는 것이다.

그것에 의해 얻는 것은 상대방에게 친근감을 갖게 하면서 의심받지 않고 더구나 마음먹은 대로 하고 싶은 말을 할 수 있다는 점이다.

옛날에 이윤은 요리사가 되고, 백리해는 노예가 되었다. 두 사람 다 그것을 연줄로 해서 임금에게 등용되고자 염원했기 때문이었다. 이 두 사람은 모두 재지가 걸출한 성인(聖人)들이었건만 낮고 천한 지위에 몸을 떨어뜨리면서도 임용되기를 포기하지 않았다.

이 얼마나 자기 비하(卑下)인가. 만약에 그들의 말이 요리사나 노예와 같이 천한 자들의 말로 간주된다 하더라도 그것이 받아들여져서 임용되고 세상을 살릴 수가 있기만 하다면 지식재능이 있는 인간으로서 부끄러운 일이라고 여길 수는 없는 것이다.

오랜 세월이 지나 윗자리에 있는 사람의 신임이 이미 두텁고 중대한 계획을 세워도 의심받지 않으며 일의 시비를 논해도 벌을 받지 않게끔 되면 이해득실을 분명히 분석하여 윗자리에 있는 사람이 공적을 세우게 하여 단순명쾌하게 시비선악을 지적하고, 윗자리에 있는 사람의 언행을 바로잡아 줄 수 있는 것이다. 이와 같이 서로 대등한 입장에 설 수 있게 됨으로써 비로소 설득은 성공했다고 말할 수 있다.

옛날 정(鄭)나라의 무공(武公)이 호(胡)나라를 공격할 생각을 했다. 그래서 우선 자기의 딸을 호의 군주에게 시집보내 상대방을 기쁘게 해 주었다. 그리고 나서 군신들을 모아 물어 보았다.

"군대를 출동시키고자 하는데 어느 나라를 공격하는 것이 좋을 것으로 생각하는가?"

그러자 대신인 관기사(關其思)가 대답했다.

"호나라를 공격하는 것이 좋습니다."

무공은 화를 벌컥 내고는 관기사를 처형했다.

"호나라는 우리 형제의 나라다. 그런데 공격하라니 무슨 말인가?"

호나라의 군주는 그 말을 듣고 정나라는 자기편이라고 생각했다. 그래서 정나라에 대해서는 아무런 방비도 하지 않았다. 그러자 정나라 군대는 호나라를 공격하여 점령해 버리고 말았다.

송(宋)나라에 부자가 있었는데 비가 와서 토담이 무너졌다. 그의 아들이 말했다.

"담을 다시 쌓지 않으면 반드시 도둑이 들어올 것입니다."

이웃 사람인 늙은이도 같은 말을 했다.

이 두 사람의 말은 모두 적중했다. 밤이 되자 도둑이 들어 많은 재물을 고스란히 도둑맞고 말았다. 부잣집에서는 그 아들을 대단히 영리하다고 칭찬했지만, 이웃 늙은이에 대해서는 의심을 품었다고 한다.

이 두 이야기에서 두 사람(관기사와 이웃집 늙은이)의 지혜는 모두 다 적중했다. 하지만 그들은 그 지혜 때문에 화를 불러 심한 자는 목숨을 잃고 가벼운 자는 의심을 받았다. 그러니 지혜는 갖기가 어려운 것이 아니다. 그 지혜를 처리하는 문제가 어려운 것이다.

진(晋)나라의 대신 사회(士會)가 진(秦)나라로 도망을 갔다. 진(秦)나라는 사회의 지혜를 빌어서 진(晋)나라에 대해 갖가지 요구를 내세웠다. 진(晋)나라는 곤란해진 끝에 구실을 만들어 사회를 진(晋)으로 다시 데려오려고 했다.

진(秦)나라의 대신 요조는 그것을 알아차리고 사회를 귀국시키지 말라고 진(秦)나라의 강공(康公)에게 진언했다. 그러나 강공은 받아들이지 않았다.

요조는 사회를 국경까지 배웅하면서,

"진(秦)나라에 사리를 아는 사람이 없다고는 생각지 말아 주시오. 마침 나의 의견이 채용되지 않았을 뿐입니다."

라고 말했다.

사회가 진(晋)으로 되돌아가자 진나라 사람들은 크게 기뻐했다. 사회를 정중하게 대우해 준 요조를 성인처럼 생각했다. 얼마 후에 사회는 요조의 혜안을 두려워하여 반간(反間)의 계를 써서, 요조도 공모하고 있었다는 소문을 퍼뜨렸다. 진(秦)나라에서는 그 말을 믿고 요조를 죽이고 말았다.

요조의 말이 잘못된 것은 아니었다. 그러나 진(晋)나라에서는 성인의 칭호를 들으면서 진(秦)에서는 처형을 당하게 된 것도 그 처리를 잘못했기 때문이다. 그만큼 조심하지 않으면 안 된다.

용(龍)이라는 동물은 길을 잘 들여서 기르면 타고 다니면서 놀 수도 있다. 그런데 턱 밑에 한 자 가량의 역린(逆鱗 : 임금이 성내는 것을 일컫는 말. 용의 턱 밑에 직경 1척 정도의 역으로 난 비늘이 있는데, 그것을 사람이 건드리면 용이 성내어 사람을 죽인다는 데에서 나온 말)이 있다. 임금에게도 역린이 있다.

설득하려고 하는 사람이 임금의 역린을 건드리지 않고 지낼 수가 있다면 설득을 잘 했다고 말할 수 있을 것이다.

생사여탈의 권리를 쥔 가공할 전제군주를 상대로 하여 설득을 하려는 것인 만큼 설득을 하려는 사람도 목숨을 걸어 놓기 마련이다. 그런 속에서 설득의 방법도 또한 갖가지로 연구가 되고 점점 세련되어 간 것이지만 한비자의 이 설득에 대한 역작인 「세난(世難)」은 단연코 이채를 띠고 있다.

특히 인간성에 대한 깊은 통찰, 전제군주의 심리의 움직임을 하나도 놓치지 않고 추구하는 예리함, 인간관계의 전적인 파악 방법의 정확함은 발군이다. 후에 시황제(始皇帝)가 되는 진왕 정(政)은 이것을 읽고, 이 글을 쓴 인물을 만나 친교를 맺을 수가 있다면 죽어도 한이 없겠다고 말했을 정도로 명작이다.

더욱 이 설득에 의해 마음이 서로 통하게 될지 어떨지는 크게 의문시된다고 말할 수 있다. 설득하는 사람과 당하는 사람이 대등한 입장에서 서로 논하게 되었을 때는, 혹 마음이 서로 통했다고 말할 수 있을지 모르지만 그것은 요행과도 같은 하나의 행운 같은 결과에 지나지 않는 것이지, 설득이란 그 목적이 원해 마음이 서로 통하게 하는 데 있는 것은 아니었던 것이다.

한비자는 과잉된 자의식(自意識)과는 인연이 없었다. 어쩌면 자기는 잘못되어 있는 것이 아닐까, 진실은 따로 있으며 지금 자신이 하고 있는 일은 아무런 의미도 없는 것인지도 모른다는 등의 쓸데없는 회의에 빠지는 적이 없었다. 오히려 단호한 신념에 이끌려 설득을 위해 목숨까지도 걸었던 것이다.

목숨까지도 건 그 대가는, 이익에 대한 욕망을 인간의 행동 원리로써 파악한 한비자로서는 몹시 기이하게 보였을지 모른다. 그것은, 이익도 안일도 아니었다. 새로운 상황에 적응한, 새로운 정치체제를 창출해 내는 일, 봉건제도의 테두리 안이기는 했지만 법 아래에서 사회의 전 분야가 효과적으로 기능하는 법치국가를 건설하는 일이었다.

한비자는 고매한 이상주의자였던 것이다.

목적은 수단을 정당화시킬 수 없다고 한다. 그러나 '거짓말도 방편' 이라고 하여 우리는 종종 거짓말을 하고 있으므로 큰 소리로는 하지 못한다고 할지라도, 다소의 목적은 수단을 정당화시킨다는 것을, 한계가 있기는 하지만 믿고 있음이 틀림없다.

한비자는 그 설득술에 있어서 거짓말을 하고, 마음에도 없는 말을 하여 사실을 왜곡하고 허점을 파고들며, 함정을 파고 아첨을 하고, 말을 단순한 수단으로 하며 그저 윗자리에 있는 사람의 비위에 맞도록 하라고 권하고 있다.

말뿐만 아니라 상황도, 인간도, 모든 것을 이용하는 데 있어서 조금도 주저하지 않는다. 그러나 그것은 어디까지나 고매한 이상을 실현하기 위해서였다. 목적이 수단을 정당화시킨다는 것을 한비자는 적극적으로 긍정하고 있었음이 틀림없다.

그리하여 목적을 위해서는 생명마저도 아끼지 않았던 한비자에게 있어서 근대의 병에 지나지 않는, 서로 마음이 통하게 한다는 감상 따위는 처음부터 안중에 없었다고 말할 수 있을 것이다. 더구나 오로지 생산을 높이고 국력을 부강시키기 위한 효과적인 인간 관리의 하나로서, 한 말에 대한 책임과 더불어 아무 말도 하지 않은 데 대한 책임을 묻는다는 독특한 제언까지도 하고 있다.

여기서 비정(非情), 냉혹, 악의에 가득 찬 한비자의 얼굴이 떠오르는지 모르지만 스스로 믿는 바가 굳고, 그 신념을 위해서라면 전 세계와 일 대 일의 대결까지도 서슴지 않겠다는 정열에 넘친, 압도적인 기백이 없으면 위업(偉業)은 도저히 이룩할 수 없을 것이다.

거기에서 받는 마음의 상처 같은 것은 최신형 세탁기로 씻어 버리면 되는 것이다.

아무튼 설득에 대해서는 이 세난(世難)에 덧붙일 것이 거의 없다. 이 이후로는 몇 가지 일화를 인용하여 「응용편」으로 삼고자 한다.

제(薺)나라의 정곽군(靖郭君)이 설(薛)에 성을 쌓아 옮겨가려고 했다. 식객(食客)들 중에서 그만 두라고 진언하는 자들이 많았다. 그러나 정곽군은 귀를 기울이지 않고 문지기에게 말했다.

"손님을 들여보내지 말라."

제나라 사람으로 꼭 만나 보고 싶다는 사람이 나타났다.

"나는 세 마디만 말씀드리려고 합니다. 세 마디가 넘으면 삶아 죽이든지 태워 죽이든지 마음대로 하십시오."

정곽군은 그렇다면 만나 보겠다고 했다.

손님은 경의를 표하고 나서 재빠른 걸음으로 다가와서 말했다.

"해대어(海大魚)."

그 말만 하더니 홱 몸을 돌렸다.

"그 의미가 무엇인지 말해 주게."

손님이 대답했다.

"목숨이 걸려 있는 만큼 웬만해서는……."

"제발 나를 위해 얘기해 주게나."

"주군께서는 대어(大漁)에 대해서 들으신 적이 있으십니까. 그물로도 잡을 수가 없고, 작살(짐승이나 물고기를 찔러서 잡는 기구. 작대기 끝에 삼지창 비슷한 쇠를 박았음.)로도 잡을 수가 없습니다. 그러나 정신없이 헤엄을 치다가 바닷물에 밀려 모래밭에 오르고 나면 땅강아지나 개미라도 마음대로 할 수 있습니다. 지금 제나라는 주군에게 있어서는 바다입니다. 주군께서 제나라를 잃으시면 설의 성벽은 하늘에 닿을 만큼 높이 쌓아도 아무런 도움이 되지 못합니다."

"잘 알겠다."

정곽군은 그렇게 말하면서 설의 땅에 성곽을 쌓는 일을 그만 두었다.

의표를 찌른 세 마디로 상대방의 호기심을 끌어낸 다음 설득에 성공한 예이다.

전사(田駟)가 추(鄒)나라의 임금을 얕보고 속였다. 추의 임금은 명령을 내려 그를 죽이려고 했다. 두려워진 전사가 혜시(惠施)에게 말했다. 혜시는 추의 군사를 만나서 말했다.

"만약 주군을 향해 한쪽 눈을 감는(경멸을 나타내는) 자가 있다면 어떻게 하시겠습니까?"

"반드시 죽일 것이오."

"장님은 두 눈이 다 감겨 있는데 어찌 죽이지를 않습니까?

"장님은 두 눈을 다 감을 수밖에 없지 않은가?"

"전사는 동쪽에서는 제후(諸侯)를 멸시하고 남쪽에서는 초왕(礎王)을 비웃었습니다. 전사가 남을 비웃는 것은 장님이 두 눈을 감고 있는 것과 있는 것과 같이 이미 본성이 되고 만 것입니다. 그러니 어찌 미워할 수가 있겠습니까?"

추나라의 임금은 전사를 죽이지 않았다.

위왕(魏王)이 한왕(韓王)을 향해 말했다.

"원래 한과 위는 한 나라였는데 그 후에 갈라진 것입니다. 지금 다시 한을 위해 합쳐져 원래대로 하나의 나라로 만들었으면 합니다."

한왕은 대답할 말이 얼른 생각나지 않아 여러 신하들을 모아서 위왕에게 어떻게 대답해야 하겠는가 하고 의논을 했다. 그러자 공자(公子)가 말했다.

"아주 간단한 일입니다. 주군께서는 위왕에게 이렇게 대답하시면 좋을 것입니다. '한과 위가 원래 하나의 나라였으므로 한이 위에 합병되어야 할 것이라고 말씀하신다면 한나라도 위를 한에다가 합병하기를 원합니다' 라고."

위왕은 요구를 철회했다.

국양(國羊)은 정(鄭)나라 임금의 신임을 받고 있었다. 마침 군주가 자기를 미워하고 있다는 소문을 들었다. 그래서 연회에 참석한 자리에서 선수를 쳐 정나라 임금에게 말했다.

"불행이도 저에게 잘못이 있으면 서슴없이 말씀해 주십시오. 곧 고치겠습니다. 그렇게 하면 사죄(死罪)를 면할 수 있을 테니까요."

이처럼 설득에는 갖가지 수법이 있는 것이다.

실리를 얻는 지혜

06

6. 실리를 얻는 지혜

모름지기 언행(言行)은, 효용(效用)을 목적으로 하는 것이다. 예리한 화살촉을 잘 갈아서 아무렇게나 쏘았을 때 그 화살의 촉이 짐승의 털처럼 아주 가는 것을 우연히 맞출 수도 있다. 그러나 그것을 두고 활의 명수라고 말할 수 없는 것은 정해진 표적이 없었기 때문이다.

사람이 처음으로 스키를 탈 때는 중력을 이용해야 하는 데다가 미끄러지기 쉬운 도구를 착용했기 때문에 가만히 있어도 미끄러져 나간다. 그것만으로도 무척이나 즐겁다. 하지만 그럴 때마다 꼭 한 바퀴쯤 뒹굴어야만 멈추게 된다는 것은 역시 괴로운 일이다.

그래서 어떻게 해서든지 뒹굴지 않고 멈추려고 안간힘을 쓰게 된다. 그런데 그럭저럭 뒹굴지 않아도 멈출 수 있게 되면 길이 똑바르지 않다는 것을 알게 된다. 그러니 이젠 길을 따라 돌지 않으면 안 되게 된다. 그래서 이번에는 어떻게 해서든지 미끄러지면서 회전하는 방법을 익히게 된다.

그렇게 해서 미끄러지는 것만큼은 상당한 효율을 높일 수 있게 된다. 그리고 또 스키의 즐거움을 만끽하기 위해서는 그 무거운 스키를 짊어지고 산중턱까지 힘들게 올라가야 된다, 그러므로 피곤하기도 하고, 산중턱까지 오르는 것이 힘도 들고 해서 하루에 많이 타지도 못한다. 그러므로 스키를 탈 수 있는 시간만 따진다면 대단히 효율이 나쁘다고 말하지 않을 수 없다.

그런데 요즈음에 와서는 리프트라는 것이 생겨서 옛날 같으면 몇 시간이나 걸릴 곳에 눈 깜박할 사이에 도달해 버리고 만다. 그러므로 옛날에 비하면 거의 기하급수적인 비율로 하루에 미끄러지는 횟수가 늘어난다. 유독 미끄러진다는 데 관해서는 대단히 효율이 높아졌다고 말하지 않을 수 없다. 하긴 옛날 같으면 공짜였던 것을 비싼 값을 지불하고 그 서비스를 사지 않으면 안 되는데다가, 더구나 부상이 늘어난다는 위험도 부담하지 않으면 안 되기에 이르렀지만, 여기서 공자께서 말씀하신다.

"나물밥을 먹으며 물을 마시고 팔을 구부려 베개로 하며 살아도, 즐거움이 그 가운데 있나니, 불의로 얻은 부귀는 나에겐 뜬 구름과 같다"

하긴 이렇게 큰소리치기는 했지만 스키의 예에서도 확인했듯이 인간이라는 것은 언제나 항상 효율을 높이기를 원하며, 효율을 높이기 위해서 노력하는 것이라는 생각을 지울 수 없다.

"군자(君子)는 맛있는 것을 맘껏 먹기를 원하지 않고 쾌적한 환경에 살면서 생각나는 일을 주저함이 없이 실행하고, 그러면서도 그 발언에는 신중을 기하며 더구나 정의에 입각하여 깊이 반성한다. 그래야만 진정으로 학문을 좋아한다고 할 수 있다."

이렇게 말씀하신 공자님께는 대단히 미안한 일이지만, 인간이란 항상 효율을 높이고자 바라고 있는 것이라면, 먹는 것에 관해서도 보다 맛이 있는 것을, 보다 많이 먹고 싶어할 것이다. 그렇게 되기 위해서 노력한 결과가 오늘날 우리가 먹는, 혹은 좀체로 입에 넣을 수 없는 대단히 맛이 있는 갖가지 요리를 개발한 것이라고 생각된다.

주택에 관해서 말하자면, 그저 잠만 자기 위한 집이 아니고 보다 쾌적한 생활을 즐길 수 있는 거주공간(居住空間)으로서 갖가지로 코디네이트된 훌륭한 주택이 개발되어 있다.

이를테면 한비자는 이렇게 말한다.

"상고(上古)의 세상에서는 인간의 수가 적고 금수들이 많았다. 인간은 금수나 충사(蟲蛇)에게 당하지 못한다. 그래서 성인(聖人)이 나서서 나무를 얽어 새집과 같은 주거(住居)를 만들고 금수와 충사에 의한 갖가지 피해를 막을 수 있게끔 해 주었다. 사람들은 기꺼이 그를 천하의 임금으로 떠받들어 유소씨(有巢氏)라고 불렀다.

인간은 그 때 참외와 조개 등을 먹고 있었다. 그것은 몹시 비린내가 나고 역한 냄새도 나는데다가 위장을 해쳐 병에 걸리는 자들이 많았다.

그러자 성인이 나서서 나무들을 서로 비벼서 불을 일으켜 비린내가 나는 것은 구워 먹을 수 있도록 했다. 사람들은 기뻐하면서 그를 천하의 임금으로 받들며 수인씨(遂人氏)라고 불렀다."

구석기 시대 인간 생활의 추이를 간단하게, 더구나 교묘하게 개괄한 것이지만 인간의 역사라는 것은 효율화의 역사일 수밖에 없다는 것을 말해 주고 있는 것 같다.

적어도 한비자는,

"인간애(人間愛) 속에 있음이 좋은 것이다. 인간애를 선택하여 거기에 안주할 수가 없다면 어찌 지(知)라고 할 수 있겠는가."

"교양 있는 인간은 의무를 실행하겠다고 마음먹으며 쓸모없는 인간은 이익의 추구만을 생각한다."

라고 하면서 인의(仁義)의 깃발을 높이 치켜든 공자나 맹자와는 달리, 이른바 효용사관(效用史觀)을 견지했다고 할 수 있을 것이다.

예양(豫讓)은 진(晋)나라 사람이었다. 원래는 진나라의 대신 범(范)씨와 중행(中行)씨 아래에서 벼슬을 하고 있었으나 이름이 알려진 바 없었다. 그러나 두 사람을 떠나 지백(智伯) 밑에서 일을 하게 되었을 때 지백은 예양을 대단히 소중하게 여기며 총애했다.

얼마 후에 지백은 조양자(趙養子)와 싸우게 되었는데, 조양자는 한(韓), 위(魏)나라의 지원을 받아 지백을 멸망시키고 그의 영토를 3

등분해 버리고 말았다. 더구나 조양자는 항상 지백을 원수로 생각하고 있었으므로 지백의 두개골에 옻칠을 하여 수병(溲瓶 : 병자의 대 · 소변을 받아 내는 용기)으로 만들었다.

예양은 산 속으로 도망해서 이렇게 말했다.

"선비는 자신을 알아주는 사람을 위해 죽고, 여자는 자기를 좋아하는 사람을 위해 화장을 한다고 한다. 지백은 나를 융숭히 대접해 주었으니, 나는 반드시 그를 위해 원수를 갚은 다음에 죽을 것이다. 그리하여 지백에게 보답한다면 나의 혼백은 부끄럽지 않을 것이다."

드디어 그는 성명을 바꾸고 죄인이 되어 조양자의 궁전 공사장에 인부로 숨어들었다. 그리하여 비수를 감추고는 변소의 벽을 바르면서 조양자를 찌를 기회를 노리고 있었다.

때마침 조양자가 변소에 들어가려 했는데 갑자기 가슴이 두근거리므로 변소의 벽을 바르고 있는 죄인을 붙잡아 심문했더니 바로 예양이었다. 그는 품에 칼을 품고 있었는데 지백의 원수를 갚으려 했다고 말했다. 측근의 사람들이 그를 베어 죽이자고 했으나 조양자는 달랐다.

"의인(義人)이다. 내가 조심해서 그를 피하면 될 뿐이다. 지백은 망하여 그의 자손도 없다는 말을 들었는데, 신하로서 주인을 위해 원수를 갚으려는 이 사람이야 말로 천하의 현인이다."

그렇게 말하면서 석방해 주었다. 예양은 그대로 돌아갔으나 얼마 후에 다시 온몸에 옻칠을 하여 문둥병자와 같은 모습으로 꾸민 다음 숯을 먹고 목소리까지 변질시키는 등 얼핏 보기에는 아무도 알아볼 수 없게끔 변장했다. 그리고는 저자로 나가 거지 노릇을 했는데 그의 아내도 그를 알아보지 못했다. 친구에게 갔더니, 친구는 그를 알아보고 말했다.

"자네 예양이 아닌가?"

"그렇다네."

그 친구는 그를 위해 눈물을 흘리면서 말했다.

"자네만한 재주를 가진 사람이 예물을 갖고 조양자에게 찾아간다면 조양자는 틀림없이 자네를 융숭하게 대우하면서 가까이에 둘 것이네. 친근하고 사랑을 받는 사람이 된다면 자네가 마음먹고 있는 일도 훨씬 수월하게 끝내지 않겠는가. 어째서 그런 식으로 자기 일신을 학대하면서까지 일부러 어려운 길을 택하는 것인가?"

"예물을 갖다 바치고 그의 밑에서 일하면서 그를 죽이려고 하는 것은 두 마음을 품고 주군을 섬기는 것이다. 또 내가 하고자 하는 일은 대단히 어려운 일임에는 틀림없다. 그러나 굳이 그렇게 하려는 것은 후세의 사람들이 두 마음을 품고 주군을 받들려는 것을 부끄러이 여기도록 해 주기 위해서이다."

그렇게 말하고 예양은 발길을 돌렸다.

얼마 후에 조양자가 외출을 했다. 예양은 조양자가 지나갈 예정인 다리 밑에서 몸을 숨기고 기다리고 있었다. 조양자가 다리 끝에 다가오자 말이 무엇에 놀랐는지 앞다리를 치켜들고 걸음을 멈추었다.

"분명, 예양임이 틀림없으렸다!"

조양자는 그렇게 말하면서 주위를 뒤져 보게 했다. 과연 예양이었다. 조양자는 예양을 꾸짖으며 말했다.

"너는 일찍이 범씨와 중행씨를 섬기지 않았느냐, 그 범씨와 중행씨를 위해 원수를 갚기는 커녕 오히려 지백을 섬기게까지 되고 말았다. 그 지백도 지금은 이미 죽고 없다. 그런데도 너는 어째서 그를 위해서 원수 갚음을 이토록이나 깊게 하는가?"

예양이 대답했다.

"나는 범씨와 중행씨를 섬겼지만 범씨와 중행씨는 모두 다 여러 사람들 중의 하나로 나를 대우했습니다. 때문에 나는 그들에게 여러 사람들 중의 하나로 보답했을 뿐입니다. 그러나 지백은 나를 국사(國士)로 대우해 주었습니다. 그러므로 나도 국사로서 보답하고자 하는 것입니다."

조양자는 슬픈듯이 탄식하더니 눈물을 흘리면서 말했다.

"아, 그대가 지백을 위해 하는 일은 명예가 이미 이루어졌다. 그대를 용서할 수 있는 것도 한계가 있다. 각오하라. 과인은 다시 그대를 석방하지 않을 것이다."

조양자는 군사들로 하여금 예양을 잡아들이도록 했다. 그러자 예양이 말했다.

"명군(明君)은 남의 아름다운 점을 덮어 감추지 않고, 충신에게는 명예를 위해 죽는다는 의무가 있다고 들었습니다. 먼젓번에는 관용으로써 저를 용서해 주셨기에 이번에는 물론 나로서도 용서를 받고자 하지는 않습니다. 그러나 바라건대 귀군의 옷을 얻어 그것을 쳐서 나의 소원을 풀게 해 주신다면 죽어도 한이 없을 것입니다."

조양자는 그를 크게 의롭게 여겼으며 드디어 사람을 시켜 옷을 가져다 주도록 했다. 예양은 칼을 뽑아 몸을 솟구쳐 그 옷을 세 번 치면서 말했다.

"나는 이로서 지하에 있는 지백에게 보답할 수 있을 것이다."

그리고 칼에 엎어져 자살했다. 그 이야기를 들은 조나라의 지사(志士)들은 모두 예양을 위해 눈물을 흘렸다고 한다.

《사기》의 「자객열전」에 나오는 이야기이다. 그 절개야말로 훌륭하다고 밖에 말할 수 없다. 인간의 인간에 대한 보답 방법은 그야말로 이러해야만 하는 것이다. 심금을 울리는 감동적인 이야기이다. 어쩌면 무의미한 일에 목숨을 걸고, 더구나 목적도 달성하지 못한 채 죽어가는 그러한 무상성(無償性)에 감동하는 것인지도 모를 일이다.

그러나 한비자는 이렇게 말한다.

"바로 그 예양이 지백의 신하가 되었다. 그런데 그가 받드는 모습을 보면 위로는 주군을 설득하여 법술(法術), 규준(規準)의 중요함을 이해시켜 덮쳐오는 재난을 피하게 하지도 못 했을 뿐더러, 아래로는 백성들을 지도, 관리하여 그 국가를 안태하게 만들지도 못했다. 그러나 조양자가 지백을 죽이자 예양은 스스로 자기의 몸에 옻칠을 하고 얼굴을 변형시킨 다음 지백을 위해 조양자에게 원수를 갚으려고 했다.

분명히 얼굴까지 변형시켜 가며 주군을 위해 충성을 다했다는 명예는 있을는지 모르지만, 실제로는 지백에게 털끝만큼도 이익이 없다. 쓸데없는 짓을 했다고 밖에는 할 말이 없다.

그런데 세상의 군주라는 사람들은 그것을 충의(忠義)라고 하면서 높이 평가하는 것이다.

분명히 한비자가 말하듯이 국사라면 국사답게, 생전에 지백을 잘 보좌하여 조양자에게 망하지 않게끔 훌륭한 나라를 만들었어야 했을 것이다. 혹시 지백을 위해 조양자에게 원수를 갚을 수 있었다고 해도 지백이 다시 살아날 수는 없는 일이다. 도대체 원수를 갚는다는 행위 자체가 아무런 효용도 없는 무의미한 것이라고 해야 할 것이다. 옷을 찌르면서 원수를 대신 갚는다는 데 이르러서는 하나의 유머로서, 혹은 의미전환(依微轉換)으로서 별도의 의미를 부여할 수 있을지는 모르지만, 원수를 갚는다는 면에서는 자기 위안 이

외에는 아무것도 아니다. '죽어서 열매가 맺는 것도 아닌데' 라는 말이 있듯이 명예라는 것은 생명과 바꿀 만큼 쓸모 있는 것은 아닌 것이다."

그런 의미에서 한비자는 다음과 같은 한 가지 일화를 예로 들고 있다.

'백락은, 미워하는 제자에게는 하루에 천 리를 달리는 명마(名馬)를 가려 내는 방법을 가르쳤다. 아끼는 제자에게는 보통 말을 가려 내는 방법을 가르쳤다.'

백락은 좋은 말을 잘 가려내는 것으로 유명한 사람의 이름이며, 그 때문에 후세에 말장수의 대명사가 되었다.

아무튼 한비자는, '하루에 천 리를 달리는 명마는 한 시대에 한 필이 있을까 말까 한 것이었기에, 설사 좋은 말을 구별하는 방법을 잘 알고 있었다고 해도 돈벌이는 별로 되지 않았다. 그러나 보통 말은 매일 매매가 되고 있었으므로 보통 말을 구별하는 방법을 알고 있으면 돈벌이는 빠르고 잘 되는 것이다' 라는 해설을 덧붙이고 있다.

아마 하루에 천 리나 달리는 명마를 알아 낼 수 있다는, 말하자면 고급기술을 몸에 익히고 있다는 것은 하나의 명예임에는 틀림없지만 거의 이익을 가져오지 않는다. 그런 의미에서는 전혀 효율성이 없는 허명(虛名)에 지나지 않을 것이다.

한비자는 아마도 인간은 허명보다는 실제에 도움이 되는 일, 현실적인 효용을 더 추구한다는 것을 말하려고 한 것이라고 생각된다.

주군(周君)을 위해 젓가락에 그림을 그리겠다는 사람이 나타나, 3년이 걸린 끝에 그림을 다 그렸다. 주임금이 그것을 보니 옻칠을 한 보통 젓가락과 다름없었다. 주임금은 몹시 화를 냈다. 그러자 젓가락에 그림을 그린 사람이 말했다.

"높이 열 길의 토담을 쌓고, 그 토담에 8척의 창을 뚫은 다음, 태양이 떠오를 때 그 창에다가 이 젓가락을 놓고 햇빛에 비추어 보시기 바랍니다."

임금이 그의 말대로 토담을 쌓고 토담을 쌓고 창을 뚫은 다음 그 젓가락을 비추어 보았더니 온통 용사(龍蛇) · 금수(禽獸) · 거마(車馬)가 그려져 있고 만물의 형상이 모조리 갖추어져 있었다. 주임금은 크게 기뻐했다.

젓가락에 그림을 그린다는 일은 분명히 정력을 다해야 하는 어려운 일임에는 틀림없다. 그러나 실용성은 아무런 그림도 없는 보통 젓가락과 조금도 다름이 없는 것이라고 한비자는 논평하고 있다.

별것 아닌 이야기라고 할지는 모르지만 현실주의자였던 한비자는 실용서, 즉 현실적인 효용성을 중시했던 것이다. 교묘한 예술인 정합성(整合性)이 있는 고상한 이론보다는 현실 그 자체에 가치의 기준을 둔 것이다. 하긴, 안개만 마시고는 살아갈 수 없는 인간이 현실적으로 살고 있는 한 그것은 극히 당연한 일이라고 말하지 않을 수 없다고 생각한다. 그러한 관점에서 한비자는 몇 가지 일화를 인용하고 있다.

제왕(薺王)에게 그림을 그리는 사람이 찾아왔다.
"무엇을 그리기가 가장 어려운가?"
제왕이 그렇게 묻자, 그 화사(畵師)가 대답했다.
"개나 말을 그리기가 어렵습니다."
"그럼 무엇을 그리기가 쉬운가?"
"도깨비를 그리는 것이 가장 쉽다고 할 수 있습니다."

대체적으로 개나 말이라고 하는 것은 누구나 잘 알고 있으며, 아침저녁으로 사람들의 눈 앞에 그 모습을 보여 주고 있다. 그것을 그대로 베껴서 그것과 똑같이 그려 내어, 보는 자로 하여금 실물과 똑같다고 납득시킨다는 것은 거의 불가능한 일에 가깝다. 하지만 도깨비는 원래 형태가 없는 것이며, 사람들의 눈 앞에 나타나는 일도 없다. 그러므로 그리기도 쉬운 것이라고 한비자는 말한다.

예술은 현실을 모방하는 것이라고 한다. 현실 우선의 현실주의적 예술관과 더불어 중국인의 현실 선호가 잘 나타나 있는 이야기라고 말할 수 있다. 그리고 우리도 당연히 많든 적든 우선의 자세를 계속해서 취하고 있다.

조(趙)나라의 대신 우경(虞慶)이 집을 짓게 되었다.

"지붕이 너무 높아."

우경이 목수에게 이의를 제기했다. 그러자 목수가 대답했다.

"이건 이제 막 지었기 때문에 지붕의 흙이 아직 젖어 있습니다. 지붕에 걸친 서까래도 아직 마르지 않았기 때문에……."

그러자 우경이 반론을 제기했다.

"그렇지 않네. 대체적으로 젖은 흙은 무겁고, 마르지 않은 서까래는 휘는 법이다. 휘인 서까래가 무거운 흙을 받치고 있는 만큼 지붕은 더욱 낮게 해야 할 것이 아닌가. 해가 쬐면 흙은 마르고 서까래도 마른다. 흙은 마르면 가벼워지고 서까래가 마르면 휘어지지 않게 된다, 휘어지지 않게 된 서까래가 가벼운 흙을 받치게 되니, 지붕은 차츰 높아질 것이 틀림없다."

목수는 아무런 대꾸도 하지 못했다. 우경이 시키는 대로 했더니 집은 주저앉고 말았다.

범차(范且)가 말했다.

"활이 부러지는 것은 반드시 최종공정(最終工程)에 들어갔을 때이며 처음이 아니다. 대체적으로 궁사(弓師)가 활을 매기 위해서는 현(弦)을 매자마자 하루 만에 벌써 시사(時射)를 해 버린다. 그렇게 한다면 처음에는 충분히 시간을 들였는데도 마지막에 가서 지나치게 성급한 짓을 한 것이 되고 만다. 그러니 어찌 부러지지 않고 견디겠는가. 나 같으면 그렇게 하지 않는다. 교정 틀 속에 하루 동안 활을 넣었다가 현을 매고 30일이 지난 다음에 시사를 한다. 그렇게 하면 처음에는 거칠지만 끝에 가서는 충분히 시간을 들이는 셈이 된다."

궁사는 반론할 여지가 없었다. 그런데도 그대로 했더니 활은 부러지고 말았다.

중력(重力)이나 탄성(彈性)에 대해 얼마간의 지식이 있는 우리로서 볼 때 당연한 일이기는 하지만, 무거운 것은 가라앉고 가벼운 것은 높이 오른다는, 당시 일반적으로 인식되고 있던 원리에서 우경은 연역(演繹)을 한 것이다.

당시로서는 매우 정합성을 가진 철학적인 논의였던 것이다. 또 범차는 끝을 신중히 한다는 철학적인 배경을 가진 행동 양식을 활의 제작에 비유한 것으로서, 이것도 또한 극히 정합적인 논리였다고 말할 수 있다. 항상 예측을 잘 못해 온 현재의 경제학설이나 무책임한 평론가들의 의견도 이와 같은 것이라고 생각된다. 그러나 한비자는 이렇게 논평한다.

범차나 우경의 말은 수사학(修辭學)에 뛰어나서 반론의 여지가 없을 만큼 이치가 정연하지만 실제 상황에서는 맞지 않는 점이 있다. 그러나 윗자리에 있는 자는 그런 말을 기꺼이 생각하며 금지시키려고 하지 않는다. 그것이 일을 그르치는 원인이 된다. 일반적으로 나라를 다스리고 병력을 강화시킨다는 실제적인 효과를 구하려 하지 않고 듣는 이의 마음을 끌어들이는 화려한 궤변을 좋아하는 것 같다.

그러나 그것은 기술이 있는 사람을 물리쳐서 집을 부수며, 활이 부러지게 하는 그러한 엉터리를 채용하는 데 지나지 않는다. 윗자리에 있는 자는 국사(國事)를 처리함에 있어서 목수가 집을 짓고, 궁사가 활을 만드는 영역에도 도달하지 못하고 있는 것이다. 더구나 기술이 있는 사람이 범차나 우경 따위와 같은 자로부터 고통을 받는다는 것은 허튼 소리가 아무런 도움이 되지 않음에도, 실제로 적합한 일들이 바꿀 필요가 없는 데도 논리를 이기지 못하는 그런 상황이 있기 때문이다. 윗자리에 있는 자는 쓸데없는 변설을 좋은 것으로 치며, 개변(改變)의 여지가 없는 실제적인 말을 경멸한다.

그것이야말로 나라가 흔들리게 되는 원인이 된다. 지금도 범차나 우경과 같은 인간들은 계속해서 나타나며 윗자리에 있는 자는 여전히 그것을 훌륭한 행위로 생각하고 있다. 그것은 집을 부수고

활을 부러뜨리는 따위의 언론을 존중한 나머지 기술을 터득한 사람을 마치 목수나 궁사의 입장에 서게 만드는 것과 같다.

목수나 궁사가 그 기술을 발휘할 수 없었기 때문에 집은 무너지고 활은 부러질 것이다.

나라를 다스리는 기술을 터득한 인간이 그 기술을 발휘할 수 없으므로 나라는 혼란해지고 윗자리에 있는 자는 위험한 입장에 설 수 밖에 없게 되는 것이다.

단순히 생활 설계나 도구(道具)를 제조한다는 일상다반사만이 아니라 조직이나 국가를 운영하는 데 있어서도 부화미려(浮華美麗)한 허구가 아니고 현실적인 효용을 존중해야 한다는 말일 것이다. 털어 놓고 말한다면 원칙만을 내세울 것이 아니라 솔직한 본심으로 해야 한다는 주장이다.

여기서 좀 더 일화를 인용하기로 한다.

조(趙)나라의 무령왕(武寧王)이 이자(李疵)를 보내 중산국(中山國)을 공략할 수 있겠는지 알아 오게 했다. 이자가 돌아와서 보고했다.

"중산국은 공략할 수 있습니다. 지금 당장에라도 공격하지 않으면 아마도 제(齊)나라나 연(燕)나라가 먼저 공격할 것입니다."

"어째서 그렇다는 것인가?"

"중산국의 임금은 산중의 굴 속에 숨어서 사는 은거지사(隱居之士)와 만나기를 좋아합니다. 스스로 마차를 타고 가서 방문하기도 하고, 수레에 태워 와서는 대화의 상대로 삼기도 하는데, 꾀죄죄한 초막에 사는 궁여일항(窮閭隘巷)의 선비는 열 손가락에 꼽을 수 있을 정도이고 대등한 자격으로 교제하는 민간인은 백 정도의 단위로 헤아릴 수 있습니다."

"그대의 말대로라면 그는 매우 훌륭한 군주가 아닌가. 어떻게 공략할 수가 있단 말인가?"

"그렇지 않습니다. 대체적으로 은사(隱士)를 칭찬하기를 즐기고 더군다나 정치의 자리에까지 참가시킨다면 전사(戰士)들은 싸움에 임해서도 싸울 뜻이 솟아나지 않을 것입니다. 윗자리에 있는 자가 학자를 존중하고 문사(文士)를 존경하여 조정에 들어앉히면 농부는 경작에 힘을 쏟지 않게 될 것입니다. 전사가 싸울 의욕을 잃는다면 병력은 약해집니다. 농부가 경작할 의용이 없어진다면 국가는 가난해집니다. 그 병력이 적보다 약하고 국내도 가난한데도, 망하지 않은 예는 여태까지 없었습니다. 거병하여 공략해도 좋지 않겠습니까?"

이자가 그렇게 말하자, 무령왕은 즉시 병력을 이끌고 중산국을 멸망시키고 말았다.

은거하여 혼자서만 학문에 전념하는 사람은, 나라가 평온할 때는 농경에 힘을 기울이려고 하지 않고, 일단 유사시에도 갑옷을 입고 싸울 생각도 하지 않는다. 이런 사람을 존경한다면 이런 사람들은 농경에 힘을 쏟고 싸움에서 공을 세우려는 의욕을 잃고 말 것이 틀림없다.

한비자는 이렇게 논평한다. 경작도 하지 않고 전쟁도 하지 않는 게으름뱅이들은 다른 사람에 대한 영향을 고려할 때 그 존재 자체가 유해하다는 것이다. 학문, 예술, 기술, 기타 모든 것도 모두 현실적인 효과에 의해서 계측되고 가치가 부여되어야 한다는 것이다.

그 현실적 효용 중시의 사상은 그야말로 현대적이라고 할 수 있을 것이다.

기술에 대해서도 다음과 같은 일화를 준비해 놓고 있다.

묵자(墨子)가 나무로 솔개를 만들었다. 3년이나 걸려서 완성시켰는데 날려 보니 하룻밤 만에 부서지고 말았다.

"선생님의 기술은, 나무로 만든 솔개도 날릴 수 있을 정도군요?"

제자가 그렇게 말하자 묵자는 대답했다.

"나는, 수레(車)를 만든 자의 기술에도 도저히 미치지 못한다. 작은 나무 조각으로 만드는 데 하루도 걸리지 않지만 삼십 석이나 되는 무거운 짐을 끌고 멀리까지 갈 수가 있고, 힘이 강한 데다가 더구나 오랜 세월 동안 사용할 수가 있다. 나는 솔개를 만들었지만 3년이나 걸려서 완성했는데도 날려 보니 하루 만에 부서져 버리고 말았다."

혜자(惠子)가 그 말을 듣고 말했다.

"묵자는 참으로 현명하다. 수레의 마구리를 만드는 기술이야 말로 훌륭한 기술이며, 나무로 솔개를 만든다는 것은 쓸모없는 기술임을 알고 있었으니까."

기술을 위한 기술, 장난 섞인 비실용적인 기술은 아무리 화려하게 보일지라도 실제로는 가치가 없다는 말일 것이다. 의미가 있는 기술, 혹은 예술이건 학문이건 간에, 만일 그런 것이 있다고 한다면 묵자가 만든 나무솔개와 같은 것이 아니고 수레의 마구리처럼 그 어떤 현실에 도움이 되는 기술이나 예술 혹은 학문이어야 할 것이다.

그것은 현대에도 통용되는 일로서, 우리를 지탱하고 있는 것은 다름 아닌 현실이므로 공리주의(功利主義)라는 말을 듣건, 마음이 가난하다는 말을 듣건, 기죽을 필요 없이 효용을 존중한다고 말해야 좋을지 모르겠다.

그러나 사람은 도구를 통해 현실과 접촉한다. 어떠한 도구를 사용하느냐에 따라서 그 사람을 판단할 수 없을는지도 모른다.

《장자》에 도구에 관한 이런 이야기가 있다.

자공(子貢)이 남쪽에 있는, 초(楚)나라를 돌아다닌 다음 진(晋)나라라로 돌아갈 때의 이야기이다. 도중에 한수(漢水) 가까이에 이르렀을 때 한 노인이 굴을 파고 샘으로 들어가 단지에 물을 길어 그것을 밭에다 뿌리고 있는 것을 보게 되었다. 열심히 노력을 하고는 있었지만 힘만 들뿐 작업은 전혀 진전이 없었다. 보다 못해서 자공이 말을 걸었다.

"편리한 기계가 있습니다. 하루에 백 두둑에 물을 뿌릴 수 있고 더구나 힘은 그다지 들지 않으며 능률은 훨씬 올라간답니다. 사용해 보시겠습니까?"

일을 하던 노인이 자공을 쳐다보면서 말했다.

"그게 어떤 것이오?"

"나무를 깎아서 장치를 만들어 뒤를 무겁게 하고 앞을 가볍게 합니다. 흐르듯이 물을 퍼 올릴 수 있으며 속도도 빠르므로 물은 마치 넘치듯 합니다. 그것을 방아두레박이라고 하지요."

밭에 물을 뿌리던 노인은 순간적으로 안색이 변했으나 곧 얼굴에 웃음을 지으면서 말했다.

"나는 선생에게서 들은 얘기가 있소. '기계를 갖는 자는 반드시 기계에 의지하는 일이 많아지고, 기계에 의지하는 일이 많아지면 기계 절대주의라고 할 수 있는 기심(機心)이 생기게 된다. 기심이 가슴 속에 있으면 자연의 순수함을 잃고, 자연의 순수함을 잃으면 정신이 불안정해지며, 정신이 불안정해지면 자연의 법칙을 거슬리게 된다' 라고. 나도 방아두레박을 모르는 것은 아니오, 다만 그런 것을 사용하는 것을 부끄럽게 여길 뿐이오."

자공은 부끄러움을 감추지 못한 채 얼굴을 돌리며 대답할 말을 잊었다. 한동안 지난 뒤에 그 노인이 물었다.

"그대는 무엇을 하는 사람이오?"

"공구(孔丘)의 제자입니다."

"음, 그렇군, 그 박학(博學)을 코에 걸고 성인이 체하며 큼직한 책보따리를 펼치고는 대중을 위협하고 혼자서 악기를 타고 슬픈 듯이 노래를 부르면서, 명성을 천하에 팔겠다는 자들 중의 하나로구먼, 자의식(自意識)을 잊고, 신체를 잊음으로써 사람이란 그런대로 자연에 다가설 수 있으련만 그대와 같이 자신의 몸마저 다스리지 못하는 자가 어찌 천하를 다스릴 수 있겠소? 지, 어서 가시오. 내 일을 방해하지 마시오."

상당히 과장되어 있기는 하지만 효율적인 효과를 찾아 기계를 사용하고 있는 동안에 어느 새 효율화에 이끌려, 기계에게 사용당하게 되고 만 인간의 정신 구조, 혹은 문화의 구조에 대해서 예리하게 경고를 하고 있는 이야기라고 말할 수 있을 것이다.

대단히 효율을 높이기는 하지만 결국은 인간을 소외시키게 되고, 기계의 체계에 대한 도착적(倒錯的)인 의존, 물건을 소유함으로써 반대로 물건에 소유당하게 되는 이른바 역전의 운동을, 효용이라는 것은 항상 내포하고 있다는 사실을 잊어서는 안 될 것이다.

예를 들자면 캡틴 시스템(문자국형정보 : 네트워크)이라는 것이 있다. 기술의 정수를 다한, 대단히 편리한 것이다. 필요한 정보를 즉시 제공해 준다는 서비스이다. 그것만으로 볼 때는 대단히 현실적인 효력을 가지고 있다고 말할 수 있을 것이다. 그러나 부가가치(附加價値)가 큰 서비스이므로 옛날 같으면 이웃끼리 모여, "어디어디서 지금 할인 판매를 하고 있는 중이랍니다" 식으로 공짜로 들어오던 정보를, 비싼 대가를 지불하면서 입수하는 데 지나지 않는다. 그만큼 우리는 확실하게 가난해진 것이다.

혹은 또 INS(고도정보통신 : 시스템)라는 것이 있다. 이것은 훨씬 고도의 기술이다. 외출한 곳에서 전화 하나로 불단속에 대한 것을 점검하고, 혹은 룸 에어컨을 세트하는 그런 작업을 지시할 수가 있다. 그러나 그것은 인간이 옛날부터 배양해 온 문화, 가령 외출할 때는 불을 끄고 문단속을 한다는 습관, 즉 종합적인 생활을 어디선가 파괴해 버릴 것이 틀림없다.

INS에 의존한다는 '장자' 식으로 말한다면, 기심이 자기도 모르는 사이에 형성되어 갈 것이다. 그리하여 만약 어떤 전신전화국이 케이블에 화재가 나는 사고라도 생기게 되면 생활은 갑자기 완전히 붕괴되어 버리고 말 것이다. 적어도 자기의 운명은 항상 남의 손아귀에 쥐어 있는 생활을 하게 되는 것이다.

언젠가 뉴질랜드의 수상이었던 롱기가,

"뉴질랜드 인은 뉴질랜드 인으로서의 독자적인 생활양식이 있는 것이다. 외국의 영향을 받아 외국의 유행을 본뜬 생활을 하기 위한 경제성장이면 그런 경제성장은 필요 없다."

라고 말했다고 한다.

남의 생활을 투기하고 부러워하여 그 부문에서의 효율을 높이려는 경향에 대한 장자식의 경고인지도 모른다.

토착문화에 뿌리를 내리지 않고 특정한 부문만의 효율을 높인다는 것은, 그 부문에만 한정한다면 분명히 효과가 있을 것이 틀림없겠지만, 전체적으로 보면 역효과에 빠지기 쉽다는 것은 과잉 생산이라는 문제 하나만 보더라도 명백한 일일 것이다.

인간들은 그야말로 갖가지 지혜를 다 짜서 이익을 추구하여 부분적인 효율을 높이기 위해 노력한다. 얼마 후에는 이 부분적이 효율을 높이려는 경향이 가속되어, 미각(味覺)만의 효용을 추구하는 입만 아는 인간이나, 성적인 쾌락만을 탐색하는 성기(性器) 인간이 태어날지도 모르는 일이다.

어째서 그렇게 되는가? 한비자는 목적이 명확하지 않기 때문이라고 대답한다. 달팽이는 껍질 만들기의 명수라고 한다. 달팽이는 태어나면서부터 정교한 구조의 집(껍질)을 여러 겹의 소용돌이로 계속해서 만들어 나간다. 그러나 얼마 후에 교묘한 기술에 의한 그 껍질 만들기를 딱 그치고 만다. 소용돌이를 한 겹 늘리면 껍질의 크기가 16배나 늘어나 버리기 때문이라는 것이다. 효율이 높은 그 기술에 의해서 생산을 늘리면 달팽이는 무게의 부담에 견디지 못하게 되고, 껍질을 만드는 목적인 삶, 그 자체가 위험해지게 된다.

껍질을 만드는 것도 자기 보존을 위한 효용이므로 껍질을 만들지 않는 것도 또한 자기 보존을 위한 효용이라는 것을 달팽이가 본능적인 지혜로 몸에 익히고 있는 것은, 살아남기 위해서라는 목적이 확고하기 때문일 것이다.

그러므로 한비자는 말한다.

"대체적으로 언행(言行)이라는 것은 효용을 목적으로 하는 것이다. 날카롭게 다듬는 예리한 화살을 발사한다고 해서 그 살 끝이 가느다란 털끝을 맞추지 못한다고 말할 수는 없다. 그러나 그것을 활의 명수라고 할 수 없는 것은 명확한 표적이 없기 때문이다.

5치의 표적을 내걸고 십 보 떨어진 아주 가까운 거리에서 활을 쏜다고 해도 예(羿)나 봉몽(逢蒙)과 같은 활의 명수가 아니라면 꼭 맞춘다고 단언할 수가 없다. 명확한 표적이 있기 때문이다.

명확한 표적이 있으면 예나 봉몽과 같은 명수가 5치의 표적을 맞추어도 명수라는 말을 듣는다. 명확한 표적이 없으면 아무렇게나 발사한 살이 가는 털끝을 맞추었다 해도 명수라는 말을 들을 수 없다.

만약에 말을 듣고 행동을 관찰하는 데 있어서 그것이 효용을 목적으로 하고 있지 않다면 그 말이 아무리 명석하고 정교하다고 할지라도, 그 행동이 아무리 확고한 것이라고 할지라도 표적도 없이 함부로 쏜 화살과 다를 바가 없는 것이다.

돌멩이만 깔린 땅이 천 리가 있다 할지라도 부자라고는 할 수 없다. 인형이 백만 개 있어도 강하다고는 할 수 없다. 돌만 있는 땅이 작다는 것도 아니다. 그러면서도 부강하다고 할 수 없는 것은 돌뿐인 땅에서는 작물이 자라기 못하며, 인형으로는 적을 막을 수 없기 때문이다. 지금 상인이나 관리나 기예(技藝)에 종사하는 자는 땅을 갈지 않고도 먹고 살고 있다. 그만큼 토지는 개간되지 않았기 때문에 돌멩이만의 땅과 마찬가지이다.

유자(儒者)와 협객(俠客)은 전투에 참가하여 공명을 세우지도 않는데 유명해지고 영화를 누리고 있다. 그렇게 되면 농민은 맥이 빠져서 일을 하지 않는다. 즉, 인형과 같아지는 것이다. 대체적으로 돌멩이만의 땅이나 인형이 도움이 되지 않는다는 것을 알면서도 상인이나 관리, 유자나 협객이 개간되지 않는 땅이나 일하지 않는 농민을 만들어 내고 있다.

그러나, 그것이 만들어 내는 재해는 알려고도 하지 않는 것은 하나는 알고 둘은 모르는 짓인 것이다."

현명한 왕이 나라를 다스리는 정책은, 상인이나 수공업자(手工業者) 혹은 생산에 종사하는 일도 없이 놀고 먹는 인간을 가능한 한 줄이고, 명실공히 그들을 비천한 지위로 떨어뜨리는 것이다. 왜냐 하면 농사에 종사하려는 자들이 적고, 주로 상업이나 수공업을 경영하려는자들이 많기 때문이다.

요즘 세상과 같이 남의 윗자리에 있는 자의 측근에 청탁이나 해서 일이 잘 되는 일이 유행하면 관직이나 직위도 돈으로 살 수 있게 된다. 관직이나 직위를 돈으로 살 수 있게 되면 상인이나 수공업을 영위하는 자도 이미 천해지지 않는다. 금제품(禁制品)이나 값비싼 물품을 시장에서 입수할 수 있게 되면 상인도 그 수가 많아진다. 악덕상인이 착취하는 이익은 농민의 수입의 배를 훨씬 넘으며 사회적인 지위도, 농경, 전투에 종사하는 사람들을 훨씬 능가하게 된다. 그렇게 되면 정직하고 고지식한 사람은 적어지고 아무런 가치도 만들어 내지 않는 장사에 종사하는 사람들만 증가하게 된다.

농업을 유일한 산업으로 하는, 기원전 3세기 무렵의 전국시대이다. 한비자는 인간을 농민, 즉 농작을 공납(貢納)하는 납세자로서 혹은 전사(戰士)로서, 국가 방위를 위한 전력으로 조직하고 부국강병이라는 목적을 위해 그 효율화를 추진하고자 한 것이라고 말할 수 있다.

목적이 명확하게 서면 부분적인 효용만을 추구하는 자는 자연히 배제될 수 있을 것이고, 그 같은 배제를 위해 관리를 강화할 수도 있을 것이다.

한비자는 이렇게 말한다.

"나무를 흔들려는 자가 한 장 한 장 그 나뭇잎을 끌어당기고 있다면 힘만 들 뿐이지 나무 전체를 흔들리게 할 수는 없다. 좌우에서 나무의 줄기를 두들기면 모든 잎이 흔들릴 것이다. 깊은 못가의 나무를 흔들면 새는 놀라서 높이 날고 물고기는 무서워서 깊이 숨는다.

그물을 던져 고기를 잘 잡는 자는 그물의 큰 줄을 끌어당긴다. 하나하나 그물눈을 끌어당기면서 잡으려고 하면 힘만 들뿐 물고기를 제대로 잡지 못한다.

그러나 그물의 큰 줄을 잡아당기면 물고기는 저절로 그물 속에 들어가 버리는 것이다. 따라서 관리란, 백성의 큰 줄에 해당한다. 그러므로 성인은 관리를 잘 하려고만 하지 백성들을 직접 관리하려고 하지 않는 것이다."

한비자는 관리(管理)에 대해서도 효율화에 힘쓰라고 말하고 있는데 그 관리를 잘못하면 갖가지 분야에서 부분적인 효용의 추구가 시작될 것이다. 한비자는 다음과 같이 말하고 있다.

"대체적으로, 안전하고 유일한 일이라면 앞을 다투며 종사하고, 위험하고 해로운 일에서는 재빨리 빠져 나간다. 이것이 인간의 정의라는 것이다. 만약 남의 부하가 되어 힘을 다해서 공적을 세우고 지혜를 다해서 충절을 나타내고자 하는 자는 그 몸이 불우해지고 집안은 가난해지며 부자(父子)가 모두 재난을 당한다."

간리(姦利)를 도모하여 윗사람의 눈을 속이고 뇌물을 써서 중역에게 꾸벅거리는 자는 그 몸은 출세하고 집안은 부유해지며 부자가 모두 은혜를 입는다. 이런 식이라면 사람들이 어찌 안전하고 유리한 길을 피하고 위험하고 유해한 길을 택하겠는가. 나라를 다스리는 방법이 그런 식으로 잘못되어 있으면 부하들은 충성으로써 안전과 이익을 얻을 수 없다는 것을 알면서 반드시 이렇게 말할 것이다.

"내가 충성으로써 윗사람을 모시고 많은 공적을 쌓아 내 한 몸의 안락을 도모하려는 것은, 앞을 보지 못하는 장님이 흑백을 가리려는 것과 같은 짓으로서 아무런 희망도 없다. 또 도의에 호소하여 주위를 감화시키고, 정의를 행하여 부귀영화를 좇지 않고 오직 윗사람을 받들어 내 몸의 안락을 구하려 하는 것은 듣지 못하는 귀머거리가 소리의 청탁을 가리려는 것처럼 더 한층 아무런 희망도 없다. 어떤 방법이건 내 한 몸의 안락을 얻을 수 없다고 한다면 차라리 동료와 공모하여 윗사람의 눈을 속여 나쁜 짓을 해서라도 중역에게 빌붙는 편이 낫지 않겠는가?"

이런 사람은 반드시 윗사람이 요구하는 정의를 무시하게 될 것이다.

또한, 수많은 부하들도 정직하고 사심(私心)이 없다는 것만으로는 결코 안락을 얻을 수 없다는 사실을 알게 되면 반드시 이렇게 말할 것이다.

"내가 청렴결백을 신조로 윗사람을 섬기고 그로써 안락을 구하는 것은 컴퍼스와 자도 없이 네모 안에 원을 그리려는 것과 같은 것이어서 아무런 희망도 있을 수 없다. 법을 지키고 사적인 파벌을 만들지 않고, 직무를 소중히 하면서 내 몸의 안락을 구한다는 것은, 발로써 머리를 그리려는 것과 같아서 더 한층 아무런 희망도 있을 수 없다. 아무래도 내 몸의 안락을 얻을 수 없다면 차라리 법망을 빠져나가 사리(私利)를 도모하고 중역에게 빌붙는 편이 낫지 않은가."

한비자는 정직한 자가 손해를 본다는, 관리의 잘못으로 인해 전체의 조화가 흔들리게 되는 부분적인 이익만을 추구하고, 그 효율을 높이기 위해, 말하자면 나쁜 일에 손을 대게 되는 사람의 심리의 움직임을 훌륭하게 묘사하고 있다.

옛날에 창힐(蒼頡)이 문자를 만들었을 때, 자기만을 위한 것밖에 생각지 않는 것을 사(私)라고 했으며, 사와 반대되는 것을 공(公)이라고 했다. 공과 사가 서로 대립하는 것을 창힐도 이미 알고 있었던 것이다.

지금 공과 사의 이익이 같다고 생각한다면 이만저만 모르는 것이 아니다. 그렇다면 일개 범인(凡人)으로서 이익을 얻고자 생각한다면 인의(仁義)를 닦고 문학을 배우는 것보다 더 좋은 것은 없다.

인의를 닦으면 신용을 얻을 수 있다. 신용을 얻으면 좋은 일을 맡을 수가 있다. 문학을 배우면 이름난 선생이 될 수 있다. 대 선생이 되면 유명해진다. 이는 일개 범인으로서는 매우 마음에 드는 이야기이다.

그렇게 볼 때 공적이 없어도 좋은 일자리를 맡을 수 있고, 작위가 없어도 유명해지는 것이다.

정치가 이렇게 되면 국가는 혼란에 빠지고 윗자리에 앉은 사람도 반드시 위험을 안게 된다. 서로 받아들이지 않는 것은 양립할 수 없다. 적을 없앤 자야말로 상을 받아야 할 텐데, 유가(儒家)가 말하는 자혜(慈惠)의 실행을 높이 평가한다. 성을 공격하여 함락시킨 자야말로 작록을 받아야 할 텐데도 묵가(墨家)가 말하는 박애(博愛)의 설을 신용한다. 군비를 증강시켜 전쟁에 대비해야 하는데도 느긋한 예복(禮服)을 아름답다고 생각한다. 나라를 부하게 만드는 일은 농민에게 의존하고 적을 막는 일은 병사에게 의존하는 데도 문학을 하는 선비를 존중한다.

윗사람을 존경하고 법을 지키겠다는 백성을 버리고 유협(遊俠)이나 자객(刺客) 따위를 길러 낸다. 이러한 정책으로는 나라가 제대로 다스려지고 병력이 강해질 까닭이 없다. 나라가 평온하다면 유협을 기르고 전쟁이 시작되면 전사를 사용하려고 하는데, 나라가 이익을 부여하고 있는 자는 나라가 필요로 하는 자가 아니고, 나라가 필요로 하는 자는 나라로부터 이익을 얻을 수가 없게 되어 있는 것이다.

그러므로 정상적인 업무에 종사하는 자는 그 일을 팽개치고, 도움이 되지도 않는 무용지물만 나날이 늘어간다. 이것이 세상이 혼란해지는 원인이다.

원래 실업(實業)의 효율을 높이려는 것이었는데도 관리를 잘못하면 사적인 이익, 부분적인 효용을 찾아 허업(虛業)을 확대하는 일에만 급급하여 실업을 포기해 버리게 되는 우려를, 한비자는 지적하고 있는다.

낡은 단어를, 이를 테면 인의와 문학을 노래와 춤으로 바꿔 놓아 보면 이것은 지금도 통용될 수 있는 지적일 것이다.

가령 유명가수가 1년에 수억 원의 수입을 올렸다는 뉴스를 보면 평생 걸려도 그만큼 벌 수 없는 사람들은 재능이 있으니 당연한 일이라고 생각하는 한편, 혹은 가능하다면 자기도 유명가수가 되고 싶다는 생각을 하다가도 역시 어딘가 부자연스럽다는 느낌을 갖게 될 것이다. 노래는 아무리 훌륭하더라도 직접적인 가치를 생산하지 않는 허업이므로, 그러나 유명가수도 또한 필요한 것이다. 단일한 생산력으로서 조직되어 온 근대인이 얼마 후에는 놀이의 요소의 필요성을 깨닫기 시작했던 것처럼, 한비자도 무용의 용이라고 할 수 있는 놀이의 요소를 짜 넣기를 잊지 않고 있다.

현명한 군주는 내전에서 여색을 즐기기는 할지언정 그의 말을 들어 주지 않으며, 은밀한 부탁도 허락하지 않는다.

한비자는 그렇게 적고 있지만 목적을 명확히 파악하고 그것을 위해 효율을 높이려는 노력만 한다면 여색(女色)을 즐기는 일도 말하자면 필요악으로서 인정하고 있었을 것이다. 혹은 확대 재생산을 위한 필요불가결한 요소로서 긍정하고 있었는지도 모른다.

송왕(宋王)은 제(薺)나라와 싸운 다음 승전을 축하하는 뜻으로 무궁(武宮)을 축조했다 .가수(歌手)인 규가 장단을 맞추면서 노래를 부르자 길 가던 사람들이 걸음을 멈추고 귀를 기울였고 일하는 자들도 피로를 잊었다.

송왕은 그 말을 듣자 규를 불러들여 상을 주었다. 그러자 규가 말했다.

"저의 스승이신 사계(射稽)의 노래는 저의 노래보다 훨씬 훌륭합니다."

송왕이 사계를 불러들여 노래를 하게 했는데, 길을 가던 사람들은 걸음을 멈추지 않았고 일하는 자들도 피로의 기색이 역력했다.

"길 가는 자가 걸음을 멈추지 않고 일하는 자들도 피로해 보였다. 사계의 노래는 그대의 노래만큼 좋지 않은 것 같구나. 무슨 까닭인가?"

송왕이 묻자 규가 대답했다.

"전하, 일의 진척 상황을 살펴보시지요."

조사해 보니 규가 노래를 불렀을 때는 길이가 40척이 되는 벽이 쌓였으나 사계가 노래를 불렀을 때는 80척이나 되는 벽이 쌓였다. 또 그 튼튼함을 조사해 보니, 규가 노래를 했을 때는 벽을 찌르자 5치나 허물어졌었는데, 사계가 노래를 불렀을 때는 2치밖에 무너지지 않았다.

한비자는 이 설화를 소개함으로써 겉보기의 효용보다는 실질적인 효용이 중요하다는 것을 주장하고 싶었을 것이다. 그러면서 또한 그것은 진정한 효용이란, 효용마저도 초월한, 말하자면 무심한 가운데서만 성립된다는 것을 시사하고 있다.

아무튼 관리가 작동을 잘 한다면 공과 사는 양립될 수 있는 것이다. 조직 내의 인간인 우리가 놀이의 정신으로 적당히 즐기기도 하고, 유명가수의 노래에 귀를 기울이면서 조직을 위해 충성을 맹세하고 그 효율화를 위해 노력한다면 나름대로 중류생활은 할 수 있다는 것이다.

07

사랑하는 지혜

7. 사랑하는 지혜

형벌을 무겁게 하고 은상(恩賞)을 적게 한다는 것은 윗자리에 앉은 자가 부하를 사랑한다는 것이다. 부하는 필사적인 마음으로 공로를 세우고 은상을 받으려 할 것이다. 은상을 많이 하고 형벌을 가볍게 한다는 것은 윗자리에 앉은 자가 부하를 사랑하지 않는다는 것이다. 부하는 필사적인 생각으로 공을 세워 은상을 받으려고 할 까닭이 없다.

'사랑, 그것은 사랑을 훨씬 넘어선다'고 프랑스의 어느 시인이 말했다. 그렇다. 사랑은 분명히 좋은 것이다. 사랑은 끊임없이 스스로를 넘어서서 발전해 가는 것이다.

약간 구문에 속하는 일이기는 하지만 오로지 그 사랑만으로 이미 식물인간이 되어 있던 남편의 의식을 되찾게 한 마음 착한 어느 부인의 이야기를 신문에서 본 적이 있다.

사랑은 가끔 기적을 낳는다. 그러나, 그렇다고 해서 사랑이 모든 것을 해결해 주는 것으로 생각해 버린다는 것은 잘못이다.

가령, 초일류 기업에 근무하고 있던 여사원이 오랜 연애 끝에 결혼을 하게 되고 아이를 낳은 다음, 비로소 주위를 둘러보니, 사내(社內) 결혼을 한 동기생 여사원은 호화로운 저택에서 우아하게 살고 있는데, 좁고 지저분한 셋집에서 살고 있는 자신의 신세와 비교해 보니 마치 하늘과 땅과의 차이라고 할 수 있었다. 보너스만도, 중소기업에 근무하는 자기 남편의 1년분의 수입을 훨씬 웃도는 정도이다.

앞으로 "새로 집을 지었다", "해외여행을 다녀왔다"는 이야기를 듣게 될 때마다 비참하다는 생각을 하지 않을 수 없을 것이라는 불평이 자신도 모르게 불쑥 튀어나올 것만 같았다.

모든 것을 돈으로 환산하는 데 익숙해진 현대인의 비극을 표현하는 이야기일지 모르지만 중소기업에 근무하는 남편과 결혼한, 원래 초일류 기업에 근무했던 여사원의 심중에는 그 때의 사랑이나, 연애하던 기분은 이미 사라져 버리고 사랑도 계량(計量)이 가능한 금액으로서 명기되어 있을지 모른다.

최근에 볼 수 있는 높은 이혼율은 결혼은 사랑의 무덤이라는, 사랑의 소멸을 여실이 이야기해 주고 있는 것인지도 모른다. 그러기에 그 사랑에 의해 남편의 의식을 소생시킨 마음씨 착한 부인의 이야기가 뉴스로서의 가치를 갖게 될 수 있는 것이 아니겠는가.

사랑은 이미 거의 사라져 가고 있는지도 모른다. 너도 나도 부르짖는 애국심, 특히 고위공무원이나 일류 기업가들일수록 앞장서서 애국심을 부르짖는다. 하기야 나라를 사랑한다는 것은 인간을 사랑하는 것과 마찬가지로 좋은 일일는지 모른다. 그런데 부정을 저지르고 탈세를 일삼는다. 이런 짓은 애국이 아니고 애기(愛己 : 자기를 사랑하는 것)라고 말해야 되지 않을까.

애기는 이미 사랑이라고 할 수 없다. 그것은 욕망이라고 해야 맞으며 애국심의 제창은 그 이기적인 욕망을 감추기 위한 가면이었는지도 모른다.

프랑스의 시인이 지적한 것처럼, 사랑이 분명히 있는 것은 틀림없지만 그것은 항상 사랑을 넘어서서 얼마 후에는 사라져 버리는 것이 아닌가 한다. 남은 것은 경제적인 수지 계산과 때 묻은 타성뿐이다.

이처럼 사랑은 복잡하게 뒤엉킨 어려운 문제를, 예리한 칼날처럼 우리의 코 앞에 들이대고 있는 것이며, 저 사람이 좋아하니까 초콜릿을 주자는 어린애 장난 같은 사랑이 아니라 좀 더 현실적인 사랑에 대해, 한비자는 2천 년 전에 논급하고 있는데 그것은 너무나도 로맨틱한 사랑에 현혹된 우리에게 상당히 강렬한 시사를 주고 있다.

한비자는 먼저 하나의 일화를 내세우고 있다.

초나라 장왕(莊王)의 동생 춘신군(春申君)에게 여(余)라는 애첩이 있었다.

춘신군의 본처에게서 난 아들을 갑(甲)이라고 불렀다.

여(余)는 춘신군이 그의 본처와 이혼해 주기를 바라고 있었다. 그래서 자신이 스스로 자기 몸에 상처를 내어 그것을 춘신군에게 보이면서 눈물을 흘리며 간청했다.

"당신의 첩이 된 것만 해도 그지없이 행복한 일로 생각합니다. 하지만 정실부인의 마음에 들지 않게 되고, 당신의 마음에 들고자 하면 정실부인의 마음에 들 수가 없습니다. 저는 원래 수양이 덜 된 사람이라 동시에 두 분의 마음에 들 수 있는 행동은 할 수가 없습니다. 거기다가 첩인 제가 두 분에게 똑같이 마음에 들게끔 모신다는 것은 무리가 아니겠습니까. 될 수만 있으면 부인의 손에 죽기보다는 차라리 당신의 손에 죽었으면 합니다. 제가 죽고 나서 만약에 다시 총애하는 사람을 곁에 두시게 되면 부탁컨대 이런 사정을 살피어 남의 웃음을 사는 일이 없도록 해 주십시오."

춘신군은 그 같은 첩의 터무니없는 거짓말을 믿고 정실부인과 이혼하고 말았다.

여(余)는 또, 갑(甲)을 죽임으로써 제 자식을 후계자로 삼으려고 했다. 그래서 자기가 자신의 속옷을 찢은 다음 눈물을 흘리면서 호소했다.

"제가 당신의 깊은 사랑을 받은 지도 이미 오래 되었습니다. 갑(甲)으로서도 그걸 잘 알고 있을 것입니다. 그런데 오늘 억지로 저를 농락하려고 하지 않겠습니까. 죽음을 각오하고 저항했지만 저는 결국 이렇게 속옷까지 찢기게 되고 말았습니다. 이보다 더한 불행이 어디 있겠습니까."

사랑이라고 하기에는 너무나도 치사할 정도의 이욕(利慾)과 육욕(肉慾)의 덩어리가 끈적끈적하게 소용돌이치고 있다. 향기 높고 아름다워야 할 사랑도 그럴싸한 가면을 벗기고 난 현실은 뜻밖에도 이런 것일는지 모른다.

아내라는 것은 남편과 피가 이어져 있는 것은 아니다. 원래 성격이 전혀 다른 남남인 것이다. 애정이 있는 동안에는 서로 친근할 수도 있겠지만 사랑이 없어지면 그 관계는 다시 소원해지고 만다. 속담에도 "그 어미가 사랑을 받으면 그 자식은 안긴다"는 말이 있다.

그러고 보면 그것을 뒤집어 "그 어미가 미움을 받으며 그 자식은 버려진다"라고 말할 수도 있을 것이다.

사내는 50세가 되어도 호색(好色)하는 마음은 도무지 쇠퇴하지 않는데 여자는 30세만 되면 용모가 쇠퇴해지기 시작한다. 용모가 쇠퇴해진 여자가 호색의 마음이 전혀 줄어들지 않는 남편을 섬기려면 그 육신은 경원되며, 자기의 자식으로 뒤를 잇지 못하게 되지나 않을까 하는 의심이 생겨날 것이다. 의심이 의심을 낳는 수도 있겠지만 용모가 쇠퇴해지기 시작한 여자로서는 아무래도 자기 방어책을 강구하지 않으면 안 되는 것이다.

한비자는 그렇게 말하지만, 먹고 살아가지 않으면 안 되는 인간인 이상 당연히 그렇게 될 것이다. 거짓말도 하지 않으면 안 될 것이고, 경쟁자를 끌어내리지 않으면 안 될 것이다.

현실이란, 그리 쉽게 로맨틱한 사랑만을 구가하고 있을 수만은 없는 것이다.

한비자는 다시 피가 이어진 부자인 사이까지에도 신랄한 시선을 쏟고 있다.

《시경》〈소아(小雅)〉의 「사간(斯干)」에 다음과 같은 말이 있다.

사내아이가 태어나면
방바닥에 누이고
좋은 옷을 입히며
그 손에 옥(玉)을 쥐어준다…….

계집아이가 태어나면
땅바닥에 누이고
홑옷을 입힌 다음
그 손에 실 꾸러미를 쥐어준다…….

부모의 자식에 대한 경우에도 사내아이가 태어나면 서로 좋아하고 계집아이가 태어나면 대개는 함부로 다룬다. 똑같이 부모의 애정의 결정(結晶)으로서 태어났는데도 사내아이는 축복받고 계집아이는 사내아이만큼 좋아하지 않는 것은 장래의 편의를 생각하고 장기간에 걸친 이익을 계산하기 때문이다.

그러고 보면 부모의 피를 이어받은 내 자식에 대해서까지도 마음 한구석에 공리적인 계산을 감춘 채 상대하고 있다고 말하지 않을 수 없다. 적어도 부모가 좋은 자식을 원하는 이유는, 집안이 가난하면 그 자식이 돈을 벌어 오고 부모가 고생하고 있으면 그 자식이 즐겁게 해 주는, 그런 것을 바라고 있기 때문이다. 한비자는 그렇게 말하고 있다.

아마 우리나라의 부모들 중에도, 그 자식이 독립된 인격을 가지고 부모와는 아무런 관련도 갖지 않은 채 제 갈 길만 걸어가기를 원하는 사람은 없을 것이다. 그 어떤 틀을 억지로 씌우고 싶어 하고 있을 것이다. 내 자식에 대한 애정에도 스스로의 이해가 깊이 엉켜 있는 것이다.

가령 아버지의 애정은 그렇다고 해도 어머니의 애정은 훨씬 순수하다고 생각할 수는 있다. 어머니와 자식을 연결하는 것은 사랑 이외에는 없다. 자비스러운 어머니의 유아(乳兒)에 대한 애정은 그야말로 더 이상의 것은 없다고 말할 수 있을 것이다.

그러나 그 자식에게 잘못하는 행동이 있다면 선생에게 부탁해서 고치려 하고, 나쁜 병에 걸리면 의사에게 치료를 받게 할 것이다. 선생에게 부탁하여 고치지 않으면 얼마 후에 형벌을 받게 될 것이고 의사의 치료를 받지 않으면 죽게 될는지도 모른다.

자비스러운 어머니는 아무리 그 자식을 사랑하고 싶어도, 그 자식을 형벌에서 구해 내고 죽음에서 살려 내는 데는 아무런 도움도 되지 않는다. 그렇다면 그 자식을 살리는 것은 자비스러운 어머니의 사랑이 아니라고 말하지 않을 수 없다. 한비자는 그렇게 말한다. 물론, 선생에게 부탁한다든지 의사에게 데려간다든지 하는 배후에 자비스러운 어머니의 애정이 있는 것은 분명하지만, 그 애정이 교육이나 치료에 직접적인 효과를 가져 올 수 없다는 것 또한 분명할 것이다.

그 자비스러운 어머니의 애정에도 그 어떤 틀이 감추어져 있는 것이 아닐까 하고 의심해 볼 수도 있지만 그것도 또한 별도의 일이다.

그러나 자비스러운 어머니의 애정에 관해서, 다른 견해를 가질 수도 있는 것이다.

어머니가 그 자식을 사랑하는 정은 아버지의 애정의 두 배나 된다. 그러나 그 자식은 아버지가 시키는 말을 어머니의 그것보다 열 배나 더 잘 듣는다. 관청은 국민을 사랑하지는 않는다. 그러나 관청에서 시키는 일은 부모의 그것보다 만 배나 더 잘 듣지 않는가. 부모는 애정을 쌓아올리며, 더구나 시키는 말을 가끔 듣지 않아도 탈이 없는데, 관청은 위엄을 들이대기에 국민은 시키는 대로 따르는 것이다.

위엄과 애정과의 차이는 이토록 명백한 것이다. 더구나 부모는 그 자식이 하는 일이 조금이라도 안락하고 유리하기를 바라며, 범죄로부터 조금이라도 멀어지게끔 몸을 처신하기를 바란다.

그러나 국가는 그 국민에 대해 비상시에는 생명까지도 던지게 하며, 평화스러울 때에는 죽을 힘을 다해서 일할 것을 요구한다. 부모는 두터운 애정으로 그 자식이 안락하고 유리하도록 원하고 있는데도 그 말은 받아들여지지 않는다. 국가는 애증도 없이 국민의 사력을 이용하고 요구하지만 이런 것들은 모두 받아들여진다.

이런 식으로 어머니는 애정으로 그 자식을 대하게 되는데, 그렇게 하면 그 자식은 대개 못 쓰게 된다. 그것은 모든 것에 애정을 미치게 하려고 하기 때문이다. 아버지는 애정도 깊지 않으며 회초리로 그 자식을 엄격하게 그 자식을 대하기 때문이라고 할 수 있다.

한비자는 이렇게 말한다.

"사랑이란 입에는 달콤하지만 결국은 그 자식을 못 쓰게 만들고 마는, 아편과도 같은 것인지 모른다."

여기 버릇이 나쁜 자식이 있다고 가정하자. 부모가 아무리 화를 내도 그 자식은 고치려고 하지 않는다. 마을 사람들이 나무라도 요지부동이다. 선생이나 장로(長老)가 가르치고 깨우쳐 주려고 해도 태도를 바꾸려고 하지 않는다. 부모의 사랑, 마을 사람들의 행동력,

선생과 장로의 지혜라는 3가지 훌륭한 선(善)을 다해도 결국 그 마음을 움직이게 할 수는 없다. 털끝만큼도 고치려는 기색이 없다.

그러나 경찰관이 직접 나서서 법률에 의해서 처리하겠다고 나서면 그만 꼼짝 못하고 마음을 고쳐먹고 행동을 고치게 될 것이다.

그러므로 부모의 사랑은 자식을 교육시키는 데 충분한 효과를 발휘할 수 없고 아무래도 경찰의 엄벌의 힘을 빌지 않으면 안 된다.

사람은 사랑을 받으면 오만해지고 엄격하게 하면 복종하는 존재이기 때문이다.

사랑은 힘을 따른다고 할 수 있는 것일까. 법을 다스리는 입장에 있는 사람이 들으면 눈물을 흘리면서 좋아할 것 같은 한비자의 말이긴 하지만, 그처럼 힘에 의한 억압이 좋은 일인지 어쩐지, 억압된 에너지가 어디로 향하여 어떤 형태로 사회화 될 것인지, 이런 갖가지 문제들을 내포하고 있다고 하겠다.

그러나 아무튼 현실적인 처리라는 면에서 그런 논리의 연장선상에서 한비자는 다음과 같은 이야기를 소개한다.

자산(子産)은 정(鄭)나라의 재상이었다. 병에 걸려 죽음이 눈앞에 다가왔을 때 유길(遊吉)을 불러서 말했다.

"내가 죽으면 반드시 당신이 정나라의 재상이 될 것입니다. 그렇게 되면 꼭 엄격으로 백성을 다스려 주시오. 불이라는 것은 보기에는 무서운 모습을 가지고 있습니다. 그러므로 사람들은 조심하여 좀체로 불에 타 죽거나 하지는 않습니다. 그러나 물은 아주 느긋하여 보기에는 조금도 무섭지 않은 것 같습니다. 그래서 자기도 모르게 방심하여 사람들은 흔히 물 속에 빠져 죽게 됩니다. 당신은 꼭 형벌을 엄격히 하여 당신의 양순함 속에 사람들이 빠져 죽는 일이 없도록 조심하십시오."

얼마 후에 자산은 죽었다.

유길은 자산이 말한 대로 재상이 되었지만 너무 잔혹한 것 같아서 도저히 형벌을 엄중히 할 마음이 내키지 않았다.

그 무렵, 정나라의 젊은이들이 도당을 만들어 도둑질을 하고, 환부의 소택지를 근거지로 하여 날뛰고 있었는데 그것이 커져서 드디어 정나라를 파멸로 몰아넣을 정도에까지 이르렀다. 유길은 전차와 기병들을 이끌고 그들과 하루 밤낮을 싸운 끝에 겨우 이길 수 있었다.

유길은 한숨을 쉬면서 말했다.

"진작에 자산의 가르침을 따랐더라면 이토록 후회하지는 않았을 텐데."

〈춘추좌씨전(春秋左氏傳)〉에 의하면 공자(孔子)는 자산(子産)이야말로 '고래의 진정한 사랑'을 알고 있었다고 말하고, 환부의 소택지 사건에 관해

"정치가 관대하면 백성은 오만해지고 오만해지면 맹위(猛威)로

써 다스리지 않으면 안 된다. 정치가 맹렬해지면 백성은 잔인해지고, 잔인해지면 관용을 베풀어서 중화(中和)시키지 않으면 안 된다. 관용으로써 맹위를 보하고 맹위로써 관용을 보하니 정치는 균형을 유지하는 것이다"

라고 논했다. 유길은 미리 엄벌로써 백성을 계율하지 않았으므로 보다 큰 희생과 피해를 가져오게 되었던 것이다.

형벌을 엄중하게 하지 않는다는 것은 얼핏 보기에는 애정이 넘쳐흐르는 것 같지만 사태의 추이는 반드시 애정이 결핍된 잔혹한 결과를 가져오게 되는 것이다. 사랑은 끊임없이 사랑이 아닌 것에 의해 보완되지 않는 한 절대로 사랑으로서 존재할 수 없다는 말일까.

은(殷)의 법률은 거리에 재를 버린 자는 그 손목을 자르기로 되어 있었다.

"재를 버린다는 것은 죄로서는 아주 가벼운 것입니다. 손목을 자른다는 것은 무거운 벌입니다. 가벼운 죄에 무거운 벌을 주다니 옛날 사람들은 얼마나 잔혹했을까요?"

자공(子貢)이 그렇게 말하자 공자가 대답했다.

"오히려 나라를 잘 다스리는 방법을 알고 있었다고 할 수 있을 것이다. 재를 거리에 버리면 바람에 날려서 틀림없이 뜻하지 않을 때 사람 위에 내려앉을 것이다. 눈에 들어갈는지도 모른다. 재가 뜻하지 않게 내려앉아 눈에 들어가거나 하면 그 사람은 반드시 화를 낼 것이다.

화를 내면 결국 싸움이 벌어지게 된다. 싸움이나 난투를 벌이게 되면 부모 · 자식 · 손자 3대에 걸쳐 처형을 받는다. 재를 거리에 버린다는 것은 부모 · 자식 · 손자의 3대가 모두 처형되는 원인을 만들게 되므로 무거운 벌을 내려야 당연한 일이다. 더구나 무거운 형벌이라는 것은 사람이 싫어하는 것이다. 한편, 재를 거리에 버리지 않는다는 것은 누구나 간단히 할 수 있는 일이다. 누구나 간단히 할 수 있는 일을 실행시켜서, 사람이 싫어하는 무거운 형벌을 당하지 않게 하는 일, 그것이 바로 나라를 다스리는 방법인 것이다."

그러므로 백성에게 형벌을 주는 것은 백성을 미워해서가 아니다. 그것이야 말로 사랑의 근본이다. 형벌이 분명하면 악이 싹트지 못한다. 그러므로 사람들은 조용하게 살 수 있는 것이다. 함부로 은상을 내리면 요행을 바라는 사심이 생기게 될 것이다. 따라서 백성을 다스리는 데 있어서는 형벌이 분명해야 한다는 것이 잘 다스려지는 출발점이며, 함부로 은상을 준다는 것은 혼란의 원인이 되는 것이라고 한비자는 논하고 있다.

혹은 형벌을 무겁게 하고 은상을 적게 한다는 것은 윗자리에 있는 자가 백성을 사랑하는 일이 된다. 백성은 은상을 받기 위해 사력을 다할 것이다. 은상을 많이 하고 형벌을 가볍게 한다는 것은 윗자리에 있는 자가 백성을 사랑하지 않는다는 것이다.

결국 사랑하는 것은 사랑이 아닌 것을 계기로 하여 실현된다는 말이 될 것이다.

이야기가 어느 새 개인의 사랑에서 조직의 운영에 관련된 사랑으로까지 진전되어 버리고 말았는데, 조직의 운영에 관련되는 사랑은 갖가지 요소들이 착잡하게 엉켜 있어서 더욱 복잡하고 기괴하게 될 것이다.

초(楚)나라에 직궁(直躬)이라는 자가 있었다. 그의 아버지가 양(羊)을 훔쳤으므로 그 같은 사실을 관청에 고발했다.

그러자 초나라의 재상이 말했다.

"그자를 사형에 처하라."

국가와 사회에 대해서는 정직하고 충실하지만 아버지에 대해서는 불효(不孝) · 부도(不道)라고 생각한 까닭일 것이다. 결국 잡아들여서 정말로 사형에 처해 버리고 말았다.

노(魯)나라에, 임금을 따라 전쟁터에 나갔으나 세 번 싸우다가 세 번 다 도망쳐 온 자가 있었다. 공자가 그 이유를 물었다.

"나에게는 늙은 아버지가 있는데 내가 죽으면 돌봐 줄 사람이 없기 때문입니다."

그 대답을 듣고 공자는 효자라고 생각하며 관리로 추천했다.

이런 이야기를 끌어들여서 한비자는 말한다. 그렇게 보면 국가와 사회에 대해 정직하고 충실한 자는 아버지에 대해서는 난폭하여 부모를 배신한 자식이 된다. 그러므로 재상이 직궁을 사형에 처하고 나서부터 초나라에서는 악을 고발하는 자가 없어지고, 공자가 도망병을 발탁하고 나서부터 노나라에서는 전쟁터에서 항복하거나 도망쳐 오는 일을 예사로 생각하게 된 것이라고 가치가 다양화 되는 편이 좋다. 그러나 조직이 일정한 목적을 위해 공동적인 행위를 취함에 있어서는 가치의 다양화는 공동성을 파괴하는 일도 될 수 있을 것이다. 그리하여 한비자는 다시금 이야기를 끌어들인다.

위(魏)나라의 어떤 부부가 신에게 빌었다. 아내가 소망을 말했다.

"제발 저에게 재난이 닥치지 않게 하여 주소서, 그리고 백 묶음의 돈이 내리게 하소서."

"어쩌자고 그런 쩨쩨한 소원을 비는 거야?"

남편이 묻자 아내가 대답했다.

"어째서라니요? 그보다 더 많으면 당신이 첩을 거느릴 것 아니에요."

우스갯소리에 속하는 이야기지만, 부부 사이에도 그 이해관계는 이토록 다른 것이라고 한비자는 말한다. 존재하는 거의 모든 것들은 각각 차이점을 가지고 있다. 차이가 있으므로 존재할 가치가 있는 것이지만 차이가 있으면 그 차이점을 접점으로 하여 서로 모순되고 대립하게 된다. 따라서 국가와 사회와 개인과의 사이에는 하나의 조직과 그 구성이라는 형태로 성립이 기반과 논리를 달리하고 있는 만큼 서로 대립하는 면은 너무나도 큰 것임이 틀림없다.

그럼에도 불구하고 '수신(修身)·제가(齊家)·치국(治國)·평천하(平天下)'라는 유교적 윤리 항목에서 볼 수 있는 바와 같이 개인의 연장선상에 완전히 동질적인 것으로서 국가와 사회라는 조직을 상정하고, 개인 사이에도 확고하게 성립될 것인지 어떤지 의심스러운 사랑의 원리만을 채용하여, 그것에 의해 국가와 사회의 복리를 불러들이려고 해도 결국 희망대로 될 까닭이 없지 않느냐고 한비자는 말하는 것이다.

따라서 한비자는 우선 국가와 사회의 원리와 개인의 원리는 분명하게 구별해야 할 것이라고 제창한다. 그리고는 또 한 가지 일화를 들어 논하고 있다.

정(鄭)나라의 자산(子産)이 아침 일찍 외출하여 동장(東匠)의 문을 지나가고 있었다. 그 때 여자의 울음소리가 들려왔다. 죽은 사람을 위해 소리를 크게 내면서 우는 일종의 의식이었다. 자산은 마부의 등을 두들겨 마차를 멈추게 했다. 한동안 귀를 기울이고 있던 그는 담당관원을 보내어 그 여자를 잡아오게 하여 심문했다.

그러자 여자는 강도의 소행인 것처럼 꾸미고 자신이 남편을 교살(絞殺)했다고 자백했다.

뒷날 마부가 자산에게 물었다.

"주군께서는 어떻게 그것을 아셨습니까?

"그 울음소리가 몹시 겁을 먹은 것 같았기 때문이다. 대체적으로 사람들은 사랑하는 사람이 병에 걸리면 걱정을 하고, 죽을 것 같으면 겁을 먹으며, 죽고 나면 슬퍼하는 것이다. 그런데 그 여자는 이미 죽은 사람 앞에서 울고 있으면서 슬퍼하지도 않고 오히려 겁을 먹고 있는 것 같았다. 그래서 뭔가 뒤가 켕기는 일이 있는 것이구나 하고 생각한 것이다."

라고 자산은 대답했다.

어떤 사람이 말했다.

"자산의 정치는 한없이 바쁘지 않은가. 범죄를 반드시 자기의 귀로 듣고, 자신의 눈으로 보고 비로소 그것을 안다는 식이라면, 나라에서 일어나는 범죄는 대단히 적다고 할 수 있을 것이다. 사직(司直)의 관리에게 맡기지도 않고, 갖가지 사실을 꿰맞추어 다방면에 걸쳐 검증하는 방법을 취하지도 않으며, 사물의 기준이나 규칙을 분명히 하지 않고, 다만 자신의 뛰어난 청각이나 시각만을 믿고 지력(智力)을 다한 끝에 겨우 한 가지 범죄를 발견한다는 것은 일국의 정치로서 너무나도 무책(無策)한 것이 아닐까."

하물며 천하의 사물은 한정이 없는 데 반해 인간의 지력은 한계가 있다. 한계가 있는 것은 한정이 없는 것에 이길 수가 없을 것이며, 사람의 지력으로 천하의 사물을 모조리 알고 이해할 수는 없는 것이다. 그러므로 각각의 사물을 이용하여 각각의 사물을 다스리고 처리할 수밖에 없는 것이다.

아래에서 일하는 자들의 수는 많지만 윗자리에서 일하는 사람은 적다. 적은 수가 많은 수를 이길 수 없을 것이고, 윗자리에 있는 사람이 아래에서 일하는 사람들을 빠짐없이 다 알고 이해할 수는 없다. 그러므로 각각의 사람에게 의지하여 사람을 알고 사람을 이해하는 것이다. 그렇게 하면 신체를 피로하게 만들지 않고도 천하를 다스릴 수 있고 지력을 다하지 않고도 범죄자를 잡을 수 있을 것이다.

"어떤 새이건 간에 명궁인 예의 곁을 스치고 날아갈 때 예가 반드시 그것을 쏘아 맞힌다고 한다면 거짓말이 된다. 천하를 그물로 삼는다면 새는 단 한 마리도 도망칠 수가 없다"

라는 것이다.

범죄를 발견하는 데 있어서도 커다란 그물이 있으면 어느 것 하나 놓치는 일이 없을 것이다. 그런 법규를 마련하지 않고 자기 혼자의 통찰력이나 판단력을 궁시(弓矢)로 하여 모든 범죄를 찾아 낼 수 있다고 한다면 자산도 거짓말을 한 셈이 된다.

"지(知)로써 나라를 다스리는 것은 나라의 적(賊)이다"

라고 노자(老子)는 말했거니와 그 말은 그대로 자산에게 해당된다.

어떤 사람을 빌어, 한비자는 그렇게 논단(論斷)하고 있다. 총명하기는 하지만, 단 한 사람의 힘으로 움직이려고 하면 반드시 틈새가 생기는 것이며, 조직은 조직의 구성원 전체의 힘으로 운영되지 않으면 안 된다. 윗자리에 있는 사람은 그 기준을 명시하기만 하면 된다는 말일 것이다.

그러나 한비자가 하고 싶은 말은 그것뿐이 아니다.

자산이 정나라의 재상이 되었다. 정나라의 임금인 간공(簡公)이 자산에게 말했다.

"술을 마셔도 즐겁지가 않고, 제사에 쓰는 제수가 충분하지 못하며, 종(鐘) · 고(鼓) · 우(竽) · 슬(瑟)이 잘 울리지 않고 예악이 퇴보하기라도 한다면 그것은 나의 책임이다. 국가가 안정되지 못하고 국민이 안심하지 못하며, 평시에는 농경에 종사하고 전시에는 병사가 되는 경전(耕戰)의 선비가 평화롭게 화합하지 못하는 일이 발생한다면 그것은 그대의 책임이다. 그대에게는 직책이 있다. 우리는 서로 그 직책을 다해야 하지 않겠는가."

자산이 물러 나와서 정치를 지휘하기를 5년, 나라에는 도적이 없고 길에 떨어져 있는 것을 주워 제 것으로 삼으려는 자도 없어졌다. 복숭아나 대추가 온 길에 주렁주렁 달려 있어도 팔을 뻗어 그것을 따려는 자도 없으며, 칼 같은 작은 물건을 길에서 잃어도 사흘이 지나면 주인의 손으로 돌아오게 되었다.

3년 동안 그 방침을 변함없이 계속했더니 국민들 사이에는 굶는 자가 없어졌다.

한비자는 이런 설화를 인용하면서 유교적으로 이상화(理想化)된 개인의 연장선상에 있는, 개인과 동질의 것으로 가정한, 국가 정치에 있어서 국민 한 사람 한 사람에 대한 빈틈없는 자산(子産) 개인의 배려나 사랑은 단순히 도로에 지나지 않을 뿐만 아니라 오히려 해로운 것이라고, 앞서의 설화와 대비해서 말하고 있는 것 같다.

정나라가 잘 다스려졌다고 한다면 그것은 자산 개인의 사랑에 의해서가 아니라, 개인과의 이질적인 조직인 국가의 다른 요인이 작용했기 때문이며 개인의 사랑을 찬미하기 전에 그 다른 요인을 탐구하는 일이 중요할 것이다. 적어도 자산 한 사람의 사랑이 국민 한 사람 한 사람에게 빠짐없이 미친다는 것은, 자산이 아무리 유능하며 아무리 노력한다고 해도 불가능한 일일 것이고, 그것이 환상인 이상 위험한 일일 것임에 틀림없다.

유가(儒家)들이, 동질(同質)의 것에 대한 조화와 융화를 개인과 조직 사이에도 넓혀 나가려고 하고 있는데 대해서, 한비자는 고군분투로 대립물(對立物)의 통일을 위해 고심하고 있었다고 말할 수 있을지 모른다. 그것에 관해서 또 한 가지 비슷한 일화를 들어 보자.

역산(曆算)의 농부가 서로 논의 논두렁을 침범하고 있었다. 그러나 순(舜)이 그 곳에 가서 농사를 짓게 되자, 1년 만에 논두렁은 정상대로 되돌아갔으며 아무도 침범하려고 하지 않았다.

하빈(河濱)의 어부들이 하주(河州)의 어장에서 서로 다투고 있었다. 그런데 순이 그 곳에 가서 고기잡이를 하자 1년 만에 어장을 연장자에게 양보하게 되었다.

동이(東夷)의 도공(陶工)이 만드는 도기는 깨어지기 쉬운 조악품이었다. 그런데 순이 그 곳에 가서 도기를 만들자 1년 만에 동이의 도기는 튼튼해졌다.

"농사를 짓는 일, 고기를 잡는 일, 도기를 만드는 일은 순의 직책은 아니었다. 그럼에도 불구하고 순이 직접 나가서 그런 일을 한 것은 나쁜 점을 고치려고 했기 때문이다. 순은 진정한 박애자(博愛者)라고 할 수 있다. 스스로 경작을 하며 고생하고 있는 동안에 백성이 그것을 따르게끔 된 것이다. 그러므로 '성인의 덕은 사람을 감화시킬 수 있다'는 것이다."라고 말하면서 공자는 감탄했다.

한비자는 이 같은 순의 사랑에 의해 스스로 이루어지는 교화의 이야기에 대해 어떤 사람의 말을 빌려 이렇게 반론하고 있다.

어떤 사람이 유자(儒者)에게 물었다.

"그 때 요(堯)는 대체 어디에 있었습니까?"

유자는 대답했다.

"요는 천자(天子)였다네."

"그렇다면 공자가 요를 성인이라고 한 것은 무슨 뜻입니까? 깊은 통찰력을 가진 성인이 위에 있으면 모든 것을 내려다보고 온 세상에 나쁜 짓은 있을 수 없게 할 것이 아닙니까. 그렇게 되면 농부나 어부도 다툴 일이 없을 것이고 도기도 조악품이 아니었을 것이므로 순으로서는 굳이 그 사랑으로 백성을 교화할 필요가 있었겠습니까. 그런데 순이 나쁜 점을 고치려 한 것을 보면 요에게 실수가 있었을 것이 틀림없습니다. 순을 훌륭한 사람이라고 칭찬해야 한다면 요의 깊은 통찰력은 부정되어야 할 것이며, 요를 성인으로서 칭송했다면 순의 사랑에 의한 교화는 부정되어야 할 것입니다. 그 두 가지가 양립한다는 것은 있을 수 없을 것입니다. 더구나 순은 1년 걸려 나쁜 점 한 가지를 고치고 3년 걸려 3가지를 고쳤을 뿐입니다. 순의 행위에는 한계가 있고 수명도 언젠가는 다할 것입니다. 그러나 세상의 악은 그칠 날이 없습니다. 한정이 있는 것으로 그치지 않는 것에 대처한다고 하면 고칠 수 있는 악은 극히 적을 것이 아니겠습니까? 상벌(賞罰)이야말로 세상 사람들은 복종케 하지 않을 수 없는 것입니다.

'기준에 맞는 것에는 상을 주고 기준에 맞지 않는 것에는 벌을 준다,'는 법령을 발포(發布)한다면, 그 법령이 이른 아침에 도달하면 저녁때에는 고쳐지고 저녁때 도달하면 다음 날 아침에는 고쳐져서 열흘 동안 전국 각처에서 잘못이 고쳐질 것입니다.

어째서 1년이나 기다려야 할 필요가 있습니까. 그런데도 순은 그렇게 말하여 요를 설득하고 온 세상 사람들은 복종시키려 하지 않고 오히려 제 발로 걸어가서 손수 일을 했습니다. 이 얼마나 책략에 어긋나는 짓입니까. 더구나 자신의 몸을 괴롭힘으로써 사람을 감화시키려는 방법은, 요 · 순과 같은 훌륭한 사람들마저도 쉽게 이룩하지 못했던 일입니다.

권위가 있는 지위를 이용하여 사람들을 교정하려는 방법은 범상한 군주라도 쉽게 성공할 수 있는 일입니다. 세상을 다스리고자 함에 있어서 범상한 군주라도 쉽게 성공할 수 있는 방법을 버리고 요 · 순으로서도 실행하기 어려운 방법을 주장한다는 것은 잘 다스리는 길이라고 말할 수 없습니다."

한비자가 설파한 모순(矛盾)의 설도, 개인적인 사랑을 바탕으로 한 감화로써 조직 전체의 통일을 도모하려는 시도가 힘만 들고 효과가 작은 방법이라는 주장은 설득력도 크고 풍부하다. 물론, 한 조각의 법령에 의해서 악이 곧 없어지는 일은 없을 것이다. 한 사람 한 사람의 인간을 사랑하고 그 마음 속에까지 들어가서 감화시킨다는 방법은 그 자체로서는 대단히 좋은 것이기는 하지만, 조직의 운영은 곧 벽에 부딪치고 말 것이다.

오히려 사랑이라는 개인적인 심정을 떨쳐버린 추상적인 규율이야말로 추상적인 조직의 운영에 있어서는 한층 더 효과적이라고 하는 비유로서 그것은 설파되고 있다.

그러나 그러한 비능률적인 방법밖에 취할 수 없었던 순이 어째서 요와 나란히 칭송받는 성제가 될 수 있었을까?

순의 아버지 고수(瞽叟)는 장님이었다. 순의 어머니가 죽자 고수는 다시 아내를 맞아 상(象)이라는 아이를 낳았다. 상은 오만했다. 고수는 후처의 아들을 사랑하여 가끔 순을 죽이겠다는 생각을 했다.

그럴 때마다, 순은 몸을 피하여 고수 앞에 나타나지 않았다. 조그만 잘못을 저질렀을 때는 자진해서 벌을 받았다. 아버지와 계모와 동생에게 잘 해 주며 나날이 몸가짐을 조심하기를 조금도 게을리하지 않았다.

순은 기주(冀州) 사람이었다. 역산(曆山)에서 농사를 짓고, 뇌택(雷澤)에서 고기를 잡고, 하빈(河濱)에서 도기를 만들고, 수구(壽丘)에서 집기(什器)를 만들면서 때때로 부하(負夏)까지 장사도 하러 다

녔다. 아버지 고수는 완고하고 어머니는 잔소리가 많았으며, 동생인 상(象)은 오만하여 다들 순을 죽여야겠다고 생각하고 있었다. 그러나 순은 거역하지 않고 아들로서의 도리에서 벗어나는 일도 없었고 동생도 잘 돌보아 주었다. 그러므로 죽이고 싶어도 죽일 이유가 생기지 않았던 것이다. 찾기만 하면 순은 언제든지 그 곁에 대기하며 명령이 내리기를 기다리고 있었다.

순의 나이 20세 때 그의 효도가 유명해졌다. 30세 때, 요제(堯帝)가 후계자를 찾고 있었는데 사악(四岳)이 한결같이 순을 추천하면서, 그를 등용하면 아무런 염려가 없을 것이라고 했다. 그래서 요는 두 딸을 순에게 시집보내 그의 가정 안에서의 사생활을 관찰케 하고 그의 아홉 명의 아들들도 동시에 행동케 하여 그의 사회생활에서의 대응을 살피게 했다.

순은 위예(嬀汭)에서 살면서 사생활을 더욱 신중히 했다. 요의 두 딸도 그들의 높은 신분을 들먹이는 일 없이 순의 가족에게 정성을 다했으며 부인으로서의 길에서 벗어나지 않았다. 아홉 명이 아들들도 순과의 우정을 점점 깊이 해 나갔다.

순이 역산에서 농사를 짓자 역산의 사람들은 다투고 있던 논두렁을 서로 양보하게 되었다. 하빈에서 도기를 만들자 하빈의 도기는 깨지기 쉬운 나쁜 도자기가 아니게 되었다.

순이 있는 곳에는 사람들이 모여들어 1년 만에 마을이 되고, 2년 만에 시가지가 되고 3년 만에 도시가 되었다. 그래서 요는 순에게

갈포(葛布)의복과 거문고를 주었으며 곡식 창고를 만들어 주고 소와 양을 주었다.

그럼에도 고수는 순을 죽이려고 했다. 순에게 창고 위에 올라가서 벽을 칠하게 한 다음 밑에서 불을 질러 창고를 태워 버렸다. 순은 두 개의 삿갓을 이용하여 새의 날개처럼 치면서 뛰어내려 겨우 죽음을 면할 수 있었다.

얼마 후에 고수는 또 순에게 샘을 파도록 했다. 순은 샘을 파면서 옆으로 빠져나갈 수 있는 구멍도 만들었다. 순이 샘 속 깊숙이 들어가는 것을 확인한 고수는 상(象)과 함께 흙을 끌어 부어 샘을 메워버리고 말았다. 그러나 순은 옆 구멍으로 빠져 나갔다. 그런 줄도 모르고 고수와 상은 순이 죽은 것으로 생각하고 기뻐서 날뛰었다.

"원래 이 계획을 생각한 것은 나다."

상이 부모와 셋이서 순의 재산을 나누려고 할 때 상은 다시 말했다.

"부인이었던 요의 두 딸과 거문고는 내 차지이다. 소와 양과 곡식과 창고는 아버지와 어머니께 드리겠다."

그리하여 상은 순의 집에 머물면서 순의 거문고를 탔다. 그러자 순이 돌아와서 얼굴을 들이밀었다. 상은 깜짝 놀라며 어색한 목소리로 말했다.

"형님 생각을 하다 보니 기분이 울적했던 참입니다."

"음, 그럴 줄 알았다."

순은 그렇게 말하고는 변함없이 고수를 받들고 동생을 사랑했으며 점점 더 몸을 근신했다.

《사기》는 역사적인 사실로서 순에 대한 것을 이렇게 기록하고 '순이 제왕의 자리에 앉자 천자의 기를 내세우고 아버지와 고수를 찾아가 인사를 했으며 대단히 화기애애한 분위기 속에서 아들로서의 도리를 다했다. 동생인 상을 제후(諸侯)에 봉했다' 라고 결론을 맺고 있다.

그러나 한비자는 '고수는 순의 아버지였지만 순은 그를 추방했다. 상은 순의 동생이었지만 순은 그를 죽였다' 라고 적고 있는 것이다.

고고학의 발달로 현재 은(殷)나라는 역사적 시대로서 확인되고 있다. 과학의 발달은 얼마 안 가서 은나라보다 하나 앞의 왕조라고 하는 하(夏)나라를 역사적 시대로서 확인하게 될는지는 모른다.

그러나 하왕조의 시조라고 알려져 있는 우(禹)임금의, 그 전의 황제였다고 하는 순까지를, 역사적 인물로 끌어넣기란 거의 불가능할 것이다. 적어도 지금은 역사적 시대를 훨씬 거슬러 올라가는 그 시기에 순이라는 역사적 인물이 존재하고 있었다고는 생각되지 않기 때문이다.

사마천(司馬遷)은 《사기》에, 순을 역사적 인물로서 기재할 때 유교적인 교의(敎義)에 맞춰서 그 어떤 윤색을 했거나, 아니면 유교적으로 합리화된 유가들의 자료만을 적극적으로 채용한 것이 틀림없다.

순은 말할 것도 없이 제국을 평정하고 주변의 개척을 위해 노력한 영웅신(英雄神)이었던 것이다. 그렇다면 한비자가 적었듯이 자신에게 위해를 가한 자에 대해서는 끝까지 잔혹하게 보복을 가하여 복수하는 일이야 말로 거칠게 날뛰는 신인 영웅신으로서는 걸맞는 일이 아니겠는가.

사마천이 취하지 않았거나, 혹은 사마천의 시대에는 이미 없어져 버린 순의 신화의 단편이 한비자가 살았던 무렵에는 아직 남아 있었을 것이 틀림없다.

그리고 한비자가 거기까지는 말하고 있지 않지만, 그 순의 신화가 품고 있는 뜻은 잔혹한 복수, 비애(悲哀)를 매개로 하여 비로소 진정한 사랑이 실현된다는 것이 아니겠는가.

개개의 인간에게 착 달라붙은, 그러나 어딘가 의심스러운 개별 구체적인 순의 사랑이 고수를 추방하고 상을 죽인다는 잔혹한 비애(非愛)를 계기로 하여 보편적인 사랑으로 전환되어 순은 성제가 될 수 있었던 것이다.

추상의 세계에서 사는 우리에게 있어서도 보편적인 그런 사랑이야말로 필요 불가결한 것임에 틀림없다.

戰国時代
(前4～3世紀)

◉ 国都
陰山
趙의長城
燕의長城
魏의長城
燕
常山
督亢
薊
易水
雁門関
中山
河水
上郡
晋陽
秦
魏
趙
博関
邯鄲
臨淄
泰山
齊
即墨
馬陵
平陽
琅邪山
長平
衛
魯
蒲坂
安邑
濮陽
莒
咸陽
周
宋
薛
洛陽
大梁
商邱
渭水
函谷関
新鄭
泗川
武関
宜陽
韓
陽翟
泌川
淮水
商於
昆陽
漢中
寿春
漢水
巫山
五湖
姑蘇
楚
郢
江水
黔中
会稽
沅水
洞庭
(汨羅)
彭蠡

욕망을 다스리는 지혜

08

8. 욕망을 다스리는 지혜

부귀는 인간에게 있어서 최대의 이익이다. 인간은 이 커다란 이익을 목표로 일을 한다. 그러므로 목숨을 건 위험한 일도 해낼 수가 있고, 힘이 다하여 쓰러져도 원망하지 않는 것이다.

욕망은 만들어지는 것인지도 모른다. 소설책을 읽는다든지, 텔레비전을 본다든지 할 때 그 속의 주인공이 담배를 피우는 장면이 나오면 자기도 모르게 담배를 피우고 싶어져 한 대 피우지 않을 수 없다고 이야기 하는 사람들이 있다. 그러니 담배를 피우고 싶다는 욕망은 그 사람의 내부에서 자연스럽게 솟아오른 것이 아니라, 소설이나 텔레비전 드라마의 주인공에 의해 만들어진 일종의 욕망이라고 말할 수 있을지도 모른다.

산업사회의 모든 생산적인 제도는 투기심을 유발시키는 개인주의를 길러 내고 그 같은 가면으로 덮여 있다고, 이반 일리이치는 말했거니와 욕망이란 사회적으로 조성된 가면이라고 말할 수 있을지도 모른다. 사람들은 꼼짝도 하지 못하고 그 가면을 쓸 수밖에 없는 것이다.

미국에서는 언젠가 유아성애자(乳兒性愛者)들이 늘어났으며 그들의 단체가 몇 개인가 생겨났다고 한다. 그것도 역시 이반 일리이치 식으로 말한다면, 인간을 단일성(單一性)의 노동력으로밖에 다루지 않는 산업사회의 가혹한 제도가 만들어 낸 하나의 가면, 하나의 도착(倒錯)인지도 모른다.

만약 도착이라고 한다면 그 원인이 되고 있는 장애가 제거되었을 때 인간은 정상적으로 복귀할 수도 있을 것이다. 일반적으로 분명히 그렇게 된다고 말할 수 있을지도 모른다. 그러나 꼼짝도 하지 못한 채 가면이 뒤집어 씌워진 개개인에게 있어서의 일은 그리 간단하지가 않을 것이다.

가면이건 무엇이건 욕망이란 어디까지나 개인의 것이기 때문이다. 그러나 또 잘 생각해 보면 정상적인 욕망과 도착된 욕망, 진정한 욕망과 조작된 욕망, 선량한 욕망과 사악한 욕망, 진정한 욕망과 추악한 욕망, 고급스런 욕망과 저열한 욕망과 같은 구별이나 분류를 정말로 할 수 있을까. 유아성애자를 도착이라고 단정 지어 의심치 않는 우리도, 실은 사회적으로 조성된 다른 가면을 쓰고 있는 데에 지나지 않는 것이니까.

욕망을 가면이라고 한다면 사람은 사회에 맞추어서 가면을 쓴다. 그러나 그 가면을 벗기고 보면 그 밑에서 나오는 것도 역시 가면일 것이 틀림없다. 아무리 벗겨 간다고 해도 마치 양파처럼 결국 가면밖에 나오지 않을 것이다.

사회적 동물인 인간에게는 아마도 맨 모습이라는 것은 있을 수 없으며 몇 겹이나 쌓인 가면이 있을 뿐이다. 그렇다고 한다면 가면이야말로 본모습이라고 말할 수 있을 것이다. 도착된 욕망은 정상적인 욕망이며 정상적인 욕망은 도착된 욕망이다.

"그들은, 모든 것은 두 면이 있으며 진실한 것은 다른 쪽, 즉 하늘 위의 것이라고 상상했다.또 우리의 행위는 역(逆)의 그림자를 투사하는 것이라고 상상했다. 즉, 이쪽이 눈을 뜨고 있으면 저쪽은 잠을 자고 있고, 이쪽이 간음하면 저쪽은 정숙하며, 이쪽이 훔치면 저쪽은 인심이 좋다는 식이다. 우리가 죽을 때 비로소 또 하나와 합체(合體)하여 하나가 될 것이다"라고 호르헤 루이스 보르헤스는 말하고 있다.

어쩌면 남을 죽이고자 하는 욕망까지도 죽이는 자와 죽임을 당하는 자와의 공통적인 욕망일지도 모른다. 죽인 자는 죽임을 당한 자와 동일 인물이며, 진정으로 동일 인물로서 합체되고자 하는 욕망이 살인이라는 행위를 일으킨, 살인이라는 행위에 의해 비로소, 실은 한 사람인, 겉보기만의 두 사람이 합체할 수 있었다고 생각할 수도 있을 것이다.

죽인 자는 죽임을 당한 자이다. 죽인 자는 먼 데서 부르는 또 한 사람의 소리에 이끌려 살인이라는 공동행위를 수행했다고 해도 좋을 것이 아닌가.

"욕망은, 가령 아무리 비대(肥大)하고 아무리 변형(變形)시키더라도 그것이 인간의 욕망인 이상 부정할 수는 없다. 하물며 그 시비선악에 대해서 논할 수도 없다. 이토록 까다로운 욕망이거니와, 어깨가 없는 사람은 상상을 할 수 있어도 머리가 없는 사람은 상상할 수가 없다"고 말한 파스칼의 말을 인용해서 말한다면, 사상이 없는 인간은 어느 정도 상상할 수가 있어도 욕망이 전혀 없는 인간은 상상할 수가 없다고 말할 수 있을지도 모른다.

그런데 중국인들은 아무래도 옛날부터 그 욕망, 특히 왕성한 성욕(性慾)에 시달려 온 것 같다. 그것은 현실적으로 그들이 유난히 정력이 절륜했다는 것은 아니고 아마도 의식 속에서의 욕망의 과잉에 대해서 그들이 특히 신경을 써 왔었다는 말이 될 것이다.

가령 순자(荀子)는 "물이나 불은 에너지는 있지만 생명이 없다. 풀이나 나무는 생명은 있지만 지능이 없다. 새나 짐승은 지능이 있지만 질서가 없다. 인간은 에너지가 있고 생명이 있고, 지능이 있고 더구나 질서도 가지고 있다. 그러므로 인간은 세계에서 최고의 지위에 있는 것이다"라고 말했다.

이른바 인간은 만물의 영장인 것이다. 그 같은 인간이 금수처럼 성욕에 좌우된다는 것은 얼마나 부끄러운 일인가 라는, 그 자체로서는 뛰어난 반성적인 사색을 유교도(儒教徒)들은 극단적으로까지 밀고 나갔던 것이다.

그렇게 한 결과, 본연의 인간으로서 그들이 이상으로 삼은 것은 욕망을 모조리 떨어버린 순수한 인간이었다. 욕망의 체계를 모조리 배제한, 말하자면 순수 인간의 문화를 그들은 구축했던 것이다.

그것에 의해서 만물의 영장인 인간의 성성(聖性)은 확실히 보증되기는 했지만, 비록 유교도라고 해도 현실적인 인간으로부터 욕망을 박탈할 수는 없었으므로, 약간의 트릭을 이용함으로써 그 순수인간의 문화체계와 현실과의 타협을 꾀하지 않으면 안 되었다.

즉, 우선적인 욕망, 특히 성욕, 그리고 그 대상인 여성을 인간의 본질적인 부분이 아니라는 단정 하에 배제시킴으로써 순수인간의 성성을 확보했다. 이어서, 그렇게 하여 배제한 욕망, 특히 성욕 및 그 대상인 여성을 '자손을 남긴다'는 명분 아래, 말하자면 금지 항목에 속하는 하위가치(下位價値)로서 다시금 그 문화체계에 짜 넣은 것이다.

맹자가 말한 바와 같이 씨앗의 보존을 위해 '어쩔 수 없는 소이'로써 눈을 감고 간신히 문화체계와 현실과의 평형을 유지했다고 말할 수 있을 것이다.

그리하여 그 문화체계는 픽션이 된 것이지만 그 같은 경위를 이야기해 주는 것으로서, 합리주의자인 유교도들에 의해 파괴되고 변형된 우(禹)의 홍수 신화의 일부를, 갖가지 단편을 모아 원가(袁珂)는 다음과 같이 복원해 주었다.

우가 어느 때 홍수를 다스리기 위해 환원산(還轅山)으로 갔다. 이 산은 산세가 험하고 산길은 마치 수레의 채처럼 구불구불했다. 그래서 환원이라고 부리고 있었는데 이 산을 파서 물이 흐르게 해야만 했다.

"이 일은 쉬운 일이 아니다. 그러나 어떻게 해서든지 수로를 만들지 않으면 안 된다. 이 절벽 위에 북을 놓아 둘 테니 북 소리가 들리면 점심밥을 가지고 오도록 하라."

우가 그렇게 말하자 그의 아내는 아무 말 없이 고개를 끄덕였다.

아내가 돌아간 다음 우는 곧 어떤 좋은 방법을 미처 생각하기도 전에 몸을 추슬러 털투성이인 검은 큰 곰으로 변신한 다음 온갖 힘을 다해서 산을 파기 시작했다.

우가 입으로 흙을 밀어내기도 하고 네 발톱으로 땅을 파기도 하면서 온힘을 다해서 열심히 물길을 뚫고 있을 때, 부주의로 그만 뒷발로 돌멩이 하나를 걷어찼는데 그것이 한 치의 오차도 없이 북 한복판에 명중하여 "둥"하고 소리를 내고 말았다.

북 소리를 들은 아내는 황급히 점심광주리를 들고 남편에게 달려왔다. 그러나 우는 주위에서 무슨 일이 일어나고 있는지도 모른 채 그저 땅만 파기에 바빠서 자신의 추한 모습을 아내인 도산 씨(塗山氏)가 보리라고는 생각지도 못했다.

그녀도 자기의 남편이 곰이라고는 꿈에도 생각지 못하고 있었으므로 곰의 모습을 보사마자 놀랍고 낭왕하여 외마디소리를 지르고

韓非子

는 점심광주리마저 팽개친 채 몸을 되돌려 도망가기 시작했다.

우는 아내의 외마디 소리를 듣고서야 비로소 사태를 알아차리고 하던 일을 멈추고 아내의 뒤를 쫓기 시작했다. 그녀의 오해를 풀어주려고 한 것이다. 하지만 그는 당황한 나머지 원래의 모습으로 돌아가야 할 것을 잊었던 것 같다. 아내는 뒤쫓아오는 것이 역시 곰이었으므로 더 한층 무서워져 더욱 빨리 도망을 쳤다. 그처럼 두 사람은 쫓고 쫓기면서 숭고산(崇高山) 기슭까지 왔다. 우의 아내는 이미 기진맥진하여 더 이상 달아날 수 없게 되자, 그녀 역시 몸을 추슬러 돌이 되고 말았다. 우는 아내가 돌이 되어 그를 받아들이지 않는 것을 보자 화가 나서 돌을 향해 크게 소리를 질렀다.

"자식을 돌려다오."

그러자 돌이 북쪽을 향해 열리면서 계(啓)라는 이름의 아이를 낳았다. '계'란 연다는 뜻이다.

이처럼 뒤틀린 신화의 부서진 조각은, 여성이란 어디까지나 남편에게 순종해야 하며 더구나 아이를 낳기 위한 도구에 지나기 않는다. 아이만 낳아서 남편에게 돌려주면 아내의 역할은 그것으로 끝나는 것이며 그 뒤는 이제 돌과 같은 존재라는 뜻이 깃들어 있음을 가리키고 있다.

유교도들이 신화를 파괴하여 이런 식으로 변형시킴으로써 그 성스러운 문화체계와 현실과의 타협을 꾀하려고 한 하나의 증좌라고

도 말할 수 있을 것이다.

물론, 때로는 그러한 성욕을 배제하는 시스템의 내부로부터 이상스럽게 비대해진 성욕의, 그 성적 괴물성(怪物性)에 기준을 맞추어 통속적인 에로티시즘을 터무니없이 확대하여 사회적인 터부를 일깨워 주었어야 했던 「금병매(金瓶梅)」와 같은 작품도 나타나기는 했다.

그러나 회음서(誨淫書)라는 평이 여실히 가리키는 바처럼 순식간에 욕망 배제문화에 휘감겨, 이빨은 뽑히고 독은 제거되어 해를 주지 않는 것이 되고 말았던 것이다. 문화란 마치 블랙홀처럼 모든 것을 삼키면서 스스로를 강화시키는 성질을 기본적으로 가지고 있는지도 모를 일이다.

가령, 청말(淸末)의 대표적인 지식인들 중의 한 사람인 증국번(曾國藩)은 1843년을 전후한 일기에 '집에 돌아온 후에 규방(閨房)에 들다, 일대의 죄악이로다.' 삼계(三戒)를 내세운다.

① 금연(禁煙)

② 말을 삼가다.

③ 낮에는 규방에 들지 않는다.

'정신이 또다시 혜이해지다. 구태의연하다. 이제부터 과제를 내세워 새로운 인생이 되리라.금수가 되지 말 지어다', '낮에 또 다시 규방의 금을 깨뜨리다. 삼계를 세웠음을 잊었단 말인가. 나는 알지어다. 스스로 금수가 되어 이 후안무치로써 옳은 사람과 군자를 더불어 사귈 수 없음을' 이라고 적고는, 낮의 얼굴과 밤의 얼굴을 가진 성욕 배제의 뒤틀린 윤리에 푹 젖어 있음을 폭로하고 있다. 아니, 오히려 순수인간의 문화를 지향하면서 현실적으로 살아 꿈틀거리는 그 성욕에 끊임없이 침식되고 밀리는 고뇌를 부지중에 노출시켜 버렸다고 해야 할지도 모른다.

20세기에 접어들어서도, 가령 「광인일기(狂人日記)」로 중국 근대문학을 장식한 노신(魯迅)마저도 '짧은 소매만 보아도 곧 흰 팔을 상상하고, 곧 나체를 상상하며, 곧 생식기를 상상하고, 곧 잡교(雜交)를 상상하고, 곧 사생아를 상상한다. 중국인의 상상력은 이런 점에서만은 이토록 약진적이다' 라고 표현했으니 상당히 굴절된 형태이기는 하지만 성욕 죄악관을 나타내고 있다.

그리하여 유교도들은 현실과의 이면 교섭을 하기는 했지만, 아무튼 간에 순수인간 문화를 구축하여 2천 년 가까이나 중국인의 의식을 지배해 왔다. 그러나 그것에 대한 현실로부터의 복수도 결코 작은 것이 아니어서 이미 욕망에 대해 '귀를 막고 종을 훔친다' 는 식의 자기 기만은 허용될 수 없는 데까지 와 있는 것도 사실이다.

막을 수 없는 욕망의 범람으로 인하여 순수인간의 문화라고 하는 픽션은 이미 파산되고 만 것이다.

그러나, 한편으로는 이러한 욕망을 배제하려는 유교도에 대해 욕망을 긍정하고 욕망을 구하려는 그룹도 한편으로 있었던 것이다.

열자(列子)는 다음과 같은 일화를 남겨 놓았다.

자산(子産)이 정(鄭)나라의 재상이 되어 국가의 치정에 전념한 지 3년이 되었다. 마음이 착한 자는 그 같은 교화를 고마워했고 마음이 착하지 못한 자는 그 율법을 두려워했다. 정나라는 잘 다스려졌으며 제후(諸侯)들은 정나라에 대해서 높이 평가하게 되었다.

자산(본명은 공손교(公孫僑))에게는 공손조(公孫朝)라는 형과 공손목(公孫穆)이라는 동생이 있었다. 형인 공손조는 술을 대단히 좋아했고 동생인 공손목은 여자를 무척이나 좋아했다.

공손조는 그의 방에 천 병이 넘는 술을 모아 놓고 그 밖에도 누룩을 산더미처럼 쌓아 두었기 때문에 그의 집 앞 일백 보에 못미처까지 술 냄새와 누룩 냄새가 천지까지 진동하는 형편이었다.

허구한 날 술에 취해 세상의 도덕이야 어찌 되었건 아랑곳하지 않았을 뿐만 아니라 인간으로서의 윤리적인 반성 따위는 해 본 적도 없으며, 가정이 파괴되건 말건, 또 일족들의 왕래나 생사의 애락도 거들떠봄이 없고, 홍수, 화재, 전쟁이 눈앞에 닥쳐오거나 말거나 일체 오불관언이었다.

공손목은 그의 집 후당(後堂)에 수십 개나 되는 거실을 즐비하게 세운 다음, 나이 젊고 아리따운 여성을 골라 그 방으로 끌어들였다. 그저 외골수로 여색만 탐닉하여, 육친을 멀리하고 교제를 끊고, 후당에 틀어박힌 채 밤낮을 가리지 않는 상태였다.

3개월에 한 번 밖으로 나오는데 그래도 역시 만족을 느끼지 못하는 것 같았다. 마을에 예쁜 처녀가 있다는 말을 들으면 반드시 선물을 보내 초대하고 매파를 중간에 세워서 제 것으로 만들고자 했다. 그래도 말을 듣지 않으면 하는 수 없이 단념하는 것이었다.

자산은 이 형제들로 인해 밤낮없이 속을 썩이고 있었다. 어느 날 밤, 자산은 아무도 모르게 등석(鄧錫)을 찾아가서 의논했다.

"우선 내 몸을 다스리고 그 결과를 가정으로 펴며, 가정을 다스린 다음 그 결과를 나라에 넓힌다는 말을 배웠습니다. 즉, 가까운 곳에 손을 쓰고 그것을 차츰 먼 곳으로 미치게끔 한다는 말이 되겠지요, 그런데 내가 나라를 다스리니 나라는 그야말로 잘 다스려지는데, 반대로 집안은 흐트러지고 있습니다. 참으로 거꾸로 되어 있습니다. 잘못된 것이 아닙니까. 어떻게 해야 저 두 사람을 구제할 수 있겠습니까?"

등석이 대답했다.

"나도 꽤 오래 전부터 이상하다고 생각하고 있었지만 내가 먼저 말을 끄집어 내는 것도 무엇하고 해서 가만히 있었습니다. 이번에 생명의 중대함을 철저히 가르치고 예의가 존엄하다는 것을 알게 하여 올바른 길로 인도함이 어떻겠습니까?"

자산은 등석의 조언을 받아들여 틈을 만들어 두 형제를 만나러 갔다.

"인간이 새나 짐승보다 훌륭한 것은 생각을 하기 때문입니다. 그 생각을 행동으로 나타내는 규범이 예의라는 것입니다. 그러므로 예의가 갖추어지면 명예나 지위는 저절로 찾아오게 마련입니다. 그런데 그와는 반대로 정념(情念)에 사로잡히고 욕망에 빠져 있으면 생명까지도 위험해지게 됩니다. 내가 하는 말을 잘 듣고 회오한다면 당장에라도 봉급을 드리지요."

"그런 말씀은 하지 않아도 알고 있소이다. 그래서 그 전부터 이런 생활을 선택해 왔소. 그대의 말을 듣고서야 이제 알았다는 식은 있을 수 없지 않겠소.

대체로 삶이라는 것은 좀체로 만날 수가 없는 것이며 죽음이라는 것은 언제든지 오는 것이 아니겠소. 이 좀체로 만날 수 없는 삶 속에서 금세라도 찾아오는 죽음을 기다리고 있는 만큼 생각지 않을 수 없소. 그런데도 당신네들은 예의를 존중하느니 어쩌느니 하면서 남한테 거드름을 피우고 정욕(情慾)을 억누르며 억지로라도 명예를 손아귀에 넣으려고 하지요. 그런 짓을 하기보다는 죽는 편이 훨씬 낳을 것 같소.

한평생 동안 기쁨을 다하고 현재의 즐거움을 끝까지 좇겠다고 생각하기에, 배가 가득 차서 마음껏 마실 수가 없고, 힘이 다하여 정욕을 마음껏 풀지 못하는 것이 유감스러울 뿐이오. 추악한 명성이라든가 생명의 위험이라든가를 생각하고 있을 틈이 어디 있겠소?"

"거기에다 그대는 제법 나라를 잘 다스렸다고 해서 그것을 코에 걸고 내로라 하는 표정으로 말로서만 우리를 구슬려서 비싼 봉록을 주겠다고 하는 것이죠. 몹시 천하고 속빈 소리라고 생각하오. 대체적으로 외면(外面)만을 다스리려고 하면 모든 것이 제멋대로 뿔뿔이 흐트러져서 그 몸을 괴롭히게 될 것이라고 생각하오.

그러나 그 속에 있는 것, 그 마음을 소중히 했다고 해서 주변의 것이 흐트러진다고만은 할 수 없으며, 무엇보다 성정(性情)이 그야말로 활달해지오. 그대처럼 외면만 다스리려고 한다면 그 법률인가 뭔가로 해서 한동안은 나라 안의 백성들은 억압할 수 있겠지만 그건 아무래도 인간의 마음에는 맞지 않을 것 같소.

우리처럼 속에 있는 것을 소중히 하는, 그것을 세상에 펼친다면 인간이 인간을 수단으로 하여, 인간이 인간을 혹사하는 일도 없어질 것이라고 생각하고 있소. 우리는 이 방법을 그대에게 가르쳐 주고자 했는데 반대로 그대의 방법을 우리에게 가르치려고 하다니 놀라운 일이 아닐 수 없소."

공손조와 공손목은 그렇게 대답했다. 자산은 멍해진 채 무슨 말을 해야 좋을지 몰랐다. 한참 지난 다음에 등석에게 그 말을 보고했다. 그러자 등석이 말했다.

"그들이야말로 진정한 인간인지 모르겠습니다. 당신이 그것을 몰랐다는 것을 알게 되니 지혜 덩어리라는 당신의 평판도 의심스럽군요. 정나라가 잘 다스려지고 있는 것은 오로지 우연이지 당신의 공적은 아닌 것 같소이다."

대주가(大酒家)나 호색가(好色家)나 이 정도로 대형이 되면 가르간츄어(프랑스 작가 라블레의 풍자소설)식으로 어쩐지 유머스럽기까지 하다.

하지만, 그 같은 진의는 물론 유교들의 욕망 부정에 대한 정면 비판이었다. 그것은, 말하자면 욕망 배제라는 유교도들과 정반대의 방향이기는 하지만 유교도들이 인간 순수화를 꾀한 꼭 그만큼만 욕망 긍정의 순수인간을 구상했다는 말이 된다. 양극단으로 분극(分極)되기는 했지만 순수 인간을 지향했다는 점에서는 유교도들과 같은 궤도를 걸었다고 하지 않을 수 없을 것이다.

그러나 보통 인간인 우리들에게 있어서 순수인간 따위는 필요 없는 것이다. 필요한 것은 현실적인 생생한 인간이다. 현실주의자인 한비자도 역시 어떤 순수인간에도 가담하지 않는다. 오히려 현명하게도, 한계를 짓기가 아주 어려운 욕망에 대해 새삼스럽게 면밀하고 정교한 고찰을 전개할 것 없이, 인간에게는 욕망이 있고 욕망은 억누를 수 없는 것이라고 한다며 무조건 그것을 인정하자는 태도를 취하고 있는 것 같기도 하다.

그런데 한비자는 말한다. 인간의 본질적인 경향으로서, 안전하며 또한 이익이 있는 것을 추구하고, 위험하며 또한 곤궁한 일은 피하려고 하는 욕구가 있다. 갖가지로 변화하고 다종다양한 것인 욕망을, 단순히 안전과 이익을 추구하고 위험과 곤궁을 회피하는 것이라고 개괄해 보인 데에는, 한비자로서는 하나의 계산이 있었을 것이 틀림없다.

월왕 구천(句踐)이 귀중한 거북의 등껍질을 불에 구워 점을 치고는 거기에 나타난 길조(吉兆)를 믿고 오나라와 싸움을 했으나, 결과는 크게 패했고 구천 자신도 잡히는 몸이 되어 오왕 부차(夫差)의 노예가 되었다. 뇌물을 써서 자유의 몸이 되어 귀국한 후, 숙적 오왕에게 복수를 하여 설욕하려고 무용이 뛰어난 사람들을 우대했다. 그러나 월나라의 백성은 월왕에게 잘 보이고 자신의 무용을 인정받으려고 한 나머지 생명을 소홀히 하는 자들이 속출했다.

초나라 영왕(靈王)은 허리가 가늘고 날씬한 여성을 좋아했다. 그러자 초나라의 여성들은 초왕의 기호에 맞추어 잘만 하면 영왕의 총희가 될 수 있으리라는 생각으로 식사의 양을 줄인 나머지 드디어 굶어 죽는 자까지 나타났다.

제(齋)나라의 환공(桓公)은, 정사는 포숙아(褒叔牙)에게 맡기고 외교는 관중(管仲)에게 맡긴 다음 자신은 머리를 풀어헤친 채 여인들을 희롱하는 일을 즐겼다. 매일같이 궁중에 설치해 놓은 자그마치 2백 채가 넘는 기루(妓樓)를 드나들면서 놀았다. 환공은 그토록 여자를 좋아한 데다가 질투가 심한 성격이었다. 그것을 알자 수조

(豎刁)는 스스로 고환을 빼어 고자가 된 다음, 환공의 호감을 산 끝에 환공의 궁녀들을 관리하는 책임자가 되었다.

환공은 또 맛있는 요리를 좋아했는데 그가 그 때까지 먹어 보지 못한 것이 사람의 고기뿐이라는 것을 알자, 요리장(料理長)인 역아(易牙)는 제 자식의 머리를 삶아 온갖 정성을 다해서 조리하여 환공에게 권했으며 그의 호감을 사서 출세의 길을 만들었다.

연왕 쾌(噲)는 훌륭한 인물의 흉내를 내고 싶어 했다. 자지(子之)는, 성제요(堯)가 제 자식을 젖혀 놓고 유덕한 사람인 순(舜)에게 제위(帝位)를 물려주었고, 순 또한 제 자식에게는 물려주지 않고 유덕한 사람 우(禹)에게 제위를 물려 준, 이른바 선양(禪讓)의 고사를 들려주면서, 자기에게 물려준다 해도 왕위를 이어받을 생각은 없다면서 연왕의 욕망을 자극했다.

연왕이 그 말을 곧이듣고 왕위를 물려주자 자지는 그대로 나라를 빼앗고 말았다.

한비자는 마치 근대의 산업사회가 그러했듯이 갖가지 개성과 견해를 가지며, 갖가지로 사고하고, 갖가지로 행동할 것인 개별 구체적인 인간을 단일한 노동력으로 추상화했다. 더구나 그 추상적인 노동력을 최대한으로 활용하는 수단으로써 사람들이 모두 가지고 있을 욕망에 대한 자극을 주장한 것이다.

효용에 조준을 맞춘 신상필벌의 체제야 말로 바로 그것인 것이다. 욕망이 아무리 비대하고 변형되어 있더라도 상관할 바가 아니다. 사회에 효용 있고 사회 조직에 기여하는 면이 있으면 상을 후하게 하고, 더욱 그 노동력을 끌어내려야 한다.

한비자는 한 일화를 소개하고 있다.

남궁경자(南宮敬子)가 안탁취(顔涿聚)에게 물었다.

"계손(季孫)은 공자의 제자들을 양성하여 조복(朝服)을 입고 동석하는 자들이 10의 단위로 셀 수 있을 만큼 많았습니다. 그런데도 칼에 찔려 죽고 말았습니다. 어째서일까요?"

"옛날에 주나라의 성왕(成王)은 가무(歌舞)를 하는 사람들과 북 치는 사람, 소인(小人)들을 가까이 하여 마음껏 즐기고 있었습니다. 그러나 어떤 일을 결정함에 있어서는 교양이 있는 사람들과 의논했던 것입니다. 그러므로 그 욕망을 만족시키면서 천하를 다스릴 수가 있었습니다. 그러나 계손은 공자의 제자들을 양성하여 조복을 입고 동석하는 자가 10의 단위로 셀 수 있을 만큼 많이 있으면서도 가무를 하는 사람과 북 치는 사람, 소인들과 의논하여 일을 결정했던 것입니다. 그러므로 살해당하게 된 것입니다. 속담에도 '더불어 있는 것이 아니라 더불어 도모하는 데 있다. 보통 때는 누구와 함께 있건 상관없다. 누구와 의논할 것인가가 중요한 것이다'

라고 하지 않습니까?"

안탁취는 그렇게 대답했다.

물론 이것은 주의 성왕이라는 제왕의 예이긴 하지만, 효과적으로 일을 수행하려면 일을 떠난 곳에서의 욕망의 추구를 너그럽게 보려는 관용은 일반 사람들에도 적용될 것이다. 다만, 그 욕망이 사회의 조직 원리를 위태롭게 할 정도로 비대하고 변형되었을 때는 용서 없이 처벌받을 것이 틀림없다.

한비자보다 약간 시대는 내려가지만 《사기(史記)》에 이런 이야기가 있다.

초왕(楚王)인 항우(項羽)와 한왕(漢王)인 유방(劉邦)이 천하를 두고 싸우고 있을 때의 이야기이다.

유방의 군대가 강력한 항우의 군대에게 포위된 채 형양(滎陽)에서 고전하고 있었다. 마침 거기에 제(齊)나라를 평정한 한나라의 용장 한신(韓信)으로부터 사자가 왔다.

"제는 권모술수가 많고 반복(反覆)이 그칠 사이가 없는 나라입니다. 더구나 남쪽은 초나라와 국경을 맞대고 있으므로 임시 왕이라도 앉혀서 지키지 않으면 도저히 안정될 수 없는 정세입니다. 저를 임시 왕으로 임명해 주신다면 대단히 유리할 것 같습니다."

유방은 크게 노하여 호통을 쳤다.

"나는 여기서 이렇게 고전을 면치 못하고 밤낮으로 구원을 기다리고 있는 참인데 너는 자립하여 왕이 되고 싶단 말이더냐?"

그러나 장량(張良)과 진평(陳平)이 유방의 발을 꾹 밟으면서 소근거렸다.

"한나라는 지금 불리한 때입니다. 한신이 왕이 되고 싶어 하는 것을 말릴 겨를이 없습니다. 오히려 한신을 제나라의 왕으로 임명하시어 자신을 위해 한나라를 지키도록 해야 합니다. 그렇지 않으면 일은 더욱 크게 벌어집니다."

그야말로 용장 한신의 명성은 대단하였으며 한신이 있어야만 승리를 거둘 수 있을 것 같은 형세였으므로 유방도 노여움을 가라앉혔다.

"대장부가 평정한 곳이다. 임시로 왕이 될 게 아니라 정식으로 왕이 되어야 할 것이 아닌가."

그리하여 유방은 한신의 능력을 충분히 끌어내었으며 가는 곳마다 고전을 면치 못하던 항우와의 전투에서 드디어 최후의 승리를 거둘 수 있게 되었다.

한신의 비대해진 욕망은 그 효용과의 비교 계산에서 용인된 것이라고 할 수 있을 것이다.

그러나 한신의 욕망이 더욱 비대해져 유방의 자리까지 노리려 했을 때, 즉 한나라의 조직 원리를 전복하려고 했을 때 숨 쉴 틈도 없이 유방에게 사로잡히고 말았다. 그리고는,

"천하가 평정되니 마침내 죽음을 당하는구나."

라는 말을 남기고 참살당하고 말았다.

한비자는 우선 이런 사례들을 들어 보인다. 물론 이것은 윗자리에 있는 자의 욕망이 남에게 알려지면 대뜸 많은 부하들이 그에 영합하고, 그 틈을 타서 자기의 욕망을 실현하고 만족시키기 위해 갖가지 혼란을 야기시키고 드디어는 윗자리에 있는 자의 지위나 생명마저도 위험에 빠뜨리게 된다는 사례이다.

그러나 그것은, 안전과 이익을 추구하고 위험과 곤궁을 회피하는 것이라고 개괄(槪括)한 인간의 욕망 중에서도 이익의 추구야말로 가장 우선에 위치하는 것으로서, 이익을 위해서라면 내 자식을 죽이고, 내 몸의 성기능을 파괴하고, 자신의 생명까지도 버릴 수 있다는 것을 명백히 보여 주고 있는, 가장 좋은 예증(例證)도 되고 있는 것이다. 그리하여 한비자는 말한다.

부귀란 인신(人臣)에 있어서 최대의 이익이다. 인신은 이 최대의 이익을 목표로 하여 일에 종사하고 있는 것이다. 그러므로 죽음에 이를 정도의 위험도 저지르며 힘이 다할지라도 원망하지는 않는 것이다.

대체적으로, 농사를 짓는 일은 힘들며 괴롭다. 그래도 역시 농민들이 그 일을 하는 것은 그것이 풍부한 부(富)를 얻을 수 있다고 생각하기 때문이다. 전투에 참가하는 것은 위험하기 짝이 없다. 그래도 역시 백성이 그렇게 하는 것은 그것으로 높은 지위를 얻을 수 있다고 생각하기 때문이다.

사력(死力)이라고 하는 것은 백성이 가지고 있는 것이다. 사람들은 인지상정(人之常情)으로 누구나 사력을 다하여 바라는 바를 획득하고자 할 것이다.

한편, 호악(好惡)은 윗자리에 있는 자가 제어할 수 있는 것이다.

백성은 이록(利祿)을 좋아하고 형벌을 미워한다. 윗자리에 있는 자는 그 호악을 장악하여 백성의 사력을 관리하는 것이다.

상이 후하면 원하는 것을 쉽게 얻을 수 있다. 벌이 무서우면 미워함은 곧 금지된다. 대체적으로 이익을 탐하는 자들은 반드시 재해를 미워한다. 재해는 이익의 반대물이다. 탐하는 바의 반대되는 것을 어찌 미워하지 않을 수 있을 것인가.

한비자는 인간은 추상적인 노동력으로서 포착하고 그 관리술은 모든 인간이 가지고 있을 것이 틀림없는 욕망을 바탕으로 '신상필벌' 로써 임한다는 것이었다. 따라서 인간을 단일한 노동력으로서 본다는 것은 어디까지나 추사의 세계이지, 현실적으로는 개별 구체적인 인간이 각자 여러 가지 생활방식을 가지고 있다는 것도 잘 알고 있었던 것 같다.

만약에 인간이 옷을 입지 않고 밥을 먹지 않더라도 배고픔이나 추위를 느끼지 않으며, 또 죽음을 아무렇지 않게 생각한다면 윗자리에 있는 사람을 위해 봉사하려는 마음이 생기지 않을 것이다. 그러한 욕망이 윗자리에 있는 사람에 의해 제어 받지 못하는 인간은 쓸모가 없는 것이다. 한비자는 그렇게 말하면서 한 일화를 인용하고 있다.

태공망(太公望) 여상(呂尙)이 동쪽 나라인 제(齊)나라의 왕으로 봉해졌다.

제나라의 동쪽 발해(渤海)의 변경에 광율과 화사라는 은사형제가 살고 있었다. 두 사람은 의논하여 강령을 만들었다.

'천자의 신하가 되지 않고, 샘을 파서 물을 마시고 남에게서 얻으려고 하지 않는다. 위로부터 지급되는 명예도 봉록도 필요 없다. 취직하여 관리체제에 얽매이는 일 없이 체력을 사용하는 노동에 종사하자.'

태공망은 제나라 수도 영구(營丘)에 도착하자마자 즉시 담당자를 파견하여 두 형제를 잡아오게 하여 죽여 버렸다. 최초의 사형 집행이었다.

주공단(朱公旦)은 노(魯)나라에서 그 이야기를 듣고는 긴급히 사자를 보내 힐문했다.

"그 두 사람은 행실이 뛰어난 사람입니다. 오늘 막 제나라 왕에 봉해지자마자 그 훌륭한 두 사람을 죽인 것은 무슨 까닭입니까?"

그러자 태공망은 이렇게 대답했다.

"그들이 두 형제는 서로 의논하여 '천자의 신하가 될 수 없고, 세후와 교분도 맺지 않는다. 전답을 갈아 식량을 얻으며 샘을 파서 물을 마시고 남에게서 얻고자 하지 아니한다, 위로부터 지급되는 명예도 봉록도 필요 없다, 취직하여 관리 체제에 얽매이는 일이 없이 체력을 사용하는 노동에 종사하자는 강령을 만들었습니다. 천자의 신하가 될 수 없다는 자는 나도 신하로 삼을 수 없습니다.

제후와 교분을 맺지 않겠다는 자는 나도 사용할 수가 없습니다. 전답을 갈아서 양식을 얻고 샘을 파서 물을 마시며 남에게서 구하려 하지 않겠다는 자는 나로서도 상벌에 따라서 장려하거나 다스릴 수가 없는 것입니다.

더구나 위로부터 지급되는 명예가 필요 없다고 한다면 아무리 현명하다고 해도 나를 위해 도움이 되어 주려고 하지 않을 것이고, 위로부터 지급되는 봉록이 없다면 아무리 현명하더라도 나를 위해 필요한 공적을 세우려고도 하지 않겠지요. 취직을 하지 않으면 관리할 방법이 없고 임용되지 않으면 충성심이 없다고밖에 말할 수 없습니다. 더구나 이상적인 정치를 행한 옛날의 왕들이 신민으로 하여금 일을 잘 할 수 있게 한 것은 작록(爵祿)과 형벌에 의했기 때문입니다.

지금 작 · 녹 · 형 · 벌 4가지에 의해 충분히 일을 시킬 수 없다고 한다면 나는 대체 누구 위에 서자는 것이겠습니까. 전쟁터에서 공을 세운 것도 아닌 터에 이름이 높아지고, 농경으로 생산성을 높인 것도 아니면서 평이 좋아진다면 국민을 교화시키는 데 좋지 못합니다.

가령 여기 말이 있다고 합시다. 그야말로 좋은 말다운 모양만 가지고는 천하에 제일가는 양마(良馬)입니다. 그런데 달리게 하려고 해도 달리지 않고, 멈추게 하려고 해고 멈추지 않으며 왼쪽으로 돌라고 해도 왼쪽으로 돌지 않고 오른쪽으로 돌라고 해도 돌지 않고, 그런 식이라면 천한 하인이라 할지라도 그 말의 다리를 믿으려고 하지 않을 것입니다.

하인이 양마(良馬)의 다리에 신뢰를 두고자 하는 것은, 양마에 맡기면 이익을 얻을 수 있고 위해를 모면할 수가 있기 때문입니다. 사람의 도움이 되지 못한다면 천한 하인일지라도 그 다리를 믿으려고 하지 않을 것입니다.

그러므로 자기 자신은 천하의 현인이라고 생각할지 모르겠지만 윗사람의 도움이 되어 주지 않으려 하고, 자신은 그 행위가 최고의 수준에 도달하고 있는 것으로 생각할지라도 윗자리에 있는 자를 위해 일하려 하지 않는 자를 훌륭한 군주로서는 신하로 삼아서는 안 되는 것입니다. 시키는 말을 듣지 않는 양마와 같습니다. 그래서 두 사람을 사형에 처했던 것입니다."

사형이란 역시 대단히 잔혹한 것이라고 생각되지만 자유를 찾아 떨어져 나간 자를 현대사회가 얼마나 잔혹하게 대우하고 있는가를 우리는 종종 보고 듣는다.

생산을 높이고 혹은 국가를 방위하기 위한 노동력 내지는 전력(戰力)에 지나지 않는 인간은 기대된 만큼만 욕망을 가져야 하며,

더구나 그 관리의 범위 내에서 조직 원리를 침범하지 않을 정도의 욕망밖에 가질 수 없는 것이다.

그러나 또 범위 안에 있는 이상, 사람은 누구나 크게 욕망을 키우고 효용을 높임으로써 충분한 만족을 얻을 수는 있을 것이다. 다만, 조직 원리를 침범할 정도로 욕망을 비대시키는 실수를 저질러서는 안 된다.

그러므로 욕망을 지렛대로 하여 '신상필벌'에 의한 '백성의 사력'을 효율적인 조직화로 제기한 한비자이기는 했지만 동시에 또 욕망의 억제에 대해서도 충고하지 않으면 안 되었던 것이다.

희라는 뱀이 있다. 몸은 하나인데 입은 두 개다.

그 두 개의 입이 먹이를 빼앗으려고 서로 물어뜯다가 결국에는 서로 죽여 버리고 만다.

이러한 기괴한 뱀 이야기를 끌어들여 한비자는 탐욕스런 욕망이야말로 몸을 망치고 나라를 망치는 근원이라고 암시하며 경고한다. 그는 이어서 다시 말했다.

제나라의 환공(桓公)이 관중(管仲)에게 물었다.

"부자가 되려는 욕망에 한계라는 것이 있는가?"

"물의 한계란 물이 다한 곳을 말합니다. 부에 대한 욕망의 한계란 그 부가 이미 만족하기에 이른 경지일 것입니다. 사람이 그 만족하는 지점에 이르렀으면서도 아직 충분하지 못하다고 생각한다면 부에 대한 욕망에는 한계가 없다고밖에 말할 수 없습니다."

이러한 일화를 끌어들여 족함을, 즉 만족해야 할 곳에서 만족할 것을 한비자는 은연중에 권하고 있다. 만약에 족함을 모르고 한정 없이 그 욕망을 확대한다면 그 욕망의 근원인 자기의 몸을 망치게 된다면서, 한비자는 다시 다음과 같은 일화를 들고 있다.

진(晋)나라의 지백(智伯)이 적(狄)나라인 구유(仇由)를 치고자 했으나 길이 나빠서 지나갈 수가 없었다. 그래서 큰 종을 제작하여 구유의 왕에게 보냈다.

구유의 왕은 대단히 기뻐함 곧 도로를 확장하고, 정비하여 그 큰 종을 받아들이려고 했다.

그러나 대신인 적장만지(赤章蔓枝)가 만류했다.

"안 됩니다. 종을 선물한다는 것은 소국이 대국에 대해서 하는 일입니다. 그런데 지금 대국인 진나라가 우리나라에 큰 종을 선물하겠다는 것입니다. 그 뒤에는 반드시 진나라의 군대가 따라올 것입니다. 큰 종을 받지 마시기 바랍니다."

그러나 구유의 왕은 그 말을 듣지 않고 그대로 종을 받아들이기로 했다. 적장만지는 빨리 달릴 수 있게끔 마차의 곡(轂 : 바퀴통)을 짧세 사른 다음 황급히 제나라로 도망쳤다. 7일이 지난 뒤에 구유는 멸망했다.

구유의 왕이 그의 행동으로 제시한 바와 같이 욕망의 비대화가 우리 몸을 위험에 노출시키는 것이라면, 그와는 반대되는 적당한 욕망의 억제야말로 욕망의 유지와 지속을 보증할 것이 틀림없다.

초나라의 장왕(莊王)은 필(邲)에서 진(晋)나라 군대를 깨뜨리고, 형양(衡陽)에서 사냥을 하면서 그의 무력을 과시한 다음 귀국하여 손숙오(孫叔敖)에게 상을 내리려고 했다. 그러자 손숙오는 한수유역(漢水流域)의 땅을 달라고 했다. 모래와 자갈뿐인 척박한 땅이었다.

초나라의 법률에 봉록을 받는 대신 그 봉록으로 받은 영지를 2대까지만 소유한 후 반환하지 않으면 안 되게 되어 있었다. 그러나 손숙오의 영지만은 반환하지 않은 채 그대로 남게 되었다. 반환하지 않아도 되었던 것은 그 땅이 쓸모가 없는 땅이었기 때문이다.

그리하여 손숙오의 자손은 9대에 걸쳐 그 영지를 소유했으며 조상의 제사를 모셨던 것이다.

미리 욕망을 억제하여 쓸모없는 땅을 받은 손숙오는 눈앞의 이익은 작았지만, 욕망을 억제한 덕택에 그 이익이 장기간에 걸쳐서 유지된 것이라고 한비자는 말하고자 했을 것이다. 한비자는 이어서 또 하나의 예를 들고 있다.

송(宋)나라의 한 시골 사람이 박옥(璞玉)을 입수하여, 현인으로 널리 알려진 송나라의 대신 사성자한(司成子罕)에게 헌상했다. 그러나 자한은 받지 않았다. 시골 사람이 말했다.

"이것은 쉽게 구할 수 없는 보물입니다. 높으신 분의 도구가 되어야 할 물건이지 우리처럼 천한 사람들이 가질 만한 것이 못 됩니다."

그러자 자한이 대답했다.

"당신은 구슬을 보물이라고 생각하고 있지만 나는 당신의 구슬을 받지 않는 것을 보물로 여기고 있습니다."

시골 사람은 구하기 힘든 구슬을 좋은 것, 욕망의 대상으로 생각하고 있었으나 자한은 그렇게 생각하지 않았던 것이다. 그러므로 한비자는 말하고 있다.

"욕심내지 않는 일을 욕망으로 삼고, 손에 넣기 힘든 재보를 소중하게 여기지 않는다."

아마도 뇌물을 받지 않는 것을 고결하게 여기는, 또 다른 가치체계라고나 할까, 도덕률(道德律)이 있었던 것 같다. 생각건데 자한도 그 같은 도덕률에 의거해서 행동했을 것이다.

그렇게 보면 "인간의 욕망이란 이익과 안전을 추구하고 위험과 곤궁을 회피하는 것이다"라고 한 마디로 개괄했을 욕망에 대해 한비자는, 별도의 가치 체계를 슬며시 도입한 것으로 보이는데, 근거가 없는 이익은 주거나 받거나 할 것이 아니라는 또 하나의 명제에 합치되는 것이라고 생각된다.

아무튼 한비자는 말한다.

"자연에는 보편적인 법칙이 있다. 인간에게도 보편적인 법칙이 있다. 맛이 있고 입에 맞는 음식, 맛있는 술, 기름기가 있는 고기를 먹기는 좋지만 몸에는 해가 된다. 살결이 곱고 아름다운 여성은 사람을 즐겁게 하고, 흥분시켜 주지만 정력을 소모시키지 않을 수 없게 만든다. 따라서 무엇이든지 지나침을 피하면 그 몸에 해를 입는 일은 없는 것이다.

사람은 욕심이 있으면 생각이 흐트러지게 된다. 생각이 흐트러지면 욕심이 깊어진다. 욕심이 깊어지면 사심(邪心)이 이긴다. 사심이 이기면 일을 성취하는 도리가 서지 않게 된다. 일을 성취하는 도리가 서지 않으면 재해가 발생한다. 그러고 보면 재해는 사심에서 생기고 사심은 욕심의 유혹으로 생겨나는 것이라고 말할 수 있다."

얼핏 보기에는 욕망을 부정하는 것처럼 보인다. 그러나 욕망이 없어지면 관리하는 수단을 잃게 되는 것이므로, 한비자는 지나친 욕망을 억제하라고 제언한 것 같다. 한비자의 법칙은 허용되는 범위 내에서의, 욕망의 활발한 발전을 전제로 한 것이기도 하므로 그 법칙은 근대 산업사회의 법칙이기도 한다.

우리는 좋아서 일찍이 한비자가 제기한, 인간을 노동력으로서 포착하고 그 욕망을 자극함으로써 생산성을 높이고자 하는 이 산업사회에 태어난 것은 아니다.

그러나 말은 그럴지라도 산업사회의 관리 체제를 뒤집을 수는 없으며, 산업사회도 관리의 고삐를 늦추려고 하지는 않을 것이다. 그렇다면 이 관리사회를 뒤집기 위해서는 광범한 의식혁명을 남몰래 기도해야 하는 것인지도 모른다. 다만, 그것은 상당히 괴롭고 힘든 작업이 될 것이다.

그렇지 않다고 한다면 그야말로 맹자가 말한 "어쩔 수 없는 소이"로써 관리사회를 그대로 받아들이고 가만히 견뎌 내야 하는 것이다.

그렇게 함으로써 한비자가 충고하듯이 적당히 욕망을 억제하면서 적당히 욕망을 만족시키면서 재미있게, 가능하면 즐거운 마음으로 이 세상을 최대한으로 살아나갈 수밖에 없을 것이다.

아니, 그것만으로도 충분히 즐길 수 있을 것이다.

戰国時代

(前4～3世紀)

◉ 国都
陰山
趙의長城
燕의長城
燕
魏의長城
常山
督亢
薊
易水
雁門関
河水
中山
上郡
晋陽
秦
魏
趙
博関
邯鄲
臨淄
即墨
泰山
齊
馬陵
平陽
琅邪山
衛
魯
長平
蒲坂
安邑
濮陽
莒
周
宋
薛
洛陽
大梁
商邱
函谷関
新鄭
泗川
淮水
武関
宜陽
韓
陽翟
泌川
商於
昆陽
漢中
寿春
漢水
巫山
五湖
姑蘇
楚
江水
郢
黔中
会稽
沅水
洞庭
(汨羅)
彭蠡

변전무쌍한 세객들의 외교술

09

9. 변전 무쌍한 세객들의 외교술

중국인이 교섭술에 탁월하고 대인 관계의 처리에도 능란하다는 사실은 이미 널리 알려져 있다. 그 점에 있어서는 세계에서 셋째 안에 들 것이다.
그것은 아마도 기나긴 전란시대를 통해 길러진 전통에 힘입은 것일 거라고 생각된다. 특히 중국인의 교섭술을 보면 전국시대에 활약한 '세객' 들의 전통을 무시할 수가 없다. 왜냐 하면 그 시대에 세객들에 의해 갈고 닦여진 교섭술이야말로 중국식 교섭술의 원류가 되고 있기 때문이다.

중국의 전국시대는 실로 흥미진진한 시대이다.

강국이 몇 나라씩 병립하여 격렬한 외교교섭이 반반, 아니 그 이상으로 외교교섭에 역점을 두어 허허실실의 흥정이 전개되었다. 그 때의 외교 전략을 총칭하여 '합종연횡' 이라고 한다.

또 하나, 중국의 전국시대에 있어서 특징적인 현상은 외교 교섭의 전문가들이 배출된 일이다. 세객이라든가 '유세의 사(士)' 라고 불리운 사람들이 바로 그들이다. 그들은 그야말로 구변 하나만을 믿고 여러 나라를 떠돌아다니며 자기 선전이나 알선, 외교교섭을 위한 변설 경쟁을 벌였다. 이러한 세객들의 배출도 또한 중국의 전국시대에 화려한 색채를 더하는 한편, 중국식 교섭술의 발전에 크게 공헌하게 되었다.

중국의 전국시대는 중원의 대국이었던 진(晋)이라는 나라를 한(韓), 위(魏), 조(趙)라는 세 중신(重臣)이 분할하여 독립한 기원전 403년에서부터 진(秦)의 시황제(始皇帝)가 천하를 통일하는 기원전 221년까지의 182년 동안을 말한다. 기나긴 중국의 역사에서도 드물게 보는 격동의 시대였다.

우선 당시의 세력 배치를 살펴보면 한, 위, 조 세 나라가 중앙부에 몰려 있으며, 이를 끼고 북으로 연(燕), 동으로는 제(齊), 서로 진(秦), 남으로 초(楚) 네 나라가 자리하고 있었다. 이 일곱 나라를 '전국의 칠웅' 이라고 불렀다. 칠웅이란 일곱 개의 웅국(雄國)이라는 뜻을 가지고 있다. 이 칠웅 외에도 송(宋), 위(衛), 중산(中山) 등의 소국들이 끼어 있었으나 이들 소국은 격심한 무력 항쟁으로 인해 사라지고 말았다.

전국의 칠웅 중에서 최초로 두각을 나타낸 것이 위(魏)나라이다. 위나라는 문후(文侯 : 재위 기원전 445~396) 때, 오기(吳起)와 그 밖의 인재들을 등용하여 부국강병에 성공, 한때 천하의 주도권을 잡았다. 그러나 이 위나라의 우위도 오래 가지는 못했다.

그것에 대신해서 세력을 뻗치기 시작한 것이 진, 제, 초 등 주변부에 위치한 나라들이다. 위를 비롯한 한, 조와 같은 나라들은 원래 국토가 좁은 데다 중앙부에 자리하고 있었던 까닭에 타국과의 무력 항쟁에 휩쓸리는 일이 잦아 그만큼 국력의 소모가 심했다. 그것에 반해 주변국의 여러 나라들은 원래 국토가 넓고 타국과의 무력 항쟁에 휘말리는 일도 적었기 때문에 비교적 여유 있게 군대를 기를 수 있었던 것이다.

그 중에서도 기원전 359년, 상앙(商鞅)이라는 혁신 정치가를 등용하여 국정을 근본적으로 개혁하는데 성공한 진나라는 전국시대의 중반기를 지날 무렵부터 다른 나라들을 리드하여 서서히 그 우위를 결정적인 것으로 굳혀 나갔다. 그리하여 기원전 221년, 시황제에 의해 급기야 천하 통일이 실현되어 전국시대는 종언을 고하게 되었다.

각도를 달리하여 전국시대를 바라보면 그것은 하극상의 시대였으며 실력주의의 시대였다. '강자는 흥하고 약자는 망한다'는 법칙이 냉혹하리만큼 관철된 시대였다. 때문에 각국은 앞을 다투어 인재를 영입하여 부구강병을 꾀했다. 그리고 그것에 성공한 진나라가 최후의 승리자가 된 것이다.

패권을 둘러싼 적자생존의 싸움은 오늘날의 경제전쟁을 빰칠 정도로 냉엄했다. 그러한 가혹한 싸움이 정치 · 경제 · 군사 등 사회의 모든 면에 걸쳐 펼쳐진 시대가 바로 전국시대이다.

그렇게 되자 해마다 가중되는 진나라의 위협에 어떻게 대처하느냐가 다른 6개국의 절실한 과제가 되었다. 특히 진나라와 이웃하여 직접 그 위협을 받는 한, 위, 조의 3개국으로서는 국가의 존망이 걸린 커다란 문제였다.

어쨌든 진나라는 강대국이었다. 단독으로 그에 대항할 수는 없었다. 그래서 생각해 낸 것이 '합종'이라는 외교 전략이었다. 합종이란 열세에 몰린 한, 위, 조, 제, 초, 연의 6개국이 종적으로 동맹하여 진나라에 대항하는 것으로, 말하자면 대기업에 대한 중소기업 연합과 같은 것이었다.

물론 진나라도 앉아서 그냥 구경만 하고 있었던 것은 아니다. 온갖 수단을 써서 합종을 분열시키려는 공작에 나서는 한편 한나라면 한나라, 위나라면 위나라와 각각 동맹을 맺어 그들에게 대항하려고 했다. 이 같은 동맹 관계를 '연횡'이라고 한다. 합종의 종(從)에 대해 연횡이란 가로로 연결되는 것으로서, 비유해서 말하면 대기업이 각개 격파로 중소기업들을 자기편으로 끌어들이는 전략이다.

그렇게 해서 진나라의 우위를 배경으로 합종론자와 연횡론자가 뒤범벅이 되어 활약함으로써 오늘은 합종, 내일은 연횡, 그리고 그것의 반대가 되는 상황도 있는 변전 무쌍한 외교적 국면이 나타나게 되었다.

여기서 알 수 있듯이 '합종연횡'은 원래 진이라는 강대국을 축으로 하여 생각해 낸 외교 전략의 총칭이었으나, 일반화시켜서 말하자면 어디와 손을 잡고 어디와 대항하느냐 하는 흥정과 다를 바가 없다. 따라서 이 전략은 나라끼리의 외교 관계뿐만 아니라 몇 개씩이나 되는 집단이 다극구조를 형성하여 대립하고 있는 국면에서는 항상 유효하다. 역으로 말하자면 대외관계, 대인관계를 강화하려면 '합종연횡'의 전략을 마스터하지 않으면 안 된다는 이야기가 될 수 있다.

참고 삼아 합종론과 연횡론의 대목이 되는 부분을 「전국책(戰國策)」에서 하나씩 소개하고자 한다.

우선 합종론자가 한나라 왕에게 합종을 설득하고 있는 경우는 다음과 같다.

"한나라는 북으로는 공(鞏), 낙(洛), 성고(成皐)의 요지, 서로는 의양(宜陽), 상판(常阪)의 요새, 동으로는 완(宛), 위수(渭水), 남으로는 형산(陘山)이 있으며 영토는 사방으로 천 리, 병력은 수십만인 대국입니다. 천하 최강의 활이나 쇠뇌(弩 : 여러 개의 화살을 한꺼번에 쏘는 활)는 모두 한나라에서 만들어지고 있어 한나라의 병사가 그것을 쏘면 연달아 백 발이 날아가 먼 데에 있는 자라도 가슴을 맞출 수 있고, 가까이에 있는 자는 심장을 꿰뚫을 수 있습니다. 또 한나라 군대의 칼은 모두 명산(冥山)에서 만들어진 것으로써 탄탄한 갑옷이나 투구도 두 동강을 낼 수 있습니다. 그 밖에도 정강이나 팔을 보호하는 방구(防具), 활을 쏠 때 쓰는 가죽장갑, 방패 등 없는 것이 없습니다. 원래부터 용감한 한나라의 군대가 단단한 갑주, 강력한 쇠뇌, 날카로운 칼을 들고 나선다면 혼자서 능히 백 명을 상대로 싸울 수 있습니다. 국력이 강대하고 현명한 대왕을 받들고 있는 나라가 창피를 무릅쓰고 진나라의 속국으로 전락한다면 그 이상의 국치(國恥), 그 이상의 웃음거리는 없을 것입니다."

이것은 마치 중소기업의 사장에게 댁의 사원들은 모두 훌륭하여 경영 내용도 아주 좋다고 치켜세우면서 그런 업적 좋은 회사가 굳이 흡수 합병의 길을 택하시다니 정말로 한심스럽다고 설득하고 있는 것과 같다.

다음에는 연횡론자가 역시 똑같이 한나라 왕을 설득하고 있는 경우를 보자.

"한나라는 산악지대가 많은 나라이기 때문에 추수를 해 봐야 보리나 콩이 고작입니다. 백성은 콩밥에다 콩잎 국으로 끼니를 때우고, 흉년이 들면 지게미나 겨죽조차 배불리 먹을 수가 없습니다. 게다가 면적은 사방 9백 리에도 못 미치고 비축된 식량은 2년치가 채 못 됩니다. 병사들은 잡역부, 운반부를 합쳐도 30만이 채 안 되고 거기서 국경지대의 척후나 성채를 지키는 군사를 빼면 상비 병력은 기껏 해야 20만입니다. 그것에 대해 진나라는 병사 백만, 병거(兵車) 천 량, 기마 1만의 대국입니다. 게다가 진나라 군사들은 일기당천(一騎當千)의 장병들입니다. 그런 용맹한 군대가 약소국을 치는 것은 반석으로 달걀을 내리치는 것과 같지 않겠습니까. 한나라를 위해서는 무엇보다도 진나라를 받드는 것이 상책입니다."

실례지만 댁의 회사는 자본금도 적고 경영 내용도 나쁘다. 그런데 진에는 쟁쟁한 사람들이 모여 있고 경영 내용도 극히 좋아 아무리 불황이 닥쳐도 꿈쩍하지 않는다. 경영난을 딛고 넘어서려면 노나라 산하로 들어가는 게 좋지 않겠느냐, 라는 식이다.

양자가 설득하는 바는 180도 방향이 다르지만 설득력은 막상막하이다.

피로 피를 씻는 무력 항쟁의 뒤안길에서 이러한 합종연횡의 외교교섭이 활발하게 전개되었다. 그리고 그것을 맡은 것이 이 시대에 뒤를 이어 배출된 세객들이었던 것이다.

전국시대에 이르자 경(卿), 대부(大夫), 사(士)와 같은 신분 제도가 무너지고 그 때까지 경, 대부 등의 그늘에 가려져 능력을 발휘할 기회가 없었던 '사'가 대거 사회의 표면으로 뛰어나왔다. 그리고 그들 중에서 수많은 세객들이 배출되어 외교교섭에서 실력을 발휘했다. 물론 '사'라고 할지라도 그 생태는 가지가지이다. 굳이 분류한다면 다음과 같은 세 부류가 될 것이다.

1. 주로 외교교섭을 담당한 세객들,

이 그룹에 속하는 사람들은 소싯적에 설득술이나 교섭술을 배우고 여러 나라를 유세하여, 운수 좋게 재능을 인정받은 행운아는 대신이나 재상으로 등용되어 대외관계의 절충을 맡았다. 중국의 묵은 분류법에 따르면 종횡가(縱橫家)라고 불리운 사람들로 소진(蘇秦), 장의(張儀)가 그 대표적인 인물임, 참고삼아 말하면 종횡가란 합종연횡에서 온 말이다.

2. 이론 연구에 종사하여 저술을 남긴 사람들,

맹자(孟子)나 한비자(韓非子)가 그 대표적인 인물로 유가(儒家), 또는 법가(法家)라고 불렀다. 이 그룹도 장년시대에는 여러 나라를 유세한 경험을 갖고 있으나 그것으로 입신하는 것을 단념하고 이론 연구의 길로 들어섰다.

3. 병법가 그룹.

오기(吳起), 손빈(孫臏)이 그 대표적 인물로 묵은 분류표에서는 병가(兵家)에 속함. 그들은 1의 그룹이 교섭술 등을 배워 입신출세를 꾀한 데 대해 병법을 공부하여 입신, 장군이나 군사(軍師)로 활약했다.

이 세 그룹 중에서 압도적으로 많은 것이 1에 속하는 세객들이었다. 따라서 여기에서 소개하는 3의 병법가를 뺀 나머지는 거의가 이 세객들이다.

세객들은 대개 '사' 출신이다. 당시의 '사'는 귀족에서 몰락한 자나 소작농에서 벼락치기로 소지주로 올라선 자들로 구성되어 있었다. 따라서 그들에게는 앉아서 먹고 지낼 만한 자산도 없었고 문벌이라는 배경도 없었다. 문자 그대로 적수공권, 스스로의 능력인 변설 하나만으로 출세를 바라보지 않으면 안 되었다.

그들이 모두 불우한 시절을 보냈던 것은 그 때문이다.

세객들은 교섭술 공부를 대충 마치면 유세의 나그네 길에 나섰다. 각국의 왕이나 중신들에게 면회를 청해 자기 자신의 선전을 꾀하는 것이다. 그러나 왕을 만나기 위해서는 그럴 만한 소개자가 있어야 했다.

그러려면 어느 정도 운동자금도 마련하지 않으면 안 되었는데, 우물우물하다가는 많지도 않은 자금마저도 삽시간에 바닥이 나고 말았다.

그래서 세객들은 대개 줄을 찾아 각국의 유력자 밑에서 기식하게 되었다. 이들을 '식객(食客)'이라고 했다. 장의, 인상여, 범수 등 여기에 등장하는 쟁쟁한 세객들은 모두 이 식객을 경험한 자들이었다. 유능한 식객을 거느리고 있다는 것은, 거느리고 있는 측의 지위 강화에도 힘이 되었다. 제나라의 맹상군 같은 사람은 수천 명에 이르는 식객을 거느려 군주를 능가하는 성위(盛威)를 뻗치고 있었다고 한다.

식객이 되어 유력자 밑에서 기식하게 되면 의식주가 보장되어 생활은 안정된다. 하지만 거기에 만족하고 있다가는 출세는 바라보기 어렵다. 식객 생활은 어디까지나 입신을 위한 첫걸음에 지나지 않는 것이다.

그러면 고생 끝에 왕을 알현할 기회를 잡았다고 치자, 단판승부인 만큼 '다시'는 없다. 왕에게 인정을 받으려면 헌책의 내용도 중요하지만 변설에 여러 모로 아이디어를 곁들여 자기의 인상을 깊이 심어 주도록 하여 점수를 딸 필요가 있다. 상대를 감탄시키려면 재치 있는 기지 같은 것도 있어야 했다. 섣불리 행동했다가는 등용은 커녕 주살(誅殺)을 당할지도 모를 판국이었던 만큼 그들의 변설에는 헤아릴 수 없는 처세의 지혜가 담겨져 있다. 난세에 처하는 예지가 넘쳐흐르고 있다.

뜻대로 인정을 받게 되면 대신이나 재상의 자리가 기다리고 있다. 그러나 그 자리에 앉으면 또 일국의 존망을 양 어깨에 짊어지고 외교교섭의 비방을 쥐어짜지 않으면 안 된다, 자칫 잘못하면 나라의 멸망, 일신의 파멸로 이어지기 때문에 문자 그대로 진지한 자세로 임해야 했다. 그 변설에는 그들의 생명이 달려 있었다. 예를 들면 소진이 있다. 그는 반간(反間 : 스파이) 활동이 발각되어 비명에 죽지 않으면 안 되었다. 그것은 비단 소진 한 사람에 관한 일이 아니라 많든 적든 여러 나라를 돌아다니며 활약한 세객들에게 그림자처럼 따라다니게 마련인 운명이었던 것이다.

세객들의 교섭술은 이러한 가혹한 상황 속에서 갈고 닦여졌다. 그들의 예지에서 배울 점은 너무나도 많다.

戰国時代
(前4～3世紀)
◉ 国都
陰山
趙의長城
燕의長城
魏의長城
燕
常山
督亢
薊
易水
雁門関
中山
河水
上郡
晋陽
秦
魏
趙
博関
邯鄲
臨淄
泰山
齊
即墨
馬陵
琅邪山
平陽
魯
長平
衛
莒
蒲坂
安邑
濮陽
咸陽
周
宋
薛
洛陽
大梁
商邱
渭水
函谷関
新鄭
泗
武関
宜陽
韓
陽翟
淮水
商於
昆陽
泌川
漢中
寿春
漢水
巫山
五湖
楚
郢
江水
黔中
会稽
沅水
洞庭
(汨羅)
彭蠡

천하의 제후들을 떨게 만든 장의 張儀

10

10. 천하의 제후들을 떨게 만든 장의(張儀)

略年譜

위(魏)나라 사람. 젊어서 유세술(遊說術)을 배우고 여러 나라에 우세했으나, 신통한 성과를 거두지 못하고 고향으로 돌아와 얼마 동안 불우한 시대를 보냄. 기원전 329년에 진(秦)나라의 혜왕(惠王 : 재위 기원전 337~311년)에게 유세를 해서 인정받은 다음 진나라의 재상이 되어 '연횡'을 실현시키기 위해 분주하게 뛰어다님. 때로는 속임수도 불사하는 만만찮은 교섭술로 천하의 제후들을 쥐고 흔들었으나, 혜왕이 죽고 무왕(武王 : 재위 기원전 310~307년)이 즉위하자 실각, 위나라 재상으로서 생애를 마침.

장의(張儀)는 연횡책에 있어서의 거물이다. 일개 세객(說客)에서부터 입신하여 진나라와 위국의 재상이 되었고, 자신 있는 변설의 힘을 빌려 국제 정국을 뒤흔들었던 거물 책사이다. 그렇지만 그에 대해서는 옛날부터 평가가 둘로 갈라져 있었다. 우선 그것에 대한 대표적인 이야기를 소개해 보기로 한다.

"공손연(公孫衍)과 장의야말로 진짜 대장부가 아닙니까. 그들이 일단 여러 나라를 유세하면 천하에 전운(戰雲)이 감돌아 제후들을 두려워하게 하고, 은퇴해서 집에 틀어박히면 천하는 조용해지니까요"

[〈맹자〉 등문공편(騰文公篇)]

이것은 경춘(景春)이라는 세객이 맹자에게 한 말이다. 공손연이란 장의와 같은 시대에 합종책(合從策)을 실현시키기 위해 분주하게 뛰어다닌 인물로 장의와는 정적(政敵)인 관계에 있었다.

다른 한 가지 견해는 다음과 같다.

"삼진(三晋 : 韓, 魏, 趙)에는 권모술수를 일삼는 인물들이 많았다. 합종연횡을 주장해서 진(秦)나라를 강하게 만든 것은 거의 모두 삼진 사람들이다……. 요컨대 이 두 사람(장의와 소진)은 틀림없이 위험한 인물이다"

[〈사기〉 장의열전]

이것은 〈사기〉의 작가 사마천(司馬遷)이 평한 말이다.

"어느 쪽 평이 맞는 것인가"라고 묻는다면 양쪽 다 맞는다고 대답하지 않을 수 없다.

장의는 앞에서 말한 것처럼 세 치 혀끝의 변설(辯舌)만으로 대국 진나라의 재상 자리에 올랐고, 진나라의 힘을 배경으로 국제 정국을 흔들어 천하의 제후들을 벌벌 떨게 만들었다. 그 같은 화려한 활약으로 볼 때 "어찌 진짜 대장부가 아니겠느냐(경춘의 평)"라는 견해가 나오는 것은 당연한 일이었다.

반면에 장의가 국제 정국을 뒤흔든 그 방법인데, 비록 권모술수는 어쩔 수 없다 하더라도 때로는 거짓말을 줄줄 늘어놓으면서 사기꾼 비슷한 술책을 부리는 일이 적지 않았다. 그에게 있어서 신의(信義)라는 것은 처음부터 염두에도 없는 것과 다름없었다. 그 점을 앞세울 경우 "틀림없이 위험인물이다."라는 사마천의 평도 정곡을 찌르는 말이다.

이 두 가지 대조적인 비평은, 요컨대 장의라는 인물의 겉과 속을 바르게 지적한 것이라고 말할 수 있다.

전국시대는 격동의 시대였다. 사회 전체가 거대한 도가니로 바뀌고, 혼돈 속에서 얼마 후에 닥쳐 올 새 시대를 준비한 '큰 과도기'였다. 그런 시대에 장의는 가난한 처지에서 입신하여 변설 하나를 무기로 삼아 힘 있게 살아 나갔다. 좋든 나쁘든, 그는 당시에 활약한 수천 수만이 될지도 모르는 세객들의 전형(典型)적인 스타일이었다. '대장부'인 동시에 '위험인물'이었으며, 무엇보다도 시대의 총아였다.

나중에 크게 활약을 한 세객들도 젊었을 때는 대부분 고난의 시대를 보냈다. 무리가 아니었다. 의지할 만한 배경이 없을 뿐만 아니라 자신의 변설 하나만으로 세상에 나가지 않으면 안 되었던 만큼 예삿일이 아니었다. 생각했던 것처럼 쉽게 성공을 거둘 리가 없었던 것이다.

장의의 경우도 예외는 아니었다.

그는 위나라 출신이었다. '위' 라고 하는 나라는 사마천이 "삼진에는 권모술수를 일삼는 인물들이 많았다"고 말하고 있는 그 삼진의 나라이다. 삼진이라는 것은 위나라, 한나라, 조나라 3국을 가리킨다. 이들 여러 나라는 '전국칠웅(戰國七雄)' 의 중간 지대에 위치하고 있었기 때문에 다른 여러 나라의 공격 목표가 되는 경우가 많았으며, 그것을 피하기 위해서는 아무래도 외교 교섭을 중시하지 않을 수가 없었다. 많은 세객들이 배출된 이유는 그런 지리적 환경 때문이었을 것이다.

장의도 역시 젊었을 때 귀곡(鬼哭) 선생 밑에서 유세술에 대한 이론을 대충 다 배운 다음 드디어 유세의 길에 나섰다.

여러 나라를 돌아다닌 끝에 초(楚)나라로 들어가 그 곳에서 재상의 식객(食客)이 되었다. 아직 햇빛을 보지 못한 세객들은 권문(權門)의 식객이 되어서라도 당장의 의식주 문제를 해결하지 않으면 안 되었던 것이다.

그 무렵의 일이었다. 장의도 참석한 자리에서 재상이 자랑하는 구슬을 분실한 사건이 일어났다. 혐의는 장의에게 집중되었다.

"저 사나이가 수상하다. 돈도 없는데다가 어쩐지 처음부터 믿을 수 없는 데가 있었어."

일동은 그 자리에서 장의를 붙잡아다 고문을 가하기 시작했다. 장의는 자기가 한 일이 아니기 때문에 완강히 버틴 끝에 간신히 석방되었다.

허둥지둥 고향으로 돌아온 장의는 아내에게 일의 자초지종을 들려주었다. 그 이야기를 들은 아내는,

"유세인지 뭔지 따위를 공부하니까 그런 꼴을 당하지 않습니까. 이제는 제발 그만 두세요."

하고 말했다.

그 때 장의가 아내에게 한 말이 바로,

"내 혀를 보시오. 아직도 있소, 없소?"

하고 물었다는 유명한 말이었다. 잔말 말고 내 혀가 아직 붙어 있는지나 보라는 뜻이었던 것이다.

아내가

"그야 붙어 있고말고요."

하고 대답하자 장의는

"됐어, 나는 꼭 하고 말거야."

라고 외쳤다.

자기의 변설에 대해서 뻔뻔스러울 정도로 자신감을 가지고 있었던 장의의 진면목을 여실히 말해 주는 일화이다.

나중에 장의는 진(秦) 나라에 가서 유세를 하여 인정을 받은 끝에 최고 고문에서 재상으로 등용되었으며, 원한이 있었던 초나라의 재상에게 다음과 같은 뜻의 도전장을 보냈다.

'일찍이 귀하의 식객으로서 연회 자리에 초대되었을 때 귀하는 구슬을 훔쳤다는 누명을 씌워서 나에게 고문을 가했다. 그 답례로 이번에는 귀하의 영지를 훔칠 생각이다. 깊이 명심하고 수비를 튼튼히 하는 것이 좋을 것이다.'

고난 속을 헤매던 시절에 받은 마음의 상처가 이런 말을 내뱉게 한 것이겠지만, 후에 장의는 실제적인 행동으로 나서서 철저하게 초나라를 괴롭혔다.

장의의 교섭술은, 자유롭게 변환하여 대응하는 말재주를 구사한 세객들 중에서 유달리 철저한 것이었으며 목적을 위해서는 수단과 방법을 가리지 않는다는 면이 있었다. 때로는 거짓말을 서슴없이 늘어놓으면서 상대방을 사기극에 말려들게 하는 일도 예사로 했다. 그 전형적인 예가 '상오 육백 리' 라고 하는 고사(故事)이다.

그가 진나라의 재상이 된 후의 일이었다. 진나라가 제(齊)나라를 공격하려고 했다. 그러나 제나라는 초나라와 동맹을 맺고 있었으므로 섣불리 행동을 일으킬 수가 없었다. 때문에 진나라는 제나라를 공격하기 전에 제나라와 초나라 사이를 이간시키려는 목적으로, 재상인 장의를 초나라에 파견했다.

장의를 맞이한 초나라의 회왕(懷王)은 최고의 숙사를 제공했을 뿐만 아니라 몸소 숙소로 찾아가서 말했다.

"우리 초나라는 원래 벽지(僻地)인데도 불구하고 이렇게 먼 길을 찾아 주신 걸 보니 무슨 좋은 책략이라도 있으신지 듣고자 합니다."

장의가 대답했다.

"대왕께서 저를 신뢰해 주신다면, 아무쪼록 제나라와의 국교를 단절해 주십시오. 그 대신 진나라에서는 상오의 땅 사방 6백 리를 헌상하고, 거기에 더하여 진나라의 왕녀로 하여금 왕의 측실이 되게 하여 모시도록 하겠습니다. 그리고 초나라에서도 왕녀를 진나라로 보내어 양국은 형제의 인연을 맺는 것입니다. 다시 말해서 서쪽으로는 강국인 진나라에 은의(恩義)를 베푸는 동시에 북쪽의 강국인 제나라로부터의 위협을 제거하자는 것입니다만, 초나라로서는 더 이상의 묘책은 없을 것입니다."

초왕은 그 말에 귀가 솔깃해져서 따르기로 했다. 신하들도 모두 왕의 결단을 칭송했으나, 그 중에서 오직 한 사람 반대하는 사람이 있었다. 진진(陳軫)이라는 세객이었다. 그는 일찍이 진나라를 섬기고 있었으나 재상인 장의와 의견이 맞지 않아 진나라를 단념하고 초나라를 섬기고 있었던 것이다. 장의와는 정적(政敵) 사이였던 만큼 장의의 속셈을 훤히 꿰뚫어보고 있었다. 그 진진이 나서서,

"그건 안 됩니다."

하고 반대했다. 초왕은 모처럼의 솔깃한 제의에 반대하고 나서는 진진을 보고 벌컥 화를 냈다.

"군사 행동을 일으키지도 않고 사방 6백 리의 영토를 얻는 것이다. 신하들은 너나없이 모두 기뻐하고 있는데 그대만 반대하는 것은 무슨 까닭인가?"

진진이 대답했다.

"그렇지 않습니다. 제 생각으로는 상오의 땅이 굴러들어올 까닭이 없습니다. 뿐만 아니라 제나라와 국교를 단절하면 오히려 제진연합(齊進聯合)의 성립을 촉진하게 될 것입니다. 제진연합이 성립되면 초나라가 궁지에 몰리게 될 것은 뻔합니다."

"모를 일이로다 까닭을 말해 보라."

"진나라가 초나라를 중시하는 것은 어째서이겠습니까. 뒤에 제나라가 붙어 있기 때문입니다. 그런 제나라와의 국교를 끊으면 초나라는 고립됩니다. 진나라가 그런 고립무원(孤立無援)인 나라에게 사방 6백 리나 되는 상오의 땅을 줄 리가 없습니다. 장의가 진나라로 돌아가면 반드시 왕과의 약속을 깨뜨릴 것입니다. 그렇게 된다면 초나라는 제나라와의 국교를 단절한 데다가 진나라와도 일을 벌이게 됩니다. 양국의 군대가 연합해서 쳐들어올 것은 불을 보듯이 명백한 사실이 아닙니까. 그래서 제 생각을 말할 것 같으면 제나라와는 표면상 단교한 것처럼 꾸며 두는 것입니다. 그렇게 해 둔 다음 장의에게는 감시자를 붙여 두는 것이 상책이라고 생각합니다. 제나라와의 완전한 단교는 진나라로부터 땅을 받고 난 다음에 해도 늦지 않습니다."

"그만 두오. 나는 내 방법으로 영토를 넓히겠소."

달콤한 미끼에 눈이 먼 초왕은 진진의 진언(進言)을 물리치고 제나라와의 국교를 끊었다. 장의는 그것을 확인한 다음 허수아비나 다름없는 초나라 장군을 대동하고 귀국했다.

그런데 장의는 귀국한 다음에는 자꾸만 말을 피하면서 상오의 땅 6백 리에 대한 약속을 지키려고 하지 않았다. 마침내는 일부러 수레에서 굴러 떨어진 다음, 그것을 핑계로 3개월 동안이나 자기 집 안에 틀어박힌 채 두문불출했다.

그 소식을 들은 초왕은,

"내가 하는 방법이 아직도 불충분하다고 생각하는 모양이군."

하고는 일부러 용사를 제나라로 보내 제왕(齊王)을 헐뜯게 했다. 화가 난 것은 제왕이었다. 즉시 보복 조치를 취한 다음 진나라에 머리를 숙여 국교 수립을 요청했다.

사태는 그렇게 일전하여 진제연합이 성립되었던 것이다.

그러자 장의는 비로소 조정으로 나와서 초나라 사자에게 말했다.

"나는 사방 6리의 영지를 가지고 있으므로 그것을 초나라에 주겠다."

그 말을 들은 초나라 사자가,

"나는 상오의 땅 사방 6백 리라고 듣고 왔습니다. 사방 6리라니 당치도 않습니다."

하고 항의했지만 장의는 상대하지 않았다. 사자는 하는 수 없이 귀국해서 초왕에게 보고했다.

화가 난 초왕은 군대를 동원해서 진나라로 쳐들어갔으나, 진제 연합군에게 크게 패했으며, 결국에는 두 개의 성읍(城邑)을 떼어 주기로 하고 강화(講和)를 맺었다.

진나라는 장의의 외교술로 감쪽같이 제나라와 초나라를 이간시켰을 뿐만 아니라 성읍 두 개까지 얻게 된 것이다.

이것이 '상오 육백 리'의 고사인데, 그렇다고는 해도 이 이야기는 뒷맛이 개운치 않다. 왜냐 하면 장의가 한 짓은 분명히 사기이며, 결코 칭찬할 수 있는 짓이 못 되기 때문이다.

그러나 한편으로는 외교 교섭에 있어서 이와 같은 술책이 으레 따라다니기 마련이었으며, 장의는 그것을 약간 야비한 형태로 추진했을 뿐이라는 변호론도 성립될 수는 있다. 달콤한 미끼가 탐이 나서 덤벼드는 쪽이 나쁘다는 것이다.

이를테면 신뢰하고 있는 친구가 배반했다고 가정하자. 이런 경우에 중국인은 상대방에 대해 화를 내기보다도 신뢰해서는 안 될 인물을 신뢰한 자기 자신의 어리석음을 부끄러워한다고 한다. 친구

관계에서 조차도 그렇다. 하물며 정면으로 이해관계가 맞부딪치는 외교교섭에 있어서야 더욱이 그렇지 않겠는가.

장의의 속임수는 결코 칭찬할 만한 것이 못 되지만, 그 속임수에 쉽게 걸려든 초나라의 회왕쪽이 한층 더 칠칠치 못한 것이다.

'상오 육백 리'와 같은, 어떤 의미에서는 야비한 교섭은 교섭으로서는 가장 성공했다고 해도 상대방의 미움을 사지 않을 수가 없다. 따라서 장의는 언제나 위험한 다리를 건너며 줄타기 같은 교섭을 하지 않을 수 없게 되었는데 그는 그것도 역시 만만찮은 교섭술로 교묘하게 타개해 나갔다.

그 후의 일이다. 진나라가 초나라에게 상오의 땅과 초나라 영토인 검중(黔中)을 교환하자고 제의했다. 그러자 초왕은,

"땅은 교환하지 않겠다. 다만 장의의 신병(身病)을 인도해 준다면 검중은 공짜로 주겠다."

라는 조건을 내놓았다. 배반당한 보복으로 장의를 잡아다가 능지처참을 하겠다는 것이었다.

진나라의 혜왕은 그 조건에 마음이 움직였다. 하지만 차마 장의를 보고,

"가도록 하라."

라고 말할 수가 없었다.

그것을 알아차린 장의는 스스로,

"보내 주십시오."

하고 자청했다.

이런 때의 장의의 입장은 매우 미묘했다. 혜왕의 신임을 받아 재상으로 등용되어 있기는 했지만 그는 결국 타국 사람이었다. 중신들 중에는 그의 활약에 반감을 품고 있는 사람들도 많았다. 또 혜왕의 기분을 거스르는 날에는 그의 신뢰가 언제까지 지속될지도 의심스러운 일이었다. 그래서 장의는 도박을 걸었던 것이다.

장의가 자청하자 혜왕은 마음이 놓이기는 했지만, 한편으로는 역시 장의의 신상이 마음에 걸렸다.

"그대는 상오의 땅을 주겠다고 약속해 놓고 그 약속을 지키지 않았다. 초왕은 원한을 풀기 위해 만반의 준비를 하고 기다리고 있을 것이다. 아마 무사히 돌아오지 못할 텐데 그래도 좋단 말인가?"

"좋습니다."

그리하여 장의는 사자로서의 자격으로 초나라로 향했다.

장의는 죽을 작정이었을까. 그는 그렇게까지 순진한 사나이는 아니었다. 장의는 전부터 초왕의 측근인 근상이라는 사나이와 절친한 사이였다. 그리고 이 근상은 초왕의 총희(寵姬)인 정수(鄭袖)부인의 심복이기도 했다. 장의는 이 두 사람을 이용한 공작에 기대를 걸고, 근상과 충분한 사전 교섭을 해 둔 후에 초나라로 갔던 것이다.

장의를 보자 초왕은 두말 없이 그를 붙잡아서 죽이려고 했다. 아니나 다를까, 즉각 구출공작에 나선 근상이 정수부인을 설득했다.

"심상찮은 사태이옵니다. 왕의 총애도 이제는 끝장이 날 것 같아 걱정이 되옵니다."

"대체 무슨 일이 있다는 거요?"

"주군께서는 장의를 죽일 생각이십니다. 그런데 장의는 진왕의 신임을 두텁게 받고 있는 사람입니다. 그를 구출하기 위해서 상용(上庸)의 6현(縣)과 아름다운 왕녀를 우리 임금께 선물하겠다고 제의하고 있습니다. 더군다나 왕녀에게 가무(歌舞)가 뛰어난 시녀들을 많이 딸려 보낸다고 합니다. 임금께서는 땅을 선물 받은 데 대한 보답으로라도 당연히 진나라의 왕녀를 총애하실 것이 틀림없습니다. 부인을 위해 말씀드리는 것입니다만, 이번에는 어떻게 해서든지 장의를 석방시켜 주어야 합니다."

여자의 마음의 약점을 교묘하게 찌른 설득이었다. 장의의 교사(教唆)에 의한 것이었음을 상상하기는 어렵지 않다.

정수부인은 사랑을 빼앗길 수 없다는 생각에서 필사적으로 왕에게 졸라댔다.

"신하가 임금을 위해 온갖 노력을 다하는 것은 당연한 일이 아니옵니까. 장의만 책망하시는 것은 가혹하옵니다. 게다가 아직 땅을 떼어 주지도 않았는데 진나라 쪽에서 장의를 사자로 보낸 것은, 폐하를 존경하고 있다는 가장 좋은 증거이옵니다. 그런데도 주군께서는 사자로서 대우를 하기는커녕 오히려 죽이려고 하십니다. 그렇게 되면 진나라의 노여움을 살 뿐일 것입니다. 도대체 진나라가 공격해 오면 어떻게 하실 작정이옵니까. 저는 꼼짝없이 앉아 죽기는 싫습니다. 아무쪼록 우리 모자가 함께 궁에서 떠나가게 허락해 주십시오."

생각을 되돌린 초왕은 장의를 석방했다고 한다.

장의는 근상과 정수부인의 구출 공작으로 간신히 위기를 벗어났던 것이다. 궁정 내부의 상층부에 대한 이면공작의 승리였다.

위기일발로 사지(死地)를 벗어난 장의였지만, 물론 이런 모험만 하고 있었던 것은 아니다. 때로는 여유작작하게 과연 책사다운 빈틈없는 교섭술을 보여 주기도 했다.

아마도 그 무렵의 일이었을 것이다. 「전국책(戰國策)」에 이런 이야기가 실려 있다.

초나라로 유세하러 갔다가 돈이 떨어져서 어려움을 겪게 된 장의는 한 가지 계책을 생각해 내고 초왕에게 회견을 신청했다.

초왕은 정수부인이 울며 매달리는 바람에 장의를 석방하기는 했지만 마음 속으로는 결코 용서하지 않고 있었다. 그런 만큼 그를 돌봐 줄 생각은 조금도 없었다. 물론 장의도 그것을 잘 알고 있었다.

장의는 이렇게 말을 꺼냈다.

"이제 왕께서는 저를 필요로 하지 않으므로 지금부터 북쪽의 여러 나라를 돌아볼까 합니다."

"좋겠지."

"그런데 그들 나라에서 구하실 물건이 없습니까?"

"우리나라에는 황금, 옥, 코뿔소, 코끼리, 무엇이든지 다 있다. 갖고 싶은 것은 아무것도 없다."

"여자도 필요 없다는 말씀이십니까?"

"여자……."

"정(鄭)나라나 주(周)나라의 거리에서 가끔 볼 수 있는 여인들의 아름다움은 타관에서 온 사람에게는 마치 하늘에서 선녀가 내려온 것처럼 보입니다."

"초나라는 그대도 알다시피 아주 외진 나라이다. 그런 만큼 중원(中原)의 여러 나라 미인들과는 인연이 없어, 한 번쯤 그런 여자를 거느려 보고 싶은 마음이 없지도 않다."

왕은 그 비용에 쓰라면서 주옥(珠玉)을 주었다.

그 때 초왕에게는 정수라는 애첩 이외에 남후(南后)라는 정부인이 있어서, 둘이서 왕의 사랑을 서로 나누어 가지고 있었다.

왕과 장의와의 사이에 오간 이야기는 곧 두 여인의 귀에 들어갔다. 그 말을 들은 두 여인은 걱정이 되어 안절부절못했다. 남후의 특사가 지체 없이 장의의 숙사로 찾아갔다.

"장군께서 머지않아 북쪽의 여러 나라를 향해 길을 떠나신다는 말을 들었습니다. 여기 금 1천 근이 있습니다. 바라건대 노자에 보태 쓰시기 바랍니다."

정수부인도 금 5백 근을 선물했다. 두말 할 것도 없이 북쪽의 미인은 데리고 오지 말 것이며, 부득이 데리고 와야 한다면 우리보다 못생긴 여자를 데리고 와 달라는 뜻이었다.

장의는 두 여자로부터 1천 5백 근의 전별금을 긁어 낸 다음, 초왕에게 하직 인사를 하러 갔다.

"여러 나라가 모두 왕래를 엄중히 단속하고 있는 오늘날인 만큼 언제 또 다시 만나 뵈올 수 있을지 모르겠습니다. 바라옵건대 이별의 술잔을 받고자 합니다."

"좋겠지."

왕은 술을 하사했다.

알맞은 틈을 엿보아 장의는 공손하게 말했다.

"두 사람만으로는 쓸쓸하옵니다. 마음에 드시는 분을 불러 상대를 해 주시도록 부탁할 수 없겠사옵니까?

"그것도 그래."

왕은 남후와 정수 두 여인을 불러서 술을 따르게 했다.

장의는 또다시 공손하게 말을 올렸다.

"제가 죄송한 짓을 하였사옵니다."

"무슨 일인가?"

"저는 각국을 돌아다녀 보았습니다만 이토록 아름다운 분들을 뵈온 것은 처음이옵니다. 그런 줄도 모르고 미인을 구해 오겠노라고 허튼 말씀을 드렸습니다."

"괜찮다, 걱정하지 말라, 나도 사실은 천하에 이 두 사람만한 미인은 없을 것이라고 생각하고 있는 중이다."

이렇게 해서 장의는 아무런 부담 없이 두둑한 군자금을 손에 넣을 수 있었다. 같은 속임수라고 해도 이런 것은 뒷맛이 나쁘지가 않다. 멋진 교섭술이라고 해도 좋을 것이다.

《사기》에 의하면 정수부인의 주선으로 석방된 장의는 초나라 회왕에게, 다시 진나라와 손을 잡는 것이 유리하다고 설득을 해서 승낙을 받았으며, 그런 다음에 한(韓), 제(齊), 조(趙), 연(燕) 등 여러 나라를 유세하여 연횡론을 내세운 끝에 모두 진나라와 동맹을 맺게 하는 데 성공했다고 한다. 위나라는 이미 진나라와 손을 잡고 있었으므로, 이것으로 6개국 전부가 진나라와 동맹관계를 맺은 셈이 되었다. 연횡론이 완성된 것이었다. 장의는 의기양양하게 귀국길에 올랐다.

그러나 장의에게 있어서 불행했던 것은 서울에 도착하기 전에 혜왕이 죽고 무왕(武王)이 즉위한 일이었다. 무왕은 태자 시절부터 장의와는 마음이 맞지 않았기 때문에, 그가 즉위하자마자 기다렸다는 듯 신하들 중에서 장의에 대한 비방의 소리가 강력하게 터져 나왔다.

"그 사람은 신용할 수 없습니다. 몸의 안전을 위해서는 나라까지 팔아먹을 놈입니다. 지금 여기서 또 그 사람을 등용하신다면 그야 말로 천하의 웃음거리가 될 것입니다."

어느 시대에도 그렇지만 '민완가(敏腕家)' 라느니, '수완가(手腕家)' 라느니 하는 말을 들을 정도의 인물은, 때때로 상사나 동료의 반감을 사는 적이 많다. 실력이 있고 이해해 주는 사람이 위에 앉아 있어서 '바람막이' 역할을 해 주고 있는 동안은 괜찮지만, 그것이 없어지면 순식간에 비판의 대상으로 바뀌지고 만다.

장의의 경우도 그랬다. 새로 왕위에 오른 무왕은 처음부터 장의를 싫어하고 있었기 때문에 더욱 처치 곤란이었다.

얼마 후에 장의와 무왕의 사이가 원만하지 못하다는 소문이 여러 나라로 퍼져나갔다. 그 소문을 들은 제후들은 잇달아 연횡책을 파기하고 다시 합종(合從)하게 되었다. 장의의 모처럼의 노력이 수포로 돌아간 것이었다.

그 위에 제나라에서는 장의를 문책하는 사자까지 보내면서 때를 놓칠 세라 장의의 실각을 꾀했다. 장의의 입장은 더욱더 괴롭게 되었다.

보통 책사라면 아마 여기서 끝장이 났을 것이다. 그렇지만 장의는 역시 강인했다. 장기(長技)인 변설로 역경을 박차고 멋지게 정치 생명을 지속시켜 나갔던 것이다.

그는 자청해서 무왕에게 다음과 같이 제의했다.

"저에게 좋은 생각이 있습니다만……."

"말해 보라."

"우리 진나라로서는 동쪽의 여러 나라에 큰 동란이라도 일어나지 않는 한 더 이상 영토를 확장할 수가 없습니다. 그런데 제왕(齊王)은 저를 눈엣가시로 여기고 있다고 합니다. 그렇다면 제가 가는 곳에는 반드시 대군을 파견할 것이 아니겠습니까? 제가 위나라로 갔다는 것을 알면 제나라는 틀림없이 위나라로 출병할 것입니다. 위나라와 제나라의 양군이 대치(對峙)해서 빼도 박도 못하는 상태가 된다면, 그 때, 왕께서는 중원으로 출병해서 주(周)나라에 위압을 가하는 것입니다. 그렇게 하면 주나라의 천자를 배경으로 천하에 호령할 수 있지 않겠습니까. 이것이야말로 왕자의 대업이라는 것이옵니다."

또다시 위험한 줄타기를 하려는 것이었다.

그러나 무왕으로서는 밑져 봐야 본전이었다. 당장 장의에게 전차 30대를 주어 위나라로 가게 했다.

아니나 다를까, 제나라는 대군을 동원해서 위나라로 쳐들어왔다. 당황한 것은 위나라의 애왕(哀王)이었다. 그러자 장의는,

"걱정하실 것 없습니다. 아무쪼록 저에게 맡겨 주십시오."

라고 말하며 애왕을 달래 놓고, 식객인 풍희(馮喜)라는 사람을 초나라로 보내, 초나라의 사자로서의 명의를 빌어서 제나라로 가게 했다.

"왕께서는 장의라는 사나이를 누구보다도 미워하고 계시다고 하는데, 실제로 하고 계시는 일은 일부러 그 사나이의 신용을 높여 주고 있는 것과 다를 바가 없지 않습니까?"

"그게 무슨 소린가. 장의는 도저히 그냥 둘 수 는 없는 놈이다. 그녀석을 감싸 주는 나라는 어느 나라건 간에 쳐부수고 말 테다. 그 것이 어째서 신용을 높여 주는 짓이 된단 말인가?"

풍희는 이 때라는 듯이 변설을 늘어놓았다.

"그 말씀을 듣고 저의 의견이 옳다는 생각이 더욱더 분명해졌습니다. 사실은 장의가 위나라로 간 것은 진나라의 무왕과 다음과 같은 밀약(密約)이 있었기 때문입니다.

'진나라로서는 동쪽의 여러 나라에서 동란이 일어날 때야말로 영토를 확대할 수 있는 절호의 기회다. 지금 제나라 왕이 장의를 눈엣가시로 여기고 있는 것을 잘 이용해서 위나라와 제나라 사이에 분쟁을 일으키게 하자. 위나라와 제나라의 양군이 대치해서 빼도 박도 못하는 상태가 되었을 때, 그 틈을 이용해서 출병한다. 그렇게 하면 진나라는 손쉽게 패업을 달성할 수가 있다.'

그 후의 경과를 보아하니 완전히 장의의 생각대로 일이 진행되고 있습니다. 왕께서는 장의를 미워한 나머지 뻔히 알면서 국력을 피폐(疲弊)시킬 뿐만 아니라, 동맹국까지 적으로 돌리려고 하고 계십니다. 그렇게 되면 진나라 왕은 더욱더 장의를 신뢰하게 될 것입니다. 일부러 장의의 신용을 높여 주고 계시다는 말씀을 드린 것은 바로 그렇게 될 것이기 때문입니다."

"잘 알았다."

제왕은 즉각 군대의 철수를 명령했다.

전에는 초나라를 마음대로 농락하고, 이번에는 또 진나라와 제나라의 양대국을 마음대로 농락한 외교 교섭은, 그야말로 거물 책사의 본령을 발휘한 것이라고 말할 수 있다.

《사기》에 의하면 그 일이 있은 다음 장의는 1년 간 위나라의 재상 자리에 있었으며, 그 재임 중에 위나라에서 파란 많은 생애를 마쳤다고 한다.

고급 모략요원 소진 蘇秦

11

11. 고급 모략요원 소진(蘇秦)

略年譜

동주(東周) · 낙양(洛陽) 사람. 장의(張儀)보다 약간 앞서서 '육국합종(六國合從)'이라는, 진나라에 대항한 응대한 국제전략을 구상한 뒤 그것을 실현시킨 다음 스스로 책임자의 자리에 앉았다고 함. 그러나 실상(實像)은 연(燕)나라의 소왕(昭王 : 재위 기원전 312~279년)의 밀명을 띠고 제나라, 위나라, 조나라 등에서 획책하고, '합종책'을 위해 분주하게 뛰어다닌 고급 모략요원. 화려한 설득술은 세객으로서도 능히 1류급이다.

연횡론의 거물을 장의라고 한다면, 합종론(合從論)을 대표하는 인물은 소진(蘇秦)이다. 소진은 장의와 필적하는, 아니 그 이상의 거물 책사로 취급되어 왔다.

이와 같은 소진상(蘇秦像)을 형성해 온 것은 주로 《사기》의 「소진열전」이다.

그에 따르면 소진은 젊었을 때 귀곡(鬼谷) 선생 밑에서 유세술을 배웠으며, 학문을 이루고는 여러 나라에 유세를 했으나 도무지 받아들여 지지 않았다. 가난한 생활 속에서 굳게 결심을 한 그는 고심 노력한 끝에 '취마' 라는 일종의 독심술을 고안해 낸 다음 다시 유세의 길을 떠났다고 한다.

처음에는 알아주는 사람이 없었으나 얼마 후에 진나라에 대항하는 '육국합종(六國合從)' 이라는 웅대한 국제 전략을 구상하여 차례차례 6개국의 왕들을 설득한 끝에 그것을 실현시켰다. 그리고 자기 자신도 그 전략의 책임자 자리에 앉아 6개국의 재상을 겸무하기에 이르렀다. 진나라의 장의가 연횡을 실현하기 위해 분주하게 뛰어다니기 조금 전의 시대에 있었던 일이다.

그렇지만 그 후 '육군합종' 의 파탄과 더불어 연나라에 몸을 의지하고, 연나라와 제나라 사이를 왕래하면서 활동하기도 했는데, 기원전 317년에 제나라에서 비명으로 죽었다.

《사기》의 이 같은 기술에 따르면 소진은 장의보다 약간 앞선 시대에 '육군합종' 을 실현시켜 국제 정국을 마음대로 가지고 놀았던 거물 책사라고 할 수 있는데, 이에 대해서는 종전부터 당시의 역사적 사실과 부합되지 않는 점이 있다는 이유로 의문시되어 왔다. 그 중에는 소진이라는 사람의 존재 여부까지도 의심하는 학자도 있었다.

그 중에서 양관(揚寬)이라는 현대의 사가(史家)가 「전국책」과 기타 기술을 토대로 소진이 활약했던 연대를 제나라의 민왕(재위 기원전 300~284년)의 시대로 단정하고, 그 무렵에 연나라의 지원을 받아 제나라의 재상으로 임명되어 합종의 실현을 도모했다는 설

(說)을 발표하여 주목을 받고 있었다. 그러던 중 1973년에 장사(長沙)의 「마왕퇴(馬王堆) 3호 한묘(漢墓)」에서 발굴된 「백서(帛書)·전국책」이 뜻하지 않게 이 설을 뒷받침해 주었다.

「백서」라는 것은 '비단천에 씌어져 있다'는 뜻이며, 종래의 「전국책」과 구별하기 위해 이렇게 불리게 되었던 것이다. 덧붙여서 말하면, 당시는 아직 종이가 발명되지 않았었기 때문에 대나무나 나무쪽(죽간 (竹簡), 목간(木簡)이라고 함), 또한 비단천 등에 문자를 적고 있었다.

「백서 전국책」은 모두 합쳐서 27개의 설화로 정리되어 있으며, 그 중의 반수에 가까운 13개의 설화는 모두 소진이 제나라의 민왕 및 연나라의 소왕(昭王 : 재위 기원전 312~279년)에게 보낸 서신과 헌책으로 꾸며져 있다. 이들 자료에 의해서 소진이 활약했던 연대 및 그 내용이 밝혀진 것이다.

2개의 「전국책」에 따라 실제의 소진상을 그려 보면, 그는 연나라 소왕의 밀명을 받고 제나라 및 그 밖의 나라에 파견된 세객이었다고 할 수 있다. 그의 목적은 제나라의 공격 목표를 연나라 이외의 나라로 돌리게 하며 아울러 제나라의 국력을 약화시키는 데 있었다. 분명히 말하자면, '반간공작(反間工作 : 스파이 활동)'을 하는 것이었다. 기원전 300~296년과 기원전 288년 등 두 번에 걸쳐 제나라에 가서 이 같은 활동을 거의 성공시켰다.

이어 기원전 287~286년에 걸쳐 위나라와 조나라에도 갔다. 이 때의 활동 목적은 표면상으로는 제나라를 위해 5개국에 공작하여, 진나라에 대한 '합종'을 실현시키는 일이었으나, 뒤로는 연나라의 소왕을 위해 비밀리에 위나라 및 조나라와 연락을 취하면서 반제연합(反帝聯合) 결성을 꾀하는 데 있었다.

그 후에도 소진은 제나라에 세 번 갔었다. 그리고 제나라에서 '반간공작' 행위가 발각되어 사형 당했는데 《사기》, 그것은 아마도 사실일 것이다. 그런데 그 시기는 《사기》의 기술보다 30~40년 쯤 내려간 기원전 280년대의 일이라고 해야 할 것이다.

이와 같이 두 가지 「전국책」에 의해 그려지는 소진상은 《사기》의 그것과 비교할 때 크게 이미지가 떨어지지 않을 수 없다. '육군합종'을 실현시킨 끝에 각국의 재상을 겸무하고 있었다는 것도 분명히 허상(虛像)이다. 실제의 소진은 그럴 정도의 거물은 아니었다.

《사기》에 그려진 소진상은 왜 이렇게까지 혼란되어 있는 것일까. 그것에 대해서 실은 사마천도 〈소진열전〉 말미에서,

"세상에 유포되어 있는 소진에 얽힌 이야기는 이설(異說)이 많다. 생각건대 그것은 시대를 달리한 유사한 일들을 모두 소진이 한 일일 것이라고 억지로 끌어다 붙였기 때문일 것이다."

라고 변명하고 있다.

사마천의 시대부터 소진은 이미 전설 속의 인물이 되어 있었던 모양이다. 그리고 사마천도 굳이 정리하기를 피하고 유사한 이야기

의 대부분을 그대로 소진의 사적(史蹟)으로서 적었던 모양이다. 그 결과, 소진의 이미지는 실물보다도 아주 크게 부풀어오르게 되었다는 것이 진상일 것이다.

하지만 그런 진상의 베일을 벗기고 나서 보더라도, 소진은 당시 활약한 세객들 중의 전형이었음에는 틀림없다. 합종론과 연횡론의 인맥 속에서 파악한다면 분명히 합종론 그룹에 속하고 있으며, "그 술(術)은 권변(權變)에 뛰어났다.《사기》"라고 말하고 있듯이 만만찮은 교섭술도 충분히 몸에 익히고 있었다. 소진이 일류의 세객이었다는 것은 거의 의심할 여지가 없다.

지금부터는, 될 수 있는 한 실상에 의거해서 그의 교섭술을 살펴보기로 한다.

우선 소진의 화려한 설득술의 본보기를 두 가지만 들어 보자. 모두 「전국책」에서 인용한 것이다.

제나라의 재상 맹상군(孟嘗君)이 진나라의 초대를 받고 진나라로 가려고 했다. 제나라와 진나라는 원래 견원지간(犬猿之間)이었다. 그런 곳으로 어슬렁거리고 가면 어떤 위험이 기다리고 있을지 알 수가 없는 일이었다. 맹상군의 신상을 걱정한 친구와 식객들이 연달아 찾아와서는 중지할 것을 진언했으나 맹상군은 완강하게 받아들이려고 하지 않았다.

이 때 소진은 연나라 소왕의 밀명을 받고 제나라에서 묵고 있던 중이었다. 그의 목적은 제나라의 공격 목표를 연나라 이외의 나라로 돌리게 하고, 아울러 제나라의 국력을 피폐시키려는 데 있었다. 그는 소위반간활동에 종사하는 고급 모략요원이었다. 이 같은 활동 목표에서 보면 맹상군의 진나라 방문을 매우 불리했다. 왜냐 하면, 그것을 계기로 제나라가 원수인 진나라와 손을 잡기라도 하는 날에는 그것은 당장 연나라에 대한 중대한 위험이 되기 때문이었다.

소진은 어떤 일이 있어도 맹상군이 진나라로 가는 것을 저지하지 않으면 안 되었다. 때문에 그 소문을 듣자 즉시 재상 관저로 찾아가 면회를 요청했다.

진나라 방문을 중지하라는 권유객들 때문에 매우 짜증이 나 있던 맹상군은 이맛살을 찌푸린 채 지시했다.

"이 세상 이야기는 이제 듣기에 싫증이 났다. 저승의 이야기라면 들어 주기로 하지."

허울 좋은 문전축객(門前逐客)이었다. 그러나 그 정도에서 물러난다면 고급 모략요원의 임무는 수행할 수 없다. 소진은 끈덕지게 버텼다.

"물론 이 세상 이야기를 할 생각은 없습니다. 저승 이야기를 하러 왔습니다."

이쯤 되면 쫓아 보낼 수도 없는 일이었기에 맹상군은 마지못해 일어났다. 소진은 이렇게 말을 꺼냈다.

"방금 치수(治水) 가를 지나왔을 때의 일입니다. 진흙인형과 목각인형이 말다툼을 하고 있었습니다. 목각인형이 진흙인형에게 이렇게 말하는 것이었습니다. '너는 근본을 따지면 서안(西岸)의 진흙이다. 이겨져서 사람의 모양이 되었을 뿐 8월에 비가 내려 치수가 범람하면 너 따위는 끝장이야' 진흙인형도 지지 않고 반박했습니다. '당치도 않은 소리. 확실히 나는 서안의 진흙이다. 그러니 서안으로 돌아가는 것뿐이다. 그런데 너는 어떠냐, 동국(東國) 태생의 목각인형이 아니냐. 사람 모양으로 새겨져 있기는 하지만, 비로 치수가 범람하면 어디까지 떠내려갈지 알 수 없지 않은가' 그런 말로 서로 말다툼을 하고 있었습니다.

그런데 당신이 가려고 하는 진나라는 비밀주의 나라이며 위험하기 짝이 없는 곳입니다. 일단 들어가면 돌아올 수 있을지 어떨지 알 수 없습니다."

그 이야기를 들은 맹상군은 생각을 바꾸어 진나라 방문을 보류했다고 한다.

이 이야기가 재미있는 점은 그 같은 비유의 재미에 있으며, 그것으로 설득력을 훨씬 높이고 있거니와 순간적으로 이 정도의 비유를 생각해 낸 소진은 역시 보통 세객이 아니었다.

덧붙여서 말하면 맹상군은 이 때 일단은 진나라 방문을 단념했지만 나중에 반대를 무릅쓰고 진나라로 갔다가 가까스로 도망쳐 나오게 된다.

조나라가 연나라를 치려고 했을 때의 일이다. 소진이 연나라 왕의 명을 받고 조나라로 가서 조나라의 혜왕을 설득하게 되었다.

"이리로 오는 도중에 역수(易水)를 건너왔습니다만, 마침 보아하니 모래 위에 마합(馬蛤 : 조개의 일종)이 나와 있었습니다. 거기에 도요새가 날아와서 그 살을 쿡쿡 쪼았습니다. 마합은 두고 보라는 듯이 껍질을 닫아 도요새의 부리를 꼭 물고 말았습니다.

도요새가, '이놈, 2~3일만 비가 오지 않으면 너는 죽고 말 것이다.' 하고 호통 치자, 마합도 지지 않고,

'무슨 말을 하는 거야. 이대로 있으면 너야말로 죽고 만다.' 라고 반박했습니다. 서로 버티며 양보하려고 하지 않았습니다. 그 때 어부가 다가오더니 둘 다 잡아가 버렸습니다.

그런데 조나라는 지금 연나라를 치려고 하고 있습니다. 그렇지만 싸움을 오래 끌어서 백성들이 피폐해지면 진나라가 어부지리를 차지하지 않겠습니까. 숙고(熟考)하십이 마땅합니다."

"과연 그렇구나."

조나라의 혜왕은 그 즉시 연나라 공격을 중지했다.

이 이야기도 비유가 재미있으므로 설득력을 높이고 있는 좋은 예이다. '어부지리' 라느니, '휼방지쟁(鷸蚌之爭)' 이니 하는 말의 출전(出典)이 되고 있다.

소진이 연나라로 돌아가던 길에 있었던 일이었다. 제나라가 대군을 동원해서 연나라로 쳐들어가 성읍을 10개나 빼앗은 사건이 일어났다.

당황한 연왕이 소진을 불러들였다.

"경께는 전부터 수고를 부탁해 왔는데 그 보람도 없이 이런 꼴이 되고 말았소, 그러니 아무쪼록 제나라로 가서 무사히 일이 수습되도록 해 주십시오."

사실대로 말하면 이렇게 된 것은 네 책임이니 네가 가서 해결을 짓고 오라는 것이었다. 소진은 크게 부끄러워하면서,

"꼭 해결하고 오겠습니다."

하고는 제나라로 갔다.

빼앗긴 땅을 아무런 대상(代償)도 없이 도로 찾아가지고 오라는 것이기 때문에 교섭치고는 매우 어려운 교섭이었다.

《사기》에 의하면 소진은 제왕 앞으로 나아가 문안을 드렸을 때, '엎드려서는 경하(慶賀)라고 우러르고는 애도(哀悼)했다' 고 한다. '엎드려서 경하하다' 란 "이번에 영토를 넓히셨다고 하니 참으로 경사스럽습니다."라고 축하의 말을 했다는 뜻이고, '우러르고 애도했다' 는 서서히 머리를 들고 "그렇지만 제나라의 명맥도 이제 끝장이 아닐까 생각합니다"라고 조문(弔問)하는 말을 했다는 뜻이다. 축하의 말과 조문의 말을 덩달아서 들으면, 비단 제나라 왕이 아니더라도 무슨 일인가 하고 순간적으로 깜짝 놀랄 것이다.

의표를 찔린 제왕은 엉겁결에 그 까닭을 물었다.

"이 어찌 경조(慶弔)가 그렇게도 빨리 잇닿는 것인가?"

소진은 지체 없이 일장 변설을 늘어놓았다.

"이런 이야기를 들은 적이 있습니다. '굶어 죽기 직전인 사람이라고 오훼(烏喙 : 독초인 바곳)만은 먹지 않는다. 먹으면 먹을수록 죽음을 재촉하기 때문이다' 라고. 그런데 연나라는 소국이지만 연왕은 진왕의 사위가 됩니다. 그런 연나라의 영토를 빼앗은 만큼 귀국은 앞으로 저 강국인 진나라를 적으로 돌리게 된 것입니다. 소국인 연나라의 머리를 짓누른 것을 트집 잡아 천하의 정병(精兵)이 귀국으로 쳐들어온다면 이는 바로 오훼를 먹는 것과 다를 바가 없지 않겠습니까?"

제왕은 안색이 확 변했다.

"그렇다면 어떻게 하면 좋겠는가."

소진은 내심으로 '됐다' 하면서 말했다.

"옛날부터 성공하는 사람은 '화(禍)를 복(福)으로 바꾸고(전화위복), 패(敗)함으로써 공(功)을 이룬다' 고 듣고 있습니다. 그래서 제 생각입니다만, 지금으로서는 빼앗은 땅을 즉각 연나라에게 돌려주는 것이 최선의 방법이 아닐까 생각합니다. 뜻하지도 않게 빼앗겼던 땅이 돌아온다면 연나라는 기뻐할 것입니다. 또 진왕은 진나라의 위세를 두려워해서 돌려준 것이라고 생각할 것이므로 그들도 또한 기뻐할 것입니다. '구원(舊怨)을 버리고 친교를 맺는다' 는 것은 바로 이런 것을 두고 하는 말입니다. 그것이 계기가 되어서 연나라와 진나라 양국이 제나라에 신종(臣從)한다면 다른 제후들도 왕의 뜻대로 될 것입니다."

정세론에서부터 설명하기 시작하여 이해득실까지 언급하며, 어르고 달래는 등 완전히 상대를 마음대로 희롱한 듯한 느낌이 든다.

여기서도 속담류가 효과적으로 사용되고 있다는 점에 주목하기 바란다. 비유나 속담을 많이 쓰는 것이 그의 설득술의 큰 특징이었다.

제왕은,

"잘 알았다."

하면서 빼앗았던 성읍을 고스란히 연나라에 돌려주었다. 소진은 아무런 대가도 치르지 않고 어려운 반환교섭을 성공시켰던 것이다.

'반간 공작' 이라는 것은 어차피 줄타기와 같은 일이다. 제나라에 있으면서 연나라의 이익을 도모할 경우, '연나라를 위해서' 를 표면에 나타내면 금세 발각되어 파멸을 면할 수 없다. 그것을 피하려면 똑같이 연나라의 이익을 도모할 경우라도 표면상으로는 '제나라를 위해서' 라는 형태를 취하지 않을 수 없다. 그렇게 되면 이번에는 연나라 쪽에서,

"도대체 저놈은 연나라를 위해서 일하고 있는 거냐? 제나라를 위해서 일하고 있는 거냐?"

하고 의심하는 눈으로 보게 되는 것이다.

소진은 타고난 설득 재주로 쌍방의 왕을 교묘하게 구슬리고 있었던 것 같으나 많은 가신(家臣)들의 의심까지는 풀어 줄 수가 없었다.

영토의 반환 교섭에 성공했을 때도, 나중에 제왕에게 이렇게 진언한 사람이 있었다.

“소진이라는 놈은 변설로 나라를 팔아먹는 신용할 수 없는 사나이입니다. 좋지 않은 일을 꾸미고 있는 것임에 틀림없습니다.”

이 소문을 얼핏 들은 소진은 주살(誅殺)당할 것을 두려워하여 서둘러 연나라로 돌아갔다.

그러나 연나라에서도 소진의 평판은 좋지 않았다. 연왕의 태도도 역시 냉담했다. 본래 같으면 반환 교섭을 성공시킨 공로자여야 할 텐데도. 역시 여기서도 소진을 ‘믿을 수 없는 놈’이라고 왕에게 중상하는 사람들이 많았던 것이다.

이 때 소진은 연왕에게 다음과 같이 변명했다.

“왕께서는 이런 이야기를 알고 계십니까. 어떤 사나이가 관리가 되어서 먼 곳에 부임했는데, 집을 비운 사이에 그 아내가 다른 남자와 밀통(密通)을 했습니다. 얼마 후에 남편이 돌아온다는 연락이 왔습니다. 상대방 남자는 당황했습니다. 그러자 그 아내가 말했습니다.

‘걱정하실 것 없습니다. 돌아오면 독을 탄 술을 마시게 할 테니까요’ 그로부터 3일쯤 지나서 남편이 돌아왔습니다. 아내는 곧 하녀에게 독을 탄 술을 가져오게 해서 남편에게 권하려 했습니다. 하녀는 술의 비밀을 알고 있었습니다. 그렇지만 그것을 주인에게 알리면 아내를 쫓아내게 됩니다. 그렇다고 알리지 않으면 주인의 목숨이 위험합니다.

하녀는 고민한 끝에 일부러 발을 헛디딘 체하고 넘어져서 술병을 뒤엎고 말았습니다. 주인은 화가 머리끝까지 나서 하녀에게 50대의 매를 때리게 했다고 합니다. 말하자면 넘어지면서 술을 쏟아버린 하녀의 기지가 주인의 목숨을 구하고 아내의 지위를 지켜 준 셈인데도 불구하고 하녀는 매질을 당했던 것입니다. 불행하게도 지금 저의 경우도 이와 마찬가지인 것 같습니다. 아무쪼록 통촉해 주십시오."

바로 샌드위치가 된 사람의 고충이다. 소진은 그것을 직선적으로 털어 놓지 않고 교묘한 비유를 써서 간접적으로 말함으로써 상대의 이해를 환기시키고자 했다. 이 경우 곡선적인 화법(話法)이 설득 효과를 높이고 있는 것이다.

'손자' 의 병법에 「우직지계(迂直之計)」라는 전략이 있다. 알기 쉽게 말하자면, 우회(迂廻)의 효과라는 것인데, 이 「우직지계」를 설득술에 응용한다면 결과적으로 이런 표현이 되는 것인지도 모른다.

이렇게 해서 연왕의 신뢰를 회복한 소진이었지만 결국 그것도 오래 가지는 못했다. 조정 안팎에서 소진을 중상하는 소리가 여전히 그치지 않았던 것이다. 신변의 위험을 느낀 소진은 자진해서 연왕에게 청원했다.

"제가 이렇게 연나라에 머물러 있는 이상 세월만 흐를 뿐이지 연나라의 세력을 확대시킬 수가 없습니다. 다시 한 번 제나라로 가서 연나라를 위한 공작을 펼쳐 볼까 합니다만 어떻겠습니까?"

"그렇게 하도록 하라."

소진은 연나라에서 죄를 지어 쫓겨난 것처럼 꾸미고 제나라로 도망쳤다.

제왕은 그런 소진을 기꺼이 맞아들여 객경(客卿 : 대신 대우의 최고 고문)으로 등용했다.

소진은 곧 제왕을 설득해서 선대(先代)의 제사를 성대하게 올려 천하에 효심을 보일 것, 궁전과 정원을 크고 높게 해서 위세를 과시할 것을 권했다. 그렇게 함으로써 제나라의 경제를 피폐시켜 연나라를 유리하게 이끌려고 꾀했던 것이다.

이렇게 해서 소진의 공작은 제대로 진행되는 것처럼 보였다. 그러나 비록 제왕의 신임은 얻었지만 중신들의 눈은 냉담했다. 그러던 어느 날 밤에 소진은 자객의 습격을 받아 거의 죽을 지경에 이르는 중상을 입었다. 제왕은 팔방으로 사람을 풀어 범인을 잡아들이도록 했으나 끝내 체포하지 못했다.

소진은 제왕에게 이렇게 유언을 남겼다.

"제가 죽거든 시체를 능지처참(사형의 일종)에 처하시고, 소진은 제나라에 내란을 일으켜 연나라의 이익을 도모하려고 했던 불순한 놈이었다는 소문을 시중에 퍼뜨리도록 하십시오. 그렇게 하면 저를 습격한 범인을 체포하실 수가 있을 것입니다."

소진의 유언대로 했더니 과연 범인이 자수했다. 제왕은 곧 그 사나이를 잡아 주살했다.

이 이야기가 전해지자 연나라에서는 이렇게들 이야기했다.

"소진의 원한을 풀어 주다니 제나라 친구들도 꽤나 어리숙하군."

소진이 죽은 후 그가 연나라를 위해 제나라의 세력을 약화시키려는 획책을 하고 있었다는 사실이 판명되었다. 제나라는 연나라의 처사를 괘씸하게 여겼으며 연나라는 제나라의 보복이 두려워서 전전긍긍했다.

항상 샌드위치의 입장이 되어 괴로워해 온 소진의 고민이, 죽은 후에 원한이 되어 두 나라에 보복이라도 한 것일까. 소진은 눈을 감을 때 이미 거기까지 내다보고 있었는지도 모른다. 소진만한 책사라면 그 정도의 일은 충분히 해낼 수 있을 테니까.

기지에 뛰어난 순우곤

12

12. 기지에 뛰어난 순우곤

略年譜

제(齊)나라 사람. 기원전 4세기 후반, 제나라가 가장 융성했던 시대에 위왕(威王), 선왕(宣王), 민왕(?王)의 3대에 걸쳐 고문격으로 일했으며, 박문강기(博聞强記)하고 기지가 넘치며 변설(辯舌)에 능한 선비로서 알려짐. 종종 사자로서 제후들을 만났는데 상대방의 안색을 보고 임기웅변으로 대처하는 곡석적인 교섭술로 훌륭하게 그 사명을 다했다 함. '직하지학(稷下之學)'에 모인 학자 선생의 한 사람이기도 함. 《사기》에서는 「골계열전(滑稽列傳)」에 이름이 올라 있음.

《사기》에 「골계열전(滑稽列傳)」이라는 권(卷)이 있으며 사마천은 거기에 몇 사람의 골계가(滑稽家)들을 등장시키고 있다.

골계라는 말은 '익살맞음', '해학(諧謔)'이라는 뜻을 가지고 있으며, '기지(機知)'라는 말과 가장 뜻이 가깝다. 골계가들은 모두 탁월한 기지를 가지고 있으며, 선불리 하다가는 상대방의 격노(激怒)를 살지도 모르는 말도 완곡하게 함으로써 어느 샌가 상대방을 자기편으로 끌어들이고 마는 특기를 가지고 있었다. 그 교섭술은 어디까지나 곡선적이었다. 그런 의미에서는 난세를 통해 연마된 교섭술이라고 말해도 좋을지 모르다.

순우곤(犉于髡 : 순우가 성이고 곤은 이름)은 골계가들 중의 대표적인 인물이었다. 그는 제나라의 어느 집 데릴사위였는데 키는 보통 사람의 어깨까지 밖에 오지 않는 난쟁이였으나, 기지가 풍부하고 응변가라는 점에서 사자가 되어 종종 제후들을 만났다. 그리고 그 때마다 장기인 곡선적 교섭술을 구사하여 임무를 완수했다. 굴욕을 당한 적이 한 번도 없었다.

순우곤이 살았던 때는 위왕(威王), 선왕(宣王), 민왕(湣王)의 시대였으며 제나라가 가장 융성을 구가하고 있었던 때였다. 그는 이 3대의 왕들과 밀접한 관계를 가졌는데, 그 관계는 보통의 군신 관계라기보다는 왕의 최고 정치고문과 같았을 것이라는 느낌이 든다.

《사기》에 의하면 순우곤이 정치 무대에 등장하기 시작한 것은 위왕이 즉위한 지 몇 년 되지 않았을 때였던 것 같다. 위왕이라고 하면 1대에 제나라 발전의 기반을 닦은 명군인데, 즉위 초에는 음탕하게 놀며 밤새 놀고 술 마시기를 즐겨하며 나랏일을 돌보지 않고 정치는 경대부에게 맡겨 버렸다. 때문에 관리들의 기강은 문란해지고 제후들이 동시에 침략하여 나라의 존망이 아침저녁으로 절박한 지경에 놓였다. 그런데도 측근이나 중신들 중에서 누구 하나 간(諫)하는 사람이 없었다. 무리도 아니었다. 무엇보다 왕이라는 것은 전제군주(專制君主)이며 섣불리 의향을 거슬렀다간 자기 목이 날아갈 우려가 있었던 것이다.

이 때 순우곤이 나서서 위왕에게 간했다고 하는데 어떤 자격, 어떤 신분으로 면회를 요청했는지는 잘 알 수 없다. 당시는 세객(說客)들의 전성시대였지만, 그렇다고 해서 그들이 간단히 왕을 만날 수 있었던 것은 아니다. 왕을 면회하기 위해서는 적당한 소개자가 있어야 하는 것이 통례였다. 소개자가 유력자이면 유력자일수록 좋았음은 두말 할 것도 없다.

순우곤은 왕 앞으로 나아가서 수수께끼 놀이를 핑계 삼아 간했다.

“나라 안에 큰 새가 있는데, 궁전 마당에 앉아 있으면서 3년 동안 날지도 않고 울지도 않고 있습니다. 왕께서는 그것이 어떤 새인지 아시겠습니까?”

왕은 이렇게 대답했다.

“그 새는 날지 않으면 그만이지만 한 번 날았다 하면 하늘 높이 날아오르고, 울지 않으면 그만이지만 한 번 울었다 하면 사람들을 놀라게 할 것이다.”

그리고는 즉시 각 현의 현령과 현장(縣章) 72명을 조정으로 불러들여 상벌(賞罰)을 내림으로써 기강을 숙정(肅正)했다.

덧붙여서 말하면 이 때의 기강 숙정은 다음과 같은 식으로 시행되었다. 위왕은 먼저 즉묵(卽墨)의 대부(大夫)를 불러들여 말했다.

"그대가 즉묵으로 부임하고부터 그대를 비방하는 소리가 매일처럼 들려왔다. 그렇지만 사람을 보내 알아보게 했더니 즉묵의 들판은 잘 경작되고 있고, 물자는 골고루 미치고 있으며, 관의 사무도 순조롭게 행해지고 있다는 보고였다. 그대는 지사로서 잘 해 주었다. 비방하는 소리가 일어난 것은 그대가 내 주위에 있는 사람들의 비위를 굳이 맞추려 하지 않았기 때문이겠지."

그렇게 말하고 그를 만호(萬戶)의 읍에 봉했다.

이어서 위왕은 아(阿)의 대부를 불러들였다.

"그대가 아로 간 다음부터 그대를 칭찬하는 소리가 매일처럼 들려왔다. 그렇지만 사람을 보내어 시찰케 했더니 아의 들판에는 풀이 무성하게 자라고 있으며, 백성들은 빈곤으로 인해 괴로워하고 있었다. 또 이웃 현인 견(鄄)이 조나라의 공격을 받았을 때 그대는 구원병을 보내지 않았다. 대부로서는 정말로 태만했다. 그런데도 그대의 평판이 높았던 것은 그대가 내 주위에 있는 사람들에게 뇌물을 듬뿍 바치고 있었기 때문이다. 괘씸하기 짝이 없는 놈이다."

라고 질타(叱咤)한 후, 곧 아의 지사를 정확지형(鼎鑊之刑 : 삶아 죽이는 극형)에 처하고, 또 그에게서 뇌물을 받고 있던 측근들도 전원 주살해 버렸다.

이 같은 단호한 처리에 의해서 위왕은 정치의 면목을 일신했으며 병사들의 사기를 일으켜 침략국을 향해 출정했다. 그러자 제후들은 크게 놀라 그 동안 침략하여 빼앗았던 제나라의 땅을 모두 돌려주었다. 또한 그 때부터 36년 동안이나 제나라의 위엄이 떨쳐졌다.

위왕은 주색에 빠져 있으면서도 가만히 부하들의 움직임을 관찰하며 쇄신(刷新)의 기회를 노리고 있었던 것이다. 순우곤의 수수께끼놀이는 단순히 그 계기를 준 것에 지나지 않는다고 해석해야 할 것이다.

그렇지만 이때의 수수께끼 놀이로 위왕은 순우곤을 '재미있는 사람' 으로 인정하고 그의 존재를 마음에 새기게 되었다.

그 후로부터 순우곤은 왕의 고문격으로서 정치면의 상담을 맡게 되었다.

위왕 7년 (기원전 349년)에 초나라가 대군을 집결하여 제나라에 대해 진공 작전을 폈다. 걱정이 된 위왕은 순우곤을 사자로 삼아 조나라에 구원을 요청토록 했다. 그 때 조왕에게 줄 예물로서 금 100근, 4두마차 10대가 준비되었다. 그러자 순우곤이 갑자기 하늘을 우러러보며 웃었다. 너무나 호들갑스럽게 웃었기 때문에 갓끈이 모두 끊어져 버렸다. 왕이 물었다.

"그대는 선물이 적다고 생각하시오?"

"어찌 감히 그렇다고 하겠습니까?"

"웃는 데는 그만한 이유가 있을 게 아니겠소? 연유(緣由)를 말하시오."

"그러면 말씀드리겠습니다. 저는 동쪽에서 오는 길가에서 풍년을 비는 사람을 보았습니다. 돼지 발 하나와 술 한 잔을 손데 들고 이렇게 빌고 있었습니다.

'높은 밭에서는 광주리에 넘치고
낮은 밭에서는 수레에 가득 차게
오곡이 풍성하게 익어
우리 집에 넘쳐 나게 해 주십시오.'

저는 그가 손에 들고 있는 것은 그처럼 적으면서, 원하는 것은 그처럼 큰 것을 보았기 때문에 그것을 생각하고 웃는 것입니다."

위왕은 당장 선물을 황금 1천 일(鎰), 백벽(白璧), 10쌍, 4두마차 1백 대로 늘렸다고 한다.

이 때의 응대도 역시 '그대는 이것이 적다고 생각하는가' 하는 물음에 대해 일단 '당치도 않습니다.' 하고 슬쩍 받아 넘긴 다음 나중에 가서 서서히 완곡하게 말을 시작해 나갔다는 점이 특색이다.

'적다는 말인가' 라는 물음을 받고 만약 '적습니다, 이러이러한 것이 더 있어야 합니다.' 라고 대답한다면 왕의 조치에 노골적으로 트집을 잡는 셈이 되므로 뜻하지 않은 긴장감이 생길 우려가 있다. 그런 직선적인 응답을 피하고 곡선적으로 응대한 점이 소위 '기지'인 것이다.

이렇게 해서 순우곤은 조나라로 가서 구원의 약속을 성립시켰다. 조나라 왕은 그에게 정예 병사 10만 명과 전차 천 대를 내주었다. 초나라는 그런 움직임을 알자 밤중에 군대를 철수시켰다고 한다.

위왕은 대단히 기뻐하며 성대한 주연을 베풀고 순우곤의 수고를 위로했다. 그 자리에서 왕이 물었다.

"선생은 어느 정도 마셔야만 취하시오?"

"저는 한 말을 마셔도 취하고, 한 섬을 마셔도 취합니다."

"한 말을 마시고 취한다면 어떻게 한 섬을 마실 수 있겠소? 그 까닭을 들려 줄 수 있겠소?"

순우곤이 대답했다.

"어전에서 술을 마신다고 하면, 옆에는 사법관이 있고 뒤에는 어사가 있어, 저는 몹시 두려워하며 엎드려서 마시기 때문에 한 말을 제대로 마시기도 전에 바로 취합니다. 만일 부모님을 찾아오신 귀한 손님이 있으면, 저는 의복을 단정히 하고 꿇어앉아 상대를 하지 않으면 안 됩니다. 때로는 손님이 따라 주는 술잔을 받아 마시고, 또 손님의 장수를 축하하여 술잔을 돌리기도 하기 때문에 저는 두 말을 마시기 전에 취해 버립니다. 만일 오래간만에 친구를 만나면 너무나 기뻐서 지난날의 얘기에 흥을 돋우기도 하고 갖가지 수다를 떨면서 마시기 때문에, 대여섯 말을 마셔야 취합니다. 만약에 같은 고향 마을에서 신분이나 지위를 가리지 않고 마음 놓고 즐기는 자리에서 마신다고 하면, 이런 날은 남녀가 자기가 앉고 싶은 자리에 앉아 서로 상대를 붙들고 권커니 잣거니 합니다. 마지막에는 주사위 놀이나 투호(投壺)까지 하면서 상대를 정합니다. 이렇게 되면 손을 잡든 추파를 던지든 아무도 책망하지 않습니다. 여기저기에 귀걸이와 비녀가 흩어질 정도로 떠들썩해지는 경우라면 여덟 말쯤 마셔도 약간 취기가 돌 뿐입니다. 그러다가 날이 저물어 곤드레만드레가 됩니다.

또 주연이 바야흐로 절정에 이르면, 남은 술통들은 한데 모으고 서로 부르면서 남녀가 같은 장소에 모이기 시작합니다. 신발은 어지럽게 널리고 접시와 술잔들이 여기저기 흩어진 채 곧 등불이 꺼집니다. 주인은 저만을 머물게 하고 다른 사람들은 돌려보냅니다. 문득 어둠 속으로 손을 뻗치니 풀어헤쳐진 비단 속옷자락이 잡히고 거기서 여인의 부드러운 살갗의 아련한 향기가 풍겨옵니다. 그러면 저의 마음은 몹시 즐거워 술을 한 섬은 더 마시게 될 것입니다. 때문에 '술이 극도에 이르면 어지럽고, 즐거움이 극도에 이르면 슬퍼진다' 고 하는데 모든 일이 다 그것과 같습니다. 사물이란 지나치면 안 되며 지나치면 반드시 쇠합니다."

순우곤은 그러한 말로 넌지시 위왕에게 풍간했던 것이다.

위왕이 말했다.

"좋은 말이오."

위왕은 그 후로 밤새워 술 마시는 것을 그만 두었으며 순우곤에게 제후들 사이의 외교 업무를 맡겼다. 왕실에서 주연이 열릴 때마다 순우곤은 언제나 곁에서 왕을 모셨다.

기원전 320년에, 37년 동안이나 긴 치세를 한 위왕이 죽었다. 그 뒤를 이은 것이 선왕(宣王)이다. 순우곤은 이 선왕에게도 최고 고문격이 되어 섬겼다. 즉, 그는 이 젊은 왕에 대해서는 마치 사부(師傅)와 같은 느낌으로 접했으며, 위왕을 대했을 때보다도 한층 발언의 자유를 확보 받고 있었던 것 같다. 하지만 그의 발언은 여전히 곡선적이었다.

〈세원(說苑)〉이라는 설화집에 이런 이야기가 실려 있다.

어느 날 선왕이 순우곤을 불러 환담을 하고 있었을 때의 일이다.

"내가 어떤 것을 좋아하고 있는지 선생이 한 번 알아맞혀 보시오."

하고 선왕이 말을 꺼냈다.

"네, 옛날의 왕은 네 가지 것을 좋아하셨지만 왕께서는 그 중 세 가지 것을 좋아하고 계십니다."

"허어, 그러면 그 세 가지란 뭐요?"

순우곤이 대답했다.

"옛날이 왕은 말(馬)을 좋아하셨는데 왕께서도 역시 말을 좋아하십니다. 옛날의 왕은 맛을 좋아하셨는데 왕께서도 역시 맛을 좋아하십니다. 옛날의 왕은 색을 좋아하셨는데 왕께서도 역시 색을 좋아하십니다. 옛날의 왕은 선비를 좋아하셨는데 왕께서는 선비만은 좋아하시지 않습니다."

선왕은 입을 다물어 버렸다.

물론 인재 등용을 꾀하라는 뜻이지만, 이 경우에는 상당히 기탄없이 그것을 지적한 것이다. 그렇지만 소위 직언(直言)과는 조금 다르게 궁리를 짜냈다는 점에서는 마찬가지이다. 이런 식으로 말하는 이상 선왕으로서도 화를 낼 수 없었을 것이다.

그런데 제나라는 그 당시 풍부한 재력의 힘을 빌어서 학자와 문화인에게 융숭한 대접을 하고 있었다. 그들에게는 임치(臨淄 : 제나라 서울)의 직문(稷門 : 성문) 주변에 광대한 전택을 짓게 해 주어 생활이 보장되었으며 자유로운 논쟁이나 학문 연구에 힘쓸 수가 있었다. 그러므로 여러 나라에서 유명무명의 지식인들이 몰려들어와 크게 활기를 띠고 있었다. '직하지학(直下之學)' 이라는 것이 바로 그것이다. 사실은 순우곤도 이 '직하지학' 의 학사(學士)들 중의 한 사람이었다.

유가(儒家)인 맹자도 제나라로 유세를 와서 한때는 여기에 체재한 일이 있었으며, 순우곤과도 면식이 있었는데 이 두 사람은 세객으로서는 매우 대조적인 개성을 보였다.

순우곤은 이미 보아왔듯이 매우 완곡적이며, 곡선적인 표현을 장기로 했으며, 진언을 할 때도 우선 상대방의 기분을 헤아려 안색을 살피고 저항감을 주지 않으려는 표현을 연구했다. 그것에 비해서 맹자는 상대의 기분 따위는 상관하지 않고 자기가 이상으로 삼는 왕도정치(王道政治)를 주장해 마지않았다. 있는 그대로, 그리고 직선적으로 자기 의견을 상대방에게 털어놓았다. 맹자는 '성실한 인간' 이었던 것이다.

어떤 의미에서 '불성실한 인간' 이라고도 말할 수 있는 순우곤이 맹자와 같은 성실한 인간을 볼 때 어떤 현상이 일어날까? 약간 조롱해 보고 싶어지는 것이 인지상정일 것이다. 맹자의 저서인 〈맹자〉라는 책에는 그런 느낌이 드는 두 사람의 대화 내용이 실려 있다.

순우곤이 맹자에게 물었다.

"남녀가 손수 물건을 준다는가 받는다든가 하지 않는 것이 예의라고 생각합니다만, 어떻습니까?"

유가의 경전(經典)인 〈예기(禮記)〉에 '남녀는 친수(親受)하지 않는다' 라고 쓰여져 있으며, 특히 형수와 시동생 사이에서는 손수 주고받는 일이 엄하게 금지되고 있었다. 그것을 재료로 삼아 맹자를 조롱했던 것이다.

맹자는,

"그야 물론이오."

하고 대답했다. 그러자 순우곤은,

"그럼 형수가 물에 빠져 죽어가고 있을 때 손을 내미는 것도 허용되지 않습니까?"

"아닙니다. 그런 때 손을 내밀지 않는다면 짐승이나 마찬가지일 것입니다. 남녀가 손수 물건을 주고받지 않는 것이 예의라고는 할지라도 형수가 물에 빠져 죽게 되었을 때 손을 내미는 것은 임기응변의 조치라고 할 수 있을 것입니다."

"지금 천하는 물에 빠져 죽어가고 있습니다. 그런데 선생은 왜 천하를 구하시지 않는 겁니까?"

"형수가 물에 빠져 죽어갈 때는 손을 잡아 구해 주지만, 천하가 물에 빠졌을 때는 도(道)로 구하는 법입니다. 당신은 지금 천하도 손으로 구하라고 하는 말씀인가요?"

안색이 변하면서 대드는 것만 보아도 역시 맹자는 '성실한 인간' 인 것이다.

순우곤의 기지가 넘치는 응대의 재능은 사자로서 외국에 갔을 때도 유감없이 발휘되었다.

어느 날의 일이었다. 순우곤이 선왕의 부름을 받았다. 무슨 일일까 하고 생각하며 궁중으로 들어갔더니 초나라에 다녀오라고 했다. 곡(鵠)이라는 새 한 마리를 초왕에게 헌상하고 오라는 것이었다. 곡이란 고니(백조)를 말하며, 당시의 중국에서는 선인(仙人)이 타는 새라고 해서 귀중히 여겼다.

그는 왕의 부탁을 공손히 받아들인 다음 물러나와 초나라로 향했다. 그러나 서울을 벗어나자 소중한 선물인 곡을 하늘로 날려 놓아 주고 빈 새장만 들고 초왕을 만나 이렇게 변명했다.

"저는 제왕의 심부름으로 곡을 헌상하기 위해 왔습니다. 그런데 도중에서 강가에 다다랐을 때 곡이 물을 먹고 싶어 했기 때문에 새장에서 꺼내 주었더니 그대로 달아나 버렸습니다. 저는 책임을 지고 그 자리에서 자살하려고 했습니다. 그러나 우리 제왕이 고작 새 한 마리 때문에 아까운 선비를 한 사람 죽게 했다고 비난받게 되지 않을까 걱정되어 마음을 돌렸습니다. 또 곡과 비슷한 새는 많이 있기 때문에 그걸 사서 대용으로 삼을까 하는 생각도 해 보았지만, 그런 짓을 한다면 왕을 속이는 셈이 되므로 그것도 역시 단념했습니다. 차라리 어딘가 다른 나라로 도망칠까 하고도 생각했습니다만 그런 짓을 한다면 두 나라의 친선 관계에 금이 갈 것 같아서 그것도 또한 단념했습니다. 그래서 이렇게 뻔뻔스럽게 빈손으로 온 것이니 어떠한 벌이라도 내려 주십시오."

초왕은 그 말에 깊이 감동했다.

"우러러볼 만한 사람이다. 제왕 밑에는 이 정도의 인물이 있었구나."

그렇게 말하고 그에게 많은 선물을 주었다. 그 많은 선물은 곡을 무사히 헌상했을 때 받게 되었을는지도 모를 선물의 3배나 되었다고 한다.

사실은 곡을 하늘에 놓아 주었을 때 그는 거기까지 내다보고 있었으며, 자신만만하게 초왕을 만났던 것이다.

또 이런 이야기도 전해지고 있다.

어느 해, 위나라에 갔을 때의 일이다. 어떤 인물의 권고로 위나라의 혜왕과 회견하게 되었다. 순우곤의 박학과 변설의 재능은 이미 널리 알려져 있었다. 혜왕은 호기심에 가득 찬 마음으로 회견장소로 나갔다.

그런데 순우곤은 왕 앞에 나와 문안을 드렸으나, 입을 다문 채 한 마디도 말을 하지 않았다. 그것은 분명히 좌우의 중신들을 꺼리고 있기 때문이라고 생각한 혜왕은 날을 바꾸어 다시 회견할 자리를 마련하고 측근자들을 물리친 다음 두 사람만이 이야기할 기회를 만들었다.

그러나 순우곤은 이번에도 시종 말이 없었다. 혜왕은 어처구니가 없었다. 이 사나이는 변설의 능수이기는 고사하고 혹시 멍청이가 아닌가.

혜왕은 순우곤을 소개한 사람을 나무랐다.

"그대는 그 사람을 관자(管子)나 안영(安嬰 : 두 사람 다 제나라의 명재상)도 미치지 못하는 인물이라고 칭찬했다. 그런데 막상 만나 보니 한 마디도 말을 하지 않는다. 나를 깔보았기 때문인가, 도대체 무슨 사정이라도 있단 말인가. 경우에 따라서는 그냥 둘 수 없다."

순우곤은 그 이야기를 듣자, 이렇게 말하며 변명했다.

"그것은 당연합니다. 처음으로 배알했을 때 왕께서는 말(馬)에 대한 것만 생각하고 계시는 기색이었습니다. 두 번째 만나 뵈었을 때도 저와의 회견에는 마음이 없으시고 오로지 음악에 마음을 빼앗기고 계시는 기색이었습니다. 그래서 저는 굳이 한 마디도 말씀드리지 않았던 것입니다."

그 말을 듣고 혜왕은 크게 놀랐다.

"아아, 순우 선생이야말로 진짜 현인(賢人)이다. 처음으로 선생을 만났을 때는 마침 누가 준마(駿馬)를 헌상한 일이 있어서 말을 보러 갈 참이었다. 그 때 선생이 오셨던 것이다. 두 번째에도 누가 가희(歌姬)를 데리고 왔는데 나는 아직 그 노래를 들어 보지 않았다. 마침 그 때 선생이 오셨기 때문에 나는 측근자들을 물리치고 선생과 두 사람만의 자리를 마련했지만, 그것은 형식에 지나지 않았다. 내 마음은 준마와 가희에게 빼앗기고 있었던 것이다."

순우곤은 '뜻을 읽고 색을 보는 데 능했다《사기》' 고 한다.

앞에서도 말했듯이 상대의 표정이나 태도를 자세히 관찰하며 그 마음의 움직임을 추측했던 것이다. 그런 순우곤이고 보면 회견에 마음이 없는 혜왕의 기색쯤은 아주 간단히 간파할 수 있었을 것이다.

얼마 후에 세 번째 회견이 실현되었는데, 혜왕은 이번에야말로 진심으로 상대의 이야기에 귀를 기울이겠다는 태도를 보였다.

순우곤은 사흘 밤 낮 동안 계속해서 이야기하고도 지칠 줄을 몰랐다. 이야기를 하는 사람도 그렇거니와 듣는 사람도 역시 어지간했다. 내용이 어지간히 재미있었기 때문에 듣기에 싫증나지 않았던 것 같다.

혜왕은 순우곤에게 홀딱 반해서 재상의 자리에 등용하려고 했다. 그러나 순우곤은 끝내 사양하고 많은 선물을 받은 후 제나라로 돌아갔다고 한다.

어느 해의 일이었다. 순우곤이 제나라 민왕의 사자가 되어 초나라로 갔다가, 귀로에 설(設)이라는 고을에 들렀다. 설은 식객 3천 명으로 유명한 맹상군(孟賞君)이 있는 성이었다.

맹상군은 제나라의 민왕과 종형제간이며 선왕과 민왕 2대에 걸쳐 재상의 자리에 있었으나, 민왕과 뜻이 맞지 않아 재상직을 사임하고 설로 물러가 그 곳에서 반독립세력을 이루고 있었다. 얼마 동안 휴양하고 재기를 기하고자 했던 것이다.

설과 인접한 남쪽의 대국 초나라가 대군을 동원해서 설로 쳐들어올 움직임을 보이고 있었으므로 휴양 운운할 처지가 아니었다. 초나라로서는 맹상군과 민왕의 불화를 기화로 삼아 단숨에 설을 쳐 없애고자 했던 것이다.

설과 초나라의 국력을 비교하면 하늘과 땅 같은 엄청난 차이가 있었다. 정면으로 맞선다면 만에 하나도 승산이 없었다. 일단 제나라의 원군을 청하고 싶었지만 민왕과 어색하게 결별한 지도 얼마 되지 않았기 때문에 결심을 못한 맹상군을 좋은 생각이 떠오르지 않은 채 머리만 싸매고 있었다.

그런 판에 순우곤이 찾아온다는 것이었다. 순우곤은 민왕에 대해 강한 영향력을 가지고 있었다. 더구나 순우곤과 맹상군은 이미 절친한 사이였다.

'그렇다, 그 사람이다. 부탁할 만한 사람은 그 사람밖에 없다.'

맹상군은 서둘러 교외까지 마중을 나가서 성대한 환영연을 베풀고 이렇게 부탁했다.

"초나라의 공격을 받아 어려움을 겪고 있습니다. 아무쪼록 선생의 힘을 빌려 주기 바라오."

여기서 맹상군은,

"선생께서 걱정해 주지 않는다면 문(文)은 다시 자리를 함께 하는 일이 없을 것이오."

라고 다짐을 했다.

문(文)이란 맹상군의 이름이다. '선생에게 버림을 받는다면 내 운명도 끝장이다.' 라는 뜻인 만큼 필사적인 표정으로 부탁했던 것 같다.

그러자 순우곤은,

"삼가 명령을 받들겠소이다."

하고 아주 간단하게 부탁을 떠맡았다. 그것으로 보면 순우곤은 처음부터 맹상군을 위해 도움을 줄 생각으로 설에 들렀는지도 모른다.

순우곤은 서울 임치로 돌아오자 곧 민왕에게 배알을 신청했다. 사자로서의 임무에 대한 것을 복명하기 위해서였지만, 물론 목표는 다른 데에 있었다. 설에서 궁지에 빠져 있는 맹상군을 돕기 위해서는 어떻게 해서라도 민왕으로 하여금 원군을 보내겠다는 승낙을 받아내야만 했다.

복명을 끝내자 민왕은,

"초나라의 상황은 어떻던가요?"

하고 물었다. 순우곤은 그 기회를 포착했다.

"난처한 일입니다. 초나라도 완고하지만 설도 분수를 모릅니다."

하고 의식적으로 화제를 설로 돌렸다. 민왕은 자기도 모르게 유도(誘導)에 걸려들었다.

"그건 또 무슨 소리요?"

순우곤은 천천히 이렇게 설득했다.

"설은 자기 힘도 생각하지 않고 선대(先代)의 신주를 모신 사당을 지었습니다. 초나라는 그것을 공격하려 하고 있습니다. 무덤이 어떻게 될 지 알 수 없습니다. 설은 분수를 모르고, 초나라는 완고하다고 말씀드린 것은 그런 점 때문이었습니다."

설에는 위왕과 선왕의 사당이 있었다. 맹상군이 아직 민왕과 사이가 나빠지기 전에 민왕에게 청원해서 만들어 두었던 것이다. 만약 초나라가 설을 공격하여 그 사당을 파괴하기라도 하는 날에는 어떻게 될까. 불효자식이라는 비방을 받을 사람은 민왕이었다. 순우곤은 그 사당에 착안하여 민왕의 약점을 찔렀던 것이다.

그 말을 듣자 민왕은 표정을 부드럽게 하며,

"그렇군, 설에는 선대의 사당이 있었지."

하고 중얼거리더니 즉시 원군을 설로 보낼 것을 승낙했다.

이 일화는 〈전국책〉이라는 책에 실려 있는 것인데 보기 드물게 원저자인 듯한 인물의 다음과 같은 평언(評言)이 붙어 있다.

'당황스럽게 머리를 조아리며 부탁해 봤자 효과는 뻔하다. 뛰어난 교섭자는 모든 일의 추세와 방향만 설명해도 상대방은 즉시 응한다. 쓸데없이 떠들거나 하지 않는다.'

이 평언은 과연 순우곤의 곡선적인 교섭술의 핵심을 정확히 표현하고 있는 것이다.

지용을 겸비한 인상여 藺相如

13

13. 지용을 겸비한 인상여(藺相如)

略年譜

조(趙)나라 사람. 조나라의 혜문왕(惠文王 : 재위 기원전 299~266년) 때에 '화씨(和氏)의 벽(璧)'을 받들고 진나라에 사자(使者)로 가서 당당한 외교 교섭으로 벽을 온전히 보전한 채 귀국함. 또 기원전 279년에 혜문왕과 진나라의 소왕(昭王)을 회견했을 때, 진나라의 고압적인 태도에도 굴하지 않고 끝가지 대응의 예(禮)를 지켜서 조나라의 체면을 살려 지용(智勇)을 겸비한 사람이라고 칭송받음. 상경(上卿)으로 임명된 다음 장군 염파(廉頗)와 '문경지교(刎頸之交)'를 맺어 조나라의 안태(安泰)를 꾀한 이야기는 매우 유명하다.

앞에서 이런 이야기를 소개했다

옛날에 초나라에 화씨(和氏)라는 사나이가 있었다. 어느 때 초산(楚山)의 산중에서 갈지 않은 구슬(옥)을 발견하고 그것을 그 때의 왕인 여왕(厲王)에게 헌상했다.

여왕은 즉시 보석사(寶石師)를 불러 감정을 시켰다. 그랬더니,

"이건 보통 돌일 뿐입니다."

라고 말하는 것이었다.

여왕은 화씨를 사기꾼이라고 생각하며 그의 왼쪽 발을 자르게 하는 형벌을 내렸다.

여왕이 죽고 이어 무왕(武王)이 즉위했다. 그러자 화씨는 또 같은 옥을 헌상했다. 무왕도 그것을 보석사에게 감정시켰다.

"돌이옵니다."

라고 보석사가 말했다.

무왕도 화씨를 사기꾼이라고 호되게 꾸짖고 발을 자르는 형벌을 내려 남은 오른쪽 발을 자르게 했다.

무왕이 죽고 문왕(文王)이 즉위했다. 그즈음 화씨는 옥을 안은 채 초산 기슭에서 울고 있었다. 사흘 밤 사흘 낮 동안 계속해서 울었기 때문에 눈물이 말라 버리고 피가 흐르기 시작했다.

문왕은 그 말을 듣자 화씨에게 사람을 보내 그 까닭을 물어 보게 했다.

"세상에는 발을 잘리는 형을 당한 사람들이 많은데 너는 어째서 그렇게 슬프게 우는 거냐?"

"저는 발을 잘려서 슬픈 것이 아닙니다. 보석을 가리켜 돌멩이라고 하고 정직한 사람을 사기꾼으로 몰아 형벌을 가하는 것이 슬픈 것입니다."

문왕은 보석사에게 그 옥을 갈게 해 보았다. 그것은 과연 보석이었다. 그 보석은 그의 이름을 따서 '화씨의 벽' 이라고 불렀으며, 그 이후로 천하의 명옥으로서 칭찬을 받게 되었다. 후에 이 '화씨의 벽' 은 돌고 돌아서 조나라 혜문왕의 손에 들어갔다. 이미 '화씨의 벽' 은 세상에 널리 알려진 명옥이었다.

그 소문을 들은 진나라의 소왕(昭王)은 곧 조나라로 사자를 보내어 '화씨의 벽' 과 15개의 성읍을 교환해 주기 바란다고 제의했다.

그 같은 제의 때문에 혜문왕은 머리를 싸맸다. 진나라는 대국이고 조나라는 소국이었다. 딱 잘라서 거절하면 심한 보복 조치가 있을 것을 각오하지 않으면 안 되었다. 그렇다고 해서 '네, 그렇습니까?' 하고 벽을 내놓으면 공짜로 빼앗길 우려가 있었다. 벽은 아깝지만 보복도 두려웠다. 중신회의를 소집해서 대책을 협의했으나. 그 자리에서도 이렇다 할 묘안이 나오지 않았다.

그 때 벽을 받들고 진나라로 가서 의연(毅然)한 외교교섭으로 진나라의 생트집을 딱 잘라서 거절하고 온 사람이 바로 인상여(藺相如)였던 것이다.

인상여는 무현(繆賢)이라는 우두머리 내시의 식객에 지나지 않았다. 그런 그가 중요한 사자로 뽑힌 것은 무현의 추천에 의해서였다.

중신회의는 난항(難航)을 거듭한 끝에 일단은 벽과 성읍 15개의 교환 제의에 응하기로 결정이 났는데, 다음으로 문제가 된 것은 사자의 인선이었다. 그것도 또한 쉽사리 결정이 나지 않았다.

그 때 무현이 앞으로 나서면서 말했다.

"저의 집 식객 중에 인상여라는 자가 있습니다. 그 사나이라면 적임자가 아닐까 생각하옵니다."

"어떤 사나인지 말해 보라."

왕이 묻자 무현은 다음과 같이 대답했다.

"저는 일찍이 대왕께 죄를 지어 연(燕)나라로 도망치려고 한 적이 있사옵니다. 그 때 저를 말린 것이 인상여입니다. 그가 '연왕과는 어떻게 아는 사이입니까' 하고 묻기에 '지난날 대왕께서 국경에서 연왕과 회견했을 때 수행한 적이 있는데, 그 때 연왕이 내 손을 잡고 아무쪼록 친구가 되어 달라는 말을 한 적이 있다. 그런 사이이기 때문에 연나라로 가고자 하는 것이다' 라고 대답했습니다.

그러자 인상여는 '조나라는 대국이고 연나라는 소국입니다. 더구나 당신은 조왕의 총애를 받고 계셨습니다. 그래서 연왕은 친구가 되고 싶다는 말을 한 것입니다. 그렇지만 지금 연나라로 도망쳐 간다면 어떻게 될까요. 연나라는 조나라를 무서워하고 있기 때문에 당신의 체재를 받아들이지 않을 뿐만 아니라, 필시 체포해서 조나라로 송환할 것이라고 생각합니다. 그러니 도망을 칠 것이 아니라 성의를 다해서 대왕께 사과해야 합니다. 그렇게 하면 혹시 용서하실지도 모릅니다.' 라고 말했습니다. 그래서 인상여의 말에 따랐더니 망극하게도 대왕께서 용서해 주셨던 것입니다. 그런 일이 있었기에 저는 인상여라는 인물은 용기와 지혜를 겸비한 사나이라고 판단했으며 사자로서 적임자라고 생각하게 된 것입니다."

그래서 왕은 인상여를 불러들였다.

"진왕이 15개의 성읍과 나의 벽을 교환하자고 제의해 왔다. 어떻게 해야 좋은지 그대의 의견을 말해 주기 바란다."

"상대는 강대한 진나라이므로 그 제의를 받아들이지 않을 수는 없을 것입니다."

"그렇지만 벽만 빼앗기고 땅을 받지 못하게 된다면 어떻게 하느냐?"

"진나라는 교환을 제의하고 있는 것입니다. 벽을 주지 않으면 잘못은 조나라에 있는 셈이 됩니다. 한편, 벽만 빼앗기고 땅은 주지 않는다면 잘못은 진나라에 있는 셈이 됩니다. 어느 쪽이 득책(得策)인가 하면 진나라의 제의를 받아들여 잘못이 진나라에 있도록 만드는 것입니다."

왕은 고개를 끄덕였다.

"과연 그렇구나, 그런데 사자로 추천할 만한 사람이라도 있는가?"

"따로 적임자가 없다면 제가 가겠습니다. 성읍이 손에 들어온다면 벽은 두고 오겠습니다. 그러나 성읍이 손에 들어오지 않으면 벽을 가지고 돌아오겠습니다."

그렇게 해서 중신의 식객에 지나지 않았던 인상여가 일약 사자로 발탁되어 벽을 받들고 진나라로 가게 되었다.

그러나 사자의 임무는 결코 간단한 것이 아니었다. 되풀이해서 말하는 것이지만 진나라는 강국이었다. 힘을 내세워 벽을 공짜로 얻겠다는 책략인 것이 뻔했다. 어지간한 교섭 방식으로는 벽만 빼앗기고 성읍은 받지도 못하게 되는 결과만 얻을 수 있으며 자칫하면 사자의 생명까지도 빼앗길 수 있었다.

인상여는 어떻게 교섭했기에 그 같은 난국을 타개한 것일까.

인상여의 일행이 진나라의 서울 함양(咸陽)에 도착하자 학수고대하고 있던 소왕은 즉각 인상여를 불러들였다. 인상여가 공손히 벽을 바쳤다. 그러자 소왕은 희색이 만연해져서 옆에 시립해 있는 시녀와 측근에게까지 자랑스럽게 벽을 보였다.

소왕의 좌우에서 일제히 '만세' 소리가 터졌다.

그러나 소왕은 교환 조건인 성읍에 대해서는 한 마디도 언급하려고 하지 않았다. 그것을 보고 인상여는 한 걸음 다가앉았다.

"사실은 벽에 흠이 있사옵니다. 그 곳을 가리켜 드리겠습니다."

소왕이 벽을 인상여에게 돌려주었다. 벽을 받은 인상여는 재빨리 뒤로 물러나서 기둥을 등지고 일어서면서 외쳤다.

"대왕께서는 벽을 손에 넣으려고 조왕에게 사자를 보냈습니다. 조왕은 군신과 더불어 그 일에 대해서 상의했습니다. 그리고 '진나라는 탐욕스러운 나라다. 부강함을 믿고 사리에 벗어나는 일을 억지로 하려고 한다. 성읍과 교환하겠다는 것은 터무니없는 빈 약속에 지나지 않는다.' 는 의견이 강했으며, 일단은 교환에 응하지 않기로 결정되었던 것입니다. 그렇지만 저는 그 때 이렇게 반론했습니다.

'서민들 사이에서까지도 사기 행위는 수치로 여기고 있다. 하물며 당당한 대국이 사술(詐術)을 쓸 리가 있겠는가. 어찌 되었든 간에 벽 하나 때문에 진나라와의 우호 관계를 손상시켜서는 안 된다.'

조왕은 내 의견을 들어 주고 5일간 목욕재계를 한 다음 나에게 벽과 편지를 맡겨 대왕께 전하도록 했습니다. 이 모두가 대국에 대해 경의를 표하기 위해서입니다.

그런데 대왕의 태도는 어떻습니까. 벽을 손에 들자마자 여자들에게 자랑스럽게 보이고 저를 우롱하는 대접을 했습니다. 예(禮)에 벗어나기가 이만저만이 아니며 적어도 한 나라의 사자를 대접하는 방법이 아닙니다. 그야말로 대왕께서는 교환 조건인 성읍을 줄 의사가 없는 것 같습니다. 그러기에 이렇게 벽을 되찾은 것입니다. 자, 죽이려면 죽이시오. 그 이전에 내 스스로 벽과 함께 머리를 기둥에 부딪쳐서 죽을 작정입니다."

인상여는 벽을 치켜들고 금세라도 기둥을 향해 던지려고 했다. 그것을 본 소왕은 황급히 인상여에게 사과하는 한편, 측근에게 지도를 가져오게 했다. 그리고 그것을 손가락으로 가리키면서 여기서부터 여기까지 15개의 성읍을 주겠다고 약속했다. 그렇지만 인상여는 그것이 빈 약속이라는 것을 간파하고 있었다.

그래서 이렇게 다그쳤다.

"화씨의 벽은 유명한 보옥입니다. 조왕께서는 귀국의 강대함이 두려워서 헌상하지 않을 수가 없습니다만, 벽을 내놓을 때 5일 동안 목욕재계하셨습니다. 따라서 대왕께서도 이것을 받으시려면 조왕과 같이 5일 동안 목욕재계하시고 최고의 예로서 받아야 마땅합니다. 그렇다면 저도 기꺼이 벽을 헌상하겠습니다."

억지로 빼앗을 수 없다는 것을 안 진왕은 하는 수없이 목욕재계하기로 결정하고 인상여를 광성(廣成)이라는 최고의 저택에 체재시키기로 했다.

그렇지만 인상여는 '성읍과 교환하겠다는 약속은 역시 공수표에 지나지 않는다' 고 간파하고 남 몰래 종자(從者)에게 벽을 주어 지름길을 따라 조나라로 돌아가게 한 다음 혼자서 진나라에 머물렀다. 물론 죽음을 각오하고 한 일이었다.

한편, 소왕은 5일 동안의 목욕재계를 마치자, 다시 궁정에서 최고의 예를 다하여 인상여를 인견했다. 인상여는 소왕 앞으로 나아가 이렇게 말했다. "귀국의 왕은 목공(穆公) 이래 20여 대가 되지만 그 동안 신의가 두텁다는 분의 이름은 아직까지 한 번도 듣지 못했습니다. 저는 대왕에게 속아 조왕의 신뢰를 배반하는 결과를 가져올 것이 우려되어 벽을 조나라로 몰래 다시 보냈습니다. 하지만 진나라는 강국이고 조나라는 약국입니다. 대왕께서 사자를 보내기만 하면 조나라는 즉시 벽을 헌상할 것입니다. 하물며 강국인 진나라가 먼저 15개의 성읍을 준다면 조나라는 벽을 아끼다가 대왕의 원한을 사는 따위의 일은 저지르지 않을 것입니다. 대왕을 속인 죄가 죽음에 해당된다는 것은 물론 잘 알고 있습니다. 설사 삶아죽이는 극형을 당할지라도 후회는 없습니다. 다만 그러기 전에 가신(家臣) 여러분들과 충분한 심의를 해 주시기 바랍니다."

그 말을 들은 소왕은 측근들과 얼굴을 마주 바라볼 뿐이었다. 어이가 없다는 표정이었다. 그 중 2, 3명이 일어서서 인상여를 체포하려고 했다. 그러나 소왕은 그것을 말리면서 말했다.

"여기서 인상여를 죽인다고 해서 벽이 손에 들어오는 것도 아니다. 뿐만 아니라 조나라와의 우호 관계까지 손상될 것이다. 이번에는 인상여를 후하게 대접해서 귀국시키는 편이 득책이다. 조왕도 역시 벽 하나 때문에 진나라를 배신하거나 하지는 않겠지."

인상여는 무사히 귀국했다. 조왕은 사자로서의 사명을 완수한 공로를 치하하여 그를 상석(上席) 대부(大夫)로 등용했다.

그렇게 되어 그 사건은 인상여의 활동으로, 진나라는 성읍을 주지 않는 대신 조나라도 벽을 내놓지 않아도 되었던 것이다.

〈논어〉에,

'사방에 사자로 가서 군명(君命)을 욕되게 하지 않다'

라는 말이 있다. 자공(子貢)이라는 수제자가,

"선비란 어떤 인물을 말하는 것입니까?"

하고 물었을 때, 공자가 맨 먼저 든 것이 그 말이었다.

인상여의 이 때의 교섭 태도는 바로 그와 같았다고 할 수 잇을 것이다. 덧붙여서 말하자면 '완벽(完璧)' 이라는 말은 이 고사에서 생겨났다. 우리나라에서는 완전무결이라는 의미로 쓰이고 있지만, 원래는 '벽을 온전히 돌려보내다' 라는 의미를 가진 말이었던 것이다.

그 후의 일이었다. 진나라가 조나라를 공격하여 석성(石城)을 공략했다. 그리고 이듬해(기원전 280년)에도 조나라로 진공(進攻), 조나라 군사 2만여 명을 죽였다.

진나라가 드디어 강대한 무력을 이용해서 본격적인 진공작전에 나서기 시작했던 것이다 그런데 진나라의 전략은 단순하지가 않았다. 얼마 후에 진나라의 소왕이 조왕에게 사자를 보내,

"두 나라의 우호를 위해 서하(西河) 남쪽 면지에서 회담하고자 한다."

라는 제의를 했다.

〈손자〉의 병법에 '싸우지 않고 이기는 것' 이 최고의 전략이라는 내용이 있었거니와 이 때의 진나라도 싸우지 않고 조나라를 굴속시키려고 했던 것이다.

이 제의에 대해 조왕은 처음에는 겁을 먹고 응하기를 꺼려했으나 장군인 염파(廉頗)와 인상여가 함께,

"가지 않으시면 조나라의 약함과 비굴함을 천하에 알리는 결과가 될 것입니다."

라고 말하며 간했기에 마지못해 응하기로 했다.

인상여가 왕을 수행하게 되었다. 일행을 국경까지 배웅한 염파는 왕에게 하직 인사를 했다.

"아무쪼록 충분히 조심해 주십시오. 여행 일수를 계산해 보니 회담을 마치시고 돌아오실 때까지 30일도 채 걸리지 않습니다. 30일이 지나도록 돌아오시지 않으면 태자를 받들어 진나라의 야망을 꺾을까 합니다."

조나라 쪽에서 볼 때, 이 때의 회담은 국운을 건 회담이나 마찬가지였다. 형편에 따라서는 어떤 사태가 벌어질지 알 수 없었다. 염파는 최악의 사태를 예상하고 그 후의 행동에 대해서 왕의 양해를 구했던 것이다. 왕은 그것을 허락했다.

그렇게 해서 조왕은 면지로 가서 진나라의 소왕과 회담했다.

주연이 한창 무르익었을 때 소왕이 말했다.

"전부터 조왕은 음악을 좋아하신다는 말을 듣고 있는데 거문고를 한 번 타서 들려 주십시오."

조왕은 거문고를 탔다. 그러자 진나라의 기록관이 앞으로 나와서,

'모년 모월 모일, 진왕은 조왕과 회담했으며 조왕에게 거문고를 타게 하다'

라고 기록했다.

그러자 이번에는 조왕 옆에서 대기하고 있던 인상여가 앞으로

나아갔다.

"진왕께옵서는 진나라의 음악에 뛰어나다고 듣고 있습니다. 모처럼의 기회이오니 분부로 장단을 맞춰 장기인 목소리를 들려주시면 함께 즐기고자 합니다."

분부라는 것은 원래 술 따위를 담는 질그릇인데 진나라의 음악에서는 그것을 노래의 장단을 맞추는 데 쓰고 있었다.

여기서 일부러 끄집어 낸 분부 이야기에는 진나라의 문화적 후진성을 우롱하는 의미가 포함되어 있었다.

진왕은 발끈하는 기색이 되며 거절했다. 인상여는 무릎 걸음으로 다가가서 무릎을 꿇고 계속해서 진왕에게 청했다. 진왕은 그래도 응하지 않았다. 인상여는 언성을 높여서 진왕을 재촉했다.

"왕이 계신 곳까지 다섯 걸음의 거리밖에 안 됩니다. 끝까지 승낙하시지 않는다면 목숨을 빼앗겠습니다."

진왕의 측근자들이 칼에 손을 대면서 인상여에게 다가갔다. 그러나 인상여가 일갈(一喝)하자 맥없이 뒤로 물러섰다. 진왕은 하는 수없이 한 번만 분부를 쳤다. 그러자 인상여는 조나라의 기록관을 가까이 불러서,

'모년 모월 모일, 진왕이 조왕을 위해 분부를 치다'

라고 기록하게 했다.

그렇게 되어 두 나라의 왕이 대등한 자격으로 회담에 임했다는 내용이 기록으로 남을 수 있게 되었다. 인상여의 용기 있는 행동 덕

분에 조왕은 면목을 지킬 수 있었던 것이다.

그 일이 있었던 직후에 또 이런 응수가 있었다. 진왕의 한 측근자가,

"우리 왕의 장수를 축하하는 뜻으로 귀국에서 성읍을 15개쯤 헌상하시면 어떻겠소?"

하고 말을 꺼냈던 것이다. 물론 무력을 내세우고 꺼낸 생트집이었음은 두말 할 것도 없었다. 하지만 이 때도 인상여는,

"귀국이야말로 우리 왕의 장수를 축하하는 뜻으로 서울인 함양을 헌상하시지요."

라고 되받으며 한 걸음도 물러서지 않았다.

그렇게 되어 주연이 끝날 때까지 진왕은 끝내 조나라를 굴속시키지 못했다. 조나라 쪽도 호위하는 병사들을 늘려서 진나라의 움직임에 대비했기 때문에 진나라로서도 함부로 손을 댈 수 없었던 것이다.

회담을 마치고 귀국하자 조왕은 인상여의 공적을 치하하여 상경(上卿) 대신으로 발탁했을 뿐만 아니라, 같은 상경인 염파 장군보다도 윗자리에 앉혔다고 한다.

염파는 조나라의 누구라면 다들 알 정도로 천하에 이름이 알려진 역전의 용장이며, 문자 그대로 조나라의 대들보인 인물이었다.

그런 염파보다도 인상여가 윗자리에 앉혀진 것이었다. 염파로서는 기분이 좋을 리가 없었다.

그래서,

“나는 조나라의 총사령관으로서 공성야전(攻城野戰)에서 큰 공을 세웠다. 인상여는 말뿐인 활동을 한 것에 지나지 않는데도 자리는 그 쪽이 위다. 더구나 인상여는 비천한 출신이다. 내가 그런 사람 아래에 있어야 한다는 것은 참을 수 없다.”

라고 불만을 털어놓고 만나는 사람들에게,

“그놈을 만나면 그냥 두지 않겠다.”

하고 공언했다.

한편, 그 말을 소문으로 들은 인상여는 염파와 얼굴이 마주치지 않도록 조심했다. 조정에 출사(出仕)하는 것도 염파와의 서열 문제가 표면화되지 않도록 병을 구실로 미루고 있었다.

그러던 어느 날, 인상여가 우연히 외출했을 때의 일이었다. 먼데서부터 염파가 오고 있었다. 인상여는 황급히 옆집으로 도망쳐 들어갔다. 하지만 가신들이 가만히 있지 않았다.

“저희들이 고향을 버리면서까지 당신을 섬기고 있는 것은 오로지 당신의 높은 뜻을 경모(敬慕)하기 때문입니다. 당신은 이제 저 염파와 동렬(同列)의 신분을 가지고 있습니다. 그런데도 불구하고 염파의 갖은 욕과 악담을 꺼린 나머지 오로지 도망쳐 숨으려고만 하고 계십니다. 소위, 재상이라는 분이 필부조차도 치사하게 여기는 행동을 하시며 더구나 조금도 부끄러워하는 기색도 보이지 않으시니 도대체 어찌 된 일입니까. 이젠 더 참을 수가 없습니다. 물러가도록 해 주십시오."

그러자 인상여는 가신들에게 이렇게 반문했다.

"그대들은 염 장군과 진왕 중에서 어느 쪽이 더 벅찬 상대라고 생각하는가?"

"당연히 진왕입니다."

"그런 진왕이지만 나는 궁정에서 당당하게 논전(論戰)했다. 가신들 따위는 마치 어린애 다루듯이 해 주었다. 그런 내가 어째서 염파 장군을 무서워하겠는가. 나는 이렇게 생각하고 있다. 그처럼 강대한 진나라가 요즈음 감히 우리나라를 치려고 하지 않는 것은 염 장군과 내가 버티고 있기 때문이라고 말이다. 지금 두 사람이 싸우면 어느 한쪽이 상처를 입는다. 내가 이런 행동을 취하고 있는 것은 개인의 싸움보다도 국가의 문제가 더 중요하다는 것을 알고 있기 때문이다. 알겠느냐?"

그 말을 전해 들은 염파는 빈객(賓客)의 주선으로 인상여의 집을 찾아가서 웃옷을 벗고 사죄했다.

"이 어리석은 놈을 자세히 보아 주십시오. 장군의 관대한 마음도 헤아리지 못해 이런 꼴이 되었습니다."

두 사람은 그 사건을 기회로 화해했으며 '문경지교'의 관계를 맺었다.

'문경지교' 란 함께 목이 잘려도 후회하지 않을 만큼 친한 교우 관계를 의미하는 말이라고 굳이 설명하지 않아도 될 것이다. 이 이야기가 그 출전(出典)인 것이다. 이 말도 요즈음에는 많이 시세가 떨어진 모양인데 지하의 두 사람이 그것을 알고 쓴 웃음을 짓고 있을지도 모를 일이다.

덧붙여서 말하자면, 조나라는 이들 두 사람이 건재해 있었던 동안은 진나라를 비롯한 여러 외국이 한 번도 멸시를 하지 못했다.

'문경지교' 를 맺은 두 사람이 조나라를 계속해서 지탱했던 것이다.

그것은 모두 용(勇)과 지(智)를 겸비한 인상여의 배려가 있었기 때문에 얻어진 결과임이 틀림없다.

사마천은 인상여를 이렇게 평하고 있다.

'죽음을 각오하면 용기가 솟는다. 죽음 그 자체는 어렵지가 않다. 죽을 장소를 가리는 것이 어려운 것이다. 인상여가 벽을 되찾고 벌떡 일어나 진왕의 측근들을 질타했을 때는 죽음을 각오했을 것이다. 선비라고 해서 모두 이런 때에 용기를 불러일으키는 것은 아니다. 하지만 인상여는 용기를 불러일으켜 적을 위압했으며, 물러나서는 염파와 굳이 일을 꾸미려고 하지 않았다. 그 결과 드물게 보는 명성을 얻을 수 있었던 것이다. 그야말로 지용을 겸비한 사람이라고 말할 수 있을 것이다.'

인상여는 지(智)에 의해서 작전을 짜내고 용(勇)에 의해서 결단을 내려 당당한 외교 교섭을 전개하며 한 걸음도 물러서지 않았다. 그리고 그것으로 용장인 염파까지도 고개를 숙이게 만든 뛰어난 인물이었다.

〈끝〉